IL SUFFIT PARFOIS D'UN ZESTE DE FOLIE

NINA KELLY

IL SUFFIT PARFOIS D'UN ZESTE DE FOLIE

roman

HARPERCOLLINS FRANCE

83-85, boulevard Vincent-Auriol, 75646 PARIS CEDEX 13.
Service Lectrices — Tél. : 01 45 82 47 47

www.harlequin.fr

ISBN 978-2-2804-1092-2

Pour ma maman,
Pour Susan.

Playlist ♫

Si jamais vous aviez envie de lire ce livre en musique, voici une liste de chansons qui ont bercé son écriture. J'espère qu'elle vous plaira.

Chapitre 1 : *Candyman* de Christina Aguilera
Chapitre 2 : *Rigoletto*, acte III, *Canzone* de Giuseppe Verdi
Chapitre 3 : *New Soul* de Yael Naim
Chapitre 4 : *Run the World (girls) ?* de Beyoncé
Chapitre 5 : *Don't Worry be Happy* de Bobby McFerrin
Chapitre 6 : *Upside Down* de Diana Ross
Chapitre 7 : *Chupee* de Cocoon
Chapitre 8 : *Crazy Little Thing Called Love* de Queen
Chapitre 9 : *You Are so Beautiful* de Joe Cocker
Chapitre 10 : *Barbie Girl* d'Aqua
Chapitre 11 : *L'autre bout du monde* d'Emily Loizeau
Chapitre 12 : *Cosmic Girl* de Jamiroquai
Chapitre 13 : *Can't Stop the Feeling* de Justin Timberlake
Chapitre 14 : *Ghostbusters* de Ray Parker, Jr.
Chapitre 15 : *Home* d'Edward Sharpe and The Magnetic Zeros
Chapitre 16 : *I Love Your Smile* de Charlie Winston
Chapitre 17 : *Halo* de Beyoncé
Chapitre 18 : *Dance Me to the End of Love* de Leonard Cohen et Madeleine Peyroux
Chapitre 19 : *Sunset Lover* de Petit Biscuit
Épilogue : *Thinking out Loud* d'Ed Sheeran

Chapitre 1

Mélissa

Après avoir coupé le son de *Danse avec les stars*, je fis un rapide constat de ma soirée. J'étais seule à regarder la télé avec une tasse de tisane à la main, et l'unique signe de vie extérieur était le bruissement des arbres par la fenêtre ouverte. C'était navrant. Le bonheur d'habiter dans une petite rue à sens unique selon ma colocataire ; pour ma part, je ressentais un immense sentiment de solitude.

Pauvre de moi, pensai-je. Voilà à quoi j'en étais rendue avec mes bonnes résolutions : à contempler les feuilles des arbres. Autant dire une occupation de mémé.

Enfin, pas celle de ma grand-mère. Je l'entendais dans l'entrée répondre à une de ses amies avec son fort accent anglais. Je ne savais pas ce qu'elles se disaient, mais elles partirent à rire aux éclats. Le bruit de leur conversation s'estompa, suivi du claquement de la porte de notre appartement. La séance du club de lecture « fleur bleue-cancan » venait de prendre fin.

Ma grand-mère, avec qui je vivais depuis maintenant six mois dans ce grand appartement, tapa à la porte de mon salon, qui était autrefois une chambre. Au décès de son troisième mari, ma grand-mère, qui avait vécu cinquante ans en France, épousé trois Français, ne s'était même pas posé la question du pays où elle allait vivre. Par contre, elle avait grandement appréhendé de se retrouver seule et m'avait proposé de devenir sa colocataire. Elle avait fait faire des travaux dans le logement qu'elle possédait en banlieue parisienne, et nous avions désormais chacune un appartement avec une cuisine, un salon et une chambre à coucher, mais une entrée commune ; le mien était à droite de cette entrée, le sien à gauche. J'avais été ravie de cet arrangement qui était tombé au moment d'une énième rupture amoureuse à laquelle s'ajoutaient des problèmes de voisinage dans le studio que je louais. À cause d'un voisin trompettiste amateur insomniaque, j'avais été à deux doigts d'avoir recours à la violence. Bref, ça avait été une affaire qui tombait à pic.

Ma grand-mère passa sa tête ornée de belles boucles bleu-gris par l'ouverture. Elle avait les joues un peu rouges, et ses yeux brillaient trop pour qu'elle soit honnête.

— Tout va bien, *darling* ?

— Oui, très bien, Nana. Et toi ?

Elle émit un petit rire et s'avança d'un pas alerte dans la pièce.

— Les filles étaient en forme ce soir. On a fini de discuter de *Cinquante nuances de Grey*, et Marguerite nous a imposé un livre sérieux, cette fois-ci.

Elle semblait jubiler à l'idée de m'annoncer la lecture choisie par sa meilleure amie, ce qui m'amusa.

— On va lire le premier tome de *Harry Potter*.

Si *Harry Potter* rentrait dans les ouvrages sérieux, le livre de Tolstoï que je lui avais offert pour Noël allait se retrouver en cale-porte.

Elle ouvrit la bouche pour argumenter quand nous entendîmes un grand cri suivi d'une bordée de jurons. Nous passâmes la tête par la fenêtre et vîmes deux étages plus bas Marguerite, assise par terre en train de soutenir son poignet. Elle était entourée par deux autres membres du club, Hortense, penchée vers elle, et Josiane, qui releva les yeux vers nous et cria :

— On a une blessée ! Appelez les secours, les filles !

Se tournant vers moi avec l'air d'une petite fille tombant sur un sac de bonbons, ma grand-mère s'exclama :

— Chouette, les pompiers !!!!

Une fois en bas de l'immeuble, armée de mon téléphone portable et ayant constaté que les participantes à la soirée « Soif de connaissances BDSM » étaient toutes les quatre éméchées, j'appelai les pompiers. Marguerite geignait en tenant son poignet et ne pouvait pas se lever.

Nous attendîmes toutes sagement l'arrivée des sauveurs de la cascadeuse. Je ne sais pas quel tableau nous leur donnions à voir, mais ils semblèrent de bonne humeur. La blessée grimaçait de douleur, mais souriait en même temps aux pompiers, elle avait l'air d'une folle. Le chef, un grand baraqué aux courts cheveux bruns et au regard chocolat chaud, nous dévisagea tour à tour, puis son attention revint vers moi. Il fixa mon T-shirt où était inscrit « Les hommes ne servent qu'à dévisser les bouteilles », puis me demanda :

— Qu'est-ce qui s'est passé ?

Je tournai le dos au troisième âge et lui parlai à voix basse :

— Marguerite, celle qui est assise, n'a pas vu la marche. Elle a chuté sur les fesses, et son poignet droit a amorti partiellement le choc.

Il me sourit. À l'apparition de sa dentition parfaite, je pris le temps de le détailler discrètement. Son polo à manches courtes moulait son torse musclé et laissait voir ses biceps. Un véritable fantasme ambulant.

Ma grand-mère interrompit mon examen.

— Nous sommes vos plus grandes fans ! Lorsque nous sommes à notre cours de qi gong au parc, on s'arrête même pour pouvoir vous admirer courir.

Je tournai la tête et vis qu'elle décochait de grands sourires aux trois pompiers qui entouraient la blessée.

— Elles sont un peu alcoolisées, soupirai-je.

Je me donnais l'impression d'être une mère de famille gérant ses adolescentes.

M'ayant entendue, Hortense, petite blonde peroxydée qui cramponnait son sac « *I love Paris* » comme si les pompiers allaient s'enfuir avec, crut bon de s'expliquer :

— On a voulu tester une théorie de mon fils. Il a dit que l'alcool dans les bouteilles s'évaporait en vieillissant. On a ramené nos plus vieux crus pour essayer.

Ayant réussi à s'asseoir à côté de Marguerite, Josiane la tenait d'une main et faisait de grands gestes de l'autre alors que ses nombreux bracelets tintinnabulaient. Avec plein de bagues aux doigts, elle était aussi décorée qu'un sapin de Noël.

— C'était une bonne idée : du vieux cognac en discutant d'érotisme, ça fait une soirée mémorable.

Et elle se mit à glousser. Les trois pompiers semblaient bien s'amuser, mes septuagénaires étaient ravies.

Exaspérée, je regardai le ciel et priai à voix haute :

— Mon Dieu, faites qu'elles s'arrêtent.

Le chef se frotta la mâchoire, cachant mal son sourire.

— Bon, mesdames, si nous nous occupions de l'intéressée ?

Et ils posèrent des questions à la blessée. Elles ne furent pas trop de quatre pour y répondre vu l'état d'ébriété de Marguerite. À la personne à contacter en cas de besoin, tous les regards se tournèrent vers moi. Je niai vigoureusement de la tête en montrant du doigt ma grand-mère.

— Je ne suis responsable que de cette dame. Et celle-là me suffit amplement, bougonnai-je. J'ai appelé ton fils, Marguerite.

J'eus à peine fini ma phrase que le bruit d'une voiture nous fit nous retourner.

— V'là la cavalerie, râla la blessée.

L'air excédé, Pierre, le fils de Marguerite, sortit de sa BM noire et s'avança d'un pas pesant vers nous. Il put constater que sa mère avait encore fait des siennes. Il passa la main sur sa tête dégarnie et, me voyant, s'approcha.

— Y a vraiment pas moyen qu'elles ne fassent pas de conneries ?

Je fus désolée pour lui. Il était chef d'entreprise, avait trois enfants de plus de vingt ans et n'avait jamais passé autant de temps à s'occuper de quelqu'un que de sa mère. Une solidarité s'était formée entre nous quand nous nous étions retrouvés côte à côte au commissariat à attendre que nos aïeules soient libérées. Elles avaient malencontreusement été embarquées lors d'une manifestation pour le mariage gay. Elles accompagnaient alors toutes les quatre un petit-fils d'Hortense. On avait sympathisé au milieu du bazar ambiant et échangé nos numéros en cas d'urgence.

À la remarque de Pierre, les pompiers cachèrent mal leur rire. Ils embarquèrent la blessée sur un brancard, car ils ne voulaient pas prendre de risque avec sa hanche droite douloureuse, et le chef revint vers moi.

— Mademoiselle, je me propose de vous montrer que nous servons aussi à autre chose qu'à ouvrir les bouteilles.

D'un air très sérieux, il déposa, à ma grande surprise, une carte avec un numéro de téléphone dessus. Et sur ce, il me salua ainsi que ma grand-mère et partit.

J'appelai un taxi pour mettre Josiane et Hortense dedans, pas question de prendre le risque qu'il leur arrive quelque chose, puis nous rentrâmes chez nous. J'allai poser la carte dans une petite boîte dans mon salon, où il y en avait déjà plusieurs, et mis une rasade de whisky dans ma tisane.

Ce pompier était fort séduisant, mais je ne voulais pas de relation amoureuse pour l'instant. J'étais fatiguée de composer avec le caractère de mecs qui disaient vouloir quelque chose, mais qui se comportaient à l'inverse. J'avais cumulé trop d'expériences compliquées dernièrement pour retenter quelque chose dans l'immédiat. En attendant, je gardais les cartes bien au chaud. D'ailleurs, je n'en avais jamais eu autant que depuis que j'avais décrété cette pause.

Ma grand-mère vint me voir et, l'air plus qu'enchanté de sa soirée, me dit :

— *Darling*, tu viens regarder *Danse avec les stars* ?

J'eus un sourire en entendant cette proposition. Critiquer des personnes qui dansent, alors que l'on ne sait même pas faire un pas de deux, en sirotant du whisky, c'était ce que j'appelais une bonne soirée.

Le lundi matin, après un dimanche passé à dormir, je regardai ma penderie, démotivée à l'idée d'aller faire mon premier jour de remplacement au cabinet médical de la place de l'Église. *Pas le T-shirt «* Rock is All We Need[1] *», pas le haut avec des feuilles microscopiques de haschich, pas la jupe en cuir, pas le jupon psychédélique, pas le sweat orné d'un énorme « om », ce n'est pas l'heure de faire une séance de yoga…* Je soupirai un grand coup et me saisis de mon unique pantalon noir tout simple et d'un haut bleu roi. J'enfouis la tête au fond de la penderie et retrouvai ma veste de tailleur. Je n'avais plus qu'à revêtir ma panoplie d'employée bien sérieuse et soi-disant motivée.

Me saisissant de ma brosse, je m'acharnai sur mes longs cheveux roux bouclés jusqu'à ce qu'ils n'aient plus de nœuds. Un coup de mascara, du blush, et j'étais parée pour mon premier jour de remplacement. J'allai boire mon *green smoothie*, brocoli-salade-pommes, dans ma cuisine et, en traînant les pieds, finis de me préparer.

Il me restait à sortir de l'appartement sans que ma grand-mère m'entende. L'entrée était la zone critique, je n'avais aucunement besoin d'écouter tous les conseils que Nana avait en stock.

Je passai la tête par la porte de mon salon. Personne n'étant en vue, je me précipitai vers la sortie. Une fois sur le palier non éclairé, je respirai un grand coup et sursautai en voyant une grande silhouette familière passer devant moi.

— Francis ?

Un grognement me répondit.

— Vous n'avez pas encore pris votre café, à voir ça…

Il râla, son odeur de tabac à rouler parvint jusqu'à mes narines, et j'entendis ses pas décroître dans

1. Tout ce dont nous avons besoin, c'est de rock.

l'escalier. Je n'allumai pas tout de suite la lumière, l'obscurité étant mon amie pour ne pas avoir une vision violente de la tête hirsute de notre voisin. À peu près du même âge que ma grand-mère, il était réglé comme une pendule ; la preuve, il était 8 heures pile, et il descendait au café. Et cela voulait dire que j'allais rater mon bus si je ne me bougeais pas les fesses.

Cela ne manqua pas d'arriver et, en le regardant s'éloigner, je me demandais si ça avait été une bonne idée d'accepter la proposition de la mère de mon amie Charlotte. Celle-ci m'avait donné rendez-vous une dizaine de jours plus tôt dans un café. Elle faisait ça régulièrement pour savoir si les plus proches copines de sa fille, qu'elle considérait également un peu comme ses filles, allaient bien. Notre amie Noémie avait le droit à des visites chez elle, elle.

— Annette est une amie du club de lecture, avait-elle commencé à me raconter peu après notre arrivée. Elle est gentille, et c'est un excellent gynécologue. Enfin, c'est ce qu'on m'a dit. La lecture du mois était déplorable, personne n'a réussi à lire plus de cent pages des *Frères Karamazov.* Nous avons donc préféré discuter des problèmes de travail d'Annette. Elle cherche quelqu'un qui résiste à la mauvaise humeur du psychiatre du cabinet. C'est en attendant que la secrétaire revienne de son congé sabbatique. Il paraît qu'il fait pleurer toutes les remplaçantes. Et là, j'ai tout de suite pensé à toi. Tu es toujours en recherche d'emploi, et ce serait une expérience intéressante, non ?

La tasse de son café à la main, elle me regardait par-dessus ses lunettes. Son air de femme mûre respectable était complètement décrédibilisé par ses cheveux teints en rose pâle. À ce moment-là, j'avais eu le choix. Soit je niais l'information que lui avait donnée ma meilleure amie et j'arrêtais net le bulldozer qu'était sa mère, soit j'acquiesçais et je me retrouverais avec un boulot, certes, mais sans doute avec beaucoup de complications. J'en étais là de ma réflexion quand Marie m'avait observée avec encore plus d'attention, plissant les yeux.

— Ce n'est pas la peine de chercher une excuse bidon, Mélissa. Je te connais comme si je t'avais faite, tu es en train de chercher un mensonge.

Elle avait tapé sur la table du café, ce qui avait fait sursauter tout le monde, et avait repris d'un ton décidé :

— Ton remplacement sera donc, si tu l'acceptes, de juin à septembre dans le cabinet d'Annette, qui travaille également avec deux généralistes, un pédiatre et un psychiatre. Il y a aussi quatre infirmiers libéraux. Alors, c'est d'accord ?

Comment j'aurais pu lui dire non ? Elle avait déjà blindé son dossier.

— Ce n'est pas un problème si je n'ai pas de formation de secrétaire médicale ?

— Non, l'essentiel, c'est que tu résistes face au psychiatre qui fait pleurer les petites jeunes. Puis tu as déjà fait des remplacements en tant que secrétaire médicale, avait-elle dit, avec impassibilité, en touillant son café. Tu prends ça soit comme quelque chose de rédhibitoire, soit pour un challenge personnel.

En relevant la tête de son café, elle m'avait souri.

— Et on sait l'une comme l'autre que la personne qui va craquer n'est pas celle que l'on croit, n'est-ce pas ?

Je la connaissais depuis mes treize ans. Elle savait donc qu'en effet, il y avait peu de chances pour que je pète les plombs. Même quand je travaillais à Pôle emploi et que je me faisais traiter d'incompétente par les chômeurs, je n'avais pas craqué. Et pourtant, ça avait été vraiment une mission d'intérim pourrie.

— Tu as la bénédiction d'Annette, de toute façon.

Songeuse, je me demandais si je devais ou non accepter ce boulot quand j'avais vu un homme étrange sur le trottoir d'en face. Il parlait à une affiche de concert. J'avais penché la tête pour essayer de voir s'il avait une oreillette, rien. Marie, suivant mon regard, m'avait dit :

— Si ça, ce n'est pas un signe.

— Signe de quoi ?

— Que pour le salut du cabinet, il leur faut une nouvelle secrétaire ayant du caractère. Sinon, les médecins et la secrétaire vont finir comme cet homme... C'est moche, non ?

Elle n'était pas croyable, elle lâchait rien.

— Bon, OK. Je prends le boulot.

— Tant mieux, car j'ai déjà dit oui pour toi.

Et elle avait terminé son café avec un air satisfait. Moi, en revanche, je me demandais bien dans quelle galère je venais de m'embarquer.

J'arrivai cinq minutes avant l'heure prévue et fus accueillie par le Dr Annette Petitpois, petite brune à lunettes d'environ cinquante ans avec un sourire chaleureux.

— Mélissa, comment allez-vous ?

J'avais signé mon contrat la semaine d'avant avec elle. C'était le premier job que j'obtenais sans l'avoir voulu, et j'étais finalement bien contente, ma période de chômage commençait à être un peu trop longue.

Situé dans un quartier tranquille de banlieue parisienne, le cabinet était assez lumineux, chaleureux et tout en longueur. Les murs blancs étaient ornés de reproductions de tableaux de Monet, il y avait plusieurs petites salles d'attente où des sièges vert bouteille attendaient les patients.

Je la suivis dans les locaux déserts et l'écoutais m'expliquer plus en détail les conditions de travail.

— Mes collègues et moi ne sommes pas guindés. Alors, appelez-nous par notre prénom, sauf pour le Dr Syrut, qui est le psychiatre du cabinet. Avec lui, il faut prendre plus de pincettes. Mais je ne doute pas que vous soyez efficace et que vous ne vous laissiez pas faire par les humeurs de Georges, me dit-elle d'un ton tranquille.

Elle décrivit mes tâches : téléphone et gestion du planning de rendez-vous.

— Le Dr Syrut vous demandera peut-être d'écrire des comptes rendus de temps en temps. S'il y a le moindre souci, vous en parlez à votre collègue, Aliette, ou à moi. D'accord ?

— Oui, pas de problème.

Et elle me laissa face au standard. Je regardai cette machine avec perplexité. Pourquoi autant de boutons ? Pourquoi un aussi grand écran ? On aurait pu croire que, vu mon expérience, j'aurais su utiliser un standard, sauf que je n'étais jamais restée assez longtemps à chacun de mes postes pour ça.

Après avoir allumé l'ordinateur, je cherchai le mot de passe que je trouvai scotché sous le clavier. J'avais à peine cliqué sur les plannings que le téléphone se mit à sonner, et des clignotants à s'allumer. Je regardai l'heure : 8 h 30 pile. Ça commençait fort.

Je demandai à une personne de patienter, car je ne comprenais pas le logiciel de prise de rendez-vous, quand une femme noire ronde d'une cinquantaine d'années se planta face à moi. Elle était vêtue d'un corsaire rose et d'un T-shirt orné d'un « tequila » en strass, et chaussée de sandales plates-formes. Fronçant les sourcils, elle me dit :

— Bonjour, je suis Aliette. Vous êtes la nouvelle ?

— Oui. Enchantée, répondis-je en souriant.

Elle me dévisagea.

— Vous êtes plus vieille que les autres. Tant mieux. Les petites jeunes qui se mettent à pleurer dès que Georges fait les gros yeux, ça suffit.

Je commençais à imaginer Georges comme un monstre cracheur de feu. Il allait falloir que je m'arme d'un extincteur... à moins que mon âge avancé me protège.

Ma collègue prit le téléphone de mes mains et appuya sur un bouton.

— Allez, il n'y a pas d'urgence, il n'y a que des gens pressés. Alors, on ne va pas se mettre à courir dans tous les sens, dit-elle avec une pointe d'accent créole.

Elle passa devant moi pour aller dans la salle de repos qui se trouvait derrière l'accueil. Une fois son sac posé, elle vint s'asseoir à côté de moi et commença à gérer les appels.

Entre deux arrivées de patients, elle m'expliqua le fonctionnement du cabinet :

— Le Dr Petitpois est très gentille. Elle ne prend pas de nouvelles patientes. Le Dr Syrut est un peu brut, mais au fond, il n'est pas désagréable. Il ne faut pas se laisser faire, c'est tout. Mettez des *limites*, dit-elle bien distinctement. Le Dr Menant est en congé maternité, c'est le Dr Ferrier qui la remplace depuis trois semaines. Ça se passe bien, il est juste un peu plus lent, alors on bloque un rendez-vous le matin et un l'après-midi pour qu'il ait un peu plus de temps. Le Dr Pirotte est le pédiatre. Les parents et les enfants l'adorent. Puis vous avez le deuxième généraliste, le Dr Bernand, qui n'est qu'à mi-temps ici, il fait des formations les autres jours. Pour finir, il y a un cabinet d'infirmiers libéraux, ils sont quatre mais s'autogèrent. Voilà ! Des questions ?

Je secouai la tête. Aliette avait été tellement rapide à me donner les informations, et il y en avait tellement que j'étais un peu perdue.

La matinée passa, j'apprivoisai doucement le logiciel, un peu moins vite le standard par contre. Ce n'était pas la chose la plus aisée à faire. En plus, je me rendis compte qu'une petite lumière s'allumait à chaque fois que je raccrochais. *Très bizarre.* Je la montrai à Aliette.

— C'est que vous appelez le Dr Ferrier à chaque fois que vous raccrochez là.

Je me mordis la lèvre. *Ah ! Pas bon, ça…*

À ce moment-là, je vis une grande silhouette s'arrêter devant le comptoir. Je levai la tête et me retrouvai statufiée devant l'homme face à moi.

— Benjamin ?

— Mélissa ? me répondit le beau trentenaire qui me surplombait.

Il remonta les lunettes sur son nez et passa la main dans ses cheveux blonds. Nous nous regardions, éberlués. C'était bien nous.

— Qu'est-ce que tu fais ici ?

— Je suis la nouvelle secrétaire médicale. Tu ne travailles plus à l'hôpital ?

— Non, j'ai eu mon doctorat. Je suis médecin généraliste maintenant. Je suis remplaçant ici.

Un ange passa. Mes yeux partirent dans le vague alors que je songeais à notre rencontre, à Benjamin et moi. Il y a deux semaines de ça, j'étais venue voir comment s'en sortait Charlotte avec les deux enfants qu'elle avait en garde, et je l'avais trouvée avec Matthias, l'oncle des enfants, et Benjamin, avec un bouquet de fleurs. Le repas s'était bien passé jusqu'à ce que je soutienne que l'otite de Sophie, la nièce de quatre ans de Matthias, aurait pu être traitée autrement que par une armada de médicaments allopathiques. Et là, Benjamin m'avait regardée comme si j'étais une folle échappée d'un asile. Je ne savais pas encore qu'il était médecin. Quand j'en avais été informée, j'avais développé ma théorie sur l'importance de renouer avec la nature plutôt que renforcer les liens avec la pétrochimie délétère à la santé des hommes et de la planète. Et c'est à ce moment-là que j'avais su que nous n'allions pas être potes. J'aurais mis ma main à couper que s'il avait pu me mettre sous calmants, il l'aurait fait. Mécréant. Il était parti, et Charlotte avait refusé de me donner ses coordonnées. Elle avait argumenté que mon côté « ayatollah du naturel » me vaudrait des soucis un jour, et que Benjamin avait suffisamment à faire avec ses proches sans avoir une folle écolo à ses basques. Ça se comprenait. Il fallait bien avouer que je pouvais être extrêmement pénible, et Charlotte le savait très bien, ça faisait plus de quinze ans que nous étions amies. J'avais donc vu mon désir d'amener une autre vision de la santé à un jeune médecin, donc porteur d'espoir pour l'avenir, partir en fumée. Devant mon air déçu, Charlotte m'avait assené : « Et puis tu ne l'utilises même pas ton diplôme de naturopathe, tu ne crois pas que tu devrais commencer par ça avant de partir en croisade contre Benjamin ? »

Elle n'avait pas tort. Comme je n'avais pas envie de parler de mon diplôme une énième fois avec mon amie qui ne comprenait pas mes choix, j'avais changé de sujet. Et nous n'avions plus reparlé de Benjamin.

— Bienvenue ! s'exclama ce dernier.

— Merci.

Il me donnait l'impression d'être sur ses gardes, et, moi, j'étais un peu décontenancée de le voir ici. Nous nous connaissions peu, mais tout de même assez pour savoir que nous n'avions rien en commun.

Aliette prit la relève.

— Que pouvons-nous faire pour vous, docteur Benjamin ?

— Il y a un truc bizarre avec le téléphone, il sonne deux fois, et personne ne décroche. Vous ne sauriez pas d'où ça vient ?

Avec un air navré, Aliette secoua négativement la tête.

— Peut-être un problème de téléphonie... Je vais regarder le mode d'emploi du standard et je vais essayer de régler ça.

— OK. (Il parut se satisfaire de cette réponse.) Merci, Aliette. À plus tard, mesdames.

Et il retourna à son bureau. Je soupirai de soulagement qu'Aliette ne m'ait pas balancée.

— Tu le connais d'où, le Dr Ferrier ? me demanda ma collègue avec curiosité.

Connaître Benjamin me valait apparemment un tutoiement d'office.

— C'est un ami d'une amie, mais je ne l'ai vu qu'une fois et je l'avais presque oublié, mentis-je.

Comment aurais-je pu oublier son regard condescendant la seule et unique fois où nous nous étions rencontrés ?

Cette réponse dérida de suite Aliette.

— Mais bien sûr, me dit-elle en souriant. Il est parfaitement oubliable, cet homme. La preuve, il t'a bien fallu, je dirais, un dixième de seconde pour le reconnaître...

Pour couper court à cette conversation, je fis semblant de ramasser une gomme sous le comptoir. Je n'avais aucune envie qu'une énième personne vienne se mêler de ma vie.

Aliette ricana en me voyant faire, puis alla chercher du café pour nous deux. Je souris en pensant que j'allais sans doute bien m'amuser avec elle.

À ma pause du midi, je me précipitai sur mon téléphone pour envoyer un message à Charlotte.

Y a ton admirateur au cabinet où je travaille…

Quel admirateur ?

Benjamin Ferrier.

Ce n'est pas mon admirateur. C'est un bon copain. Il est très sympa quand tu ne le soûles pas avec des théories fumantes.

La bonne nouvelle, c'est que je l'ai sous la main maintenant !

Fais attention à toi. Je ne pense pas que tu sortiras gagnante de ce duel, ma belle. Ce n'est pas parce qu'il paraît gentil et sympathique que tu vas pouvoir faire ce que tu veux avec lui.

T'inquiète ! Je vais le convertir.

J'ai hâte d'entendre ça.

Moi aussi, j'ai hâte de croiser le fer, pensai-je en souriant avec un air machiavélique. J'avais déjà convaincu mon amie Noémie d'arrêter les protéines de lait de vache pour ses problèmes de peau, et ce n'était pas peu dire qu'elle était têtue. Alors, j'étais sûre d'arriver à sensibiliser Benjamin à d'autres pratiques.

L'après-midi se passa sans beaucoup plus de difficultés que la matinée. Aliette orchestrait la valse des patients et faisait preuve de patience vis-à-vis de mes maladresses sur l'ordinateur. Je fis connaissance avec les différents médecins, y compris Georges, qui semblait très antipathique. Il ressemblait à Hercule Poirot, ça devait être sa silhouette toute ronde. Il me regarda de la tête aux pieds avec un air sévère et, concluant sans doute que j'étais inintéressante, il partit l'air hautain. *Grand bien lui fasse, qu'il trouve autre chose à faire que de m'enquiquiner, tiens.*

Je rentrai le soir sur la pointe des pieds dans l'appartement. J'étais fatiguée, la tension de cette première journée se faisait ressentir dans mes épaules. Je fermai tout doucement la porte quand la voix de ma grand-mère me fit sursauter.

— Je ne te connaîtrais pas aussi bien, je jurerais que tu m'évites, *darling*, me dit-elle d'un ton de reproche.

Je grognai tout bas.

— Mais non, Nana. Je ne voulais pas te déranger.

— Viens ! Je t'ai préparé à manger. Tu me raconteras ta journée.

Je n'avais pas envie de faire un compte rendu. Déjà, j'avais la tête comme une citrouille, et ma grand-mère avait le don d'extrapoler sur tout. Je craignais le pire. En plus, elle était très mauvaise cuisinière.

Après m'être installée à la table de la cuisine, je la regardai réchauffer des pommes de terre surgelées et sortir des tranches de jambon. Elle me mit l'assiette sous le nez et me fit signe de commencer mon repas.

— Et toi, tu ne manges pas ?

— C'est déjà fait. Je t'ai cuisiné ton plat préféré, tu as vu, me dit-elle, fière d'elle.

Nous partagions de temps en temps des repas, mais c'était moi qui cuisinais d'habitude pour éviter ça.

— Nana, c'était mon repas préféré quand j'avais six ans..., geignis-je.

Ma grand-mère me tendit une serviette et déclara de son ton « Respecte un peu les personnes de mon âge et écoute leur sagesse » :

— Ne te plains pas, je te prie. Tu as quelqu'un qui te fait à manger, alors forcément, je ne suis pas un grand blond, mais c'est toujours mieux que rien.

Il ne manquait plus que ça. L'éternel rengaine comme quoi la vie était beaucoup mieux à deux, et que c'était dommage que je sois célibataire à mon âge.

— Oh non ! Tu ne vas pas recommencer avec ça. Je suis une femme moderne, je sais m'occuper de moi toute seule.

— *Honey*, tu es comme moi. Tu as besoin d'un homme, ne serais-ce que pour te faire à manger autre chose que des plantes. Tu as mes gènes et tu n'es pas douée pour la cuisine. Et je ne parlerai pas du reste, dit-elle l'air malicieux.

Je l'examinai. Elle avait sa mise en pli impeccable, ses boucles blanches aux reflets bleus bien alignées, son sweat « *God Save the Queen*[1] » rose, et ses yeux noisette brillaient.

— Toi, tu as fait un excès. Je ne sais pas si c'est d'alcool ou de lectures de *Nous Deux*, mais je te le dis tout de suite, je ne veux pas avoir cette conversation avec toi, Nana.

— Conversation sur quoi, *honey* ? me demanda-t-elle d'un air innocent.

1. Que Dieu protège la reine.

— Sur l'utilité d'avoir un homme dans ma vie.

Et là, elle partit dans un flot ininterrompu de récits du bonheur marital. Pour cause, elle s'y connaissait, elle avait eu trois maris. Comme c'était du *Replay*, je me contentai d'arroser mes pommes de terre de mayonnaise et de mettre ma tranche de jambon sur le côté. Ma grand-mère semblait oublier à chaque fois que pas une bouchée de viande n'avait franchi mes lèvres depuis mes quinze ans.

J'avalai vite fait mes patates, je n'en pouvais plus de cette journée.

— Bon, c'est pas tout ça, mais un repas sans dessert, c'est comme...

— Un mariage sans parties de jambes en l'air, gloussa-t-elle.

Je levai les yeux au ciel. C'était la fête de mon statut de célibataire ce soir.

Chapitre 2

Benjamin

Cela faisait bientôt trois semaines que j'avais débuté ce remplacement de congé maternité. Je venais de passer mon doctorat. Dans ma nouvelle vie de médecin généraliste, il y avait des jours où ça se passait facilement et d'autres où j'avais l'impression d'être la victime d'une caméra cachée. Comme, par exemple, à cause du fait que mon téléphone sonne pour la cinquième fois pour un rappel automatique que je n'avais pas demandé. Je raccrochai en soupirant et me concentrai sur mon patient.

Âgé de quatre-vingts ans, il se plaignait d'avoir des douleurs au poignet, mais pour me rassurer, il dit :

— Il ne faut pas vous inquiéter docteur, je suis « dur à la douleur » !

Je l'examinai, puis lui mesurai la tension. Comme il me parlait d'étourdissements, je contrôlai sa glycémie tandis qu'il m'expliquait avoir consommé un vieux médicament de sa pharmacie qui n'était plus commercialisé depuis dix ans.

— Vous avez pris du Raptil ?

— Oui, et comme il n'était pas très efficace, j'ai pris

du Palludril que ma petite-fille avait laissé traîner à la maison. Il paraît que c'est super pour les douleurs.

Je me retins de lui demander s'il avait tenté les médicaments du chat. On ne sait jamais, la douleur aurait pu s'envoler. Je choisis plutôt de lui expliquer les risques de prendre des médicaments sans prescription.

— Le Palludril donne des étourdissements, des coups de fatigue, des nausées...

— Ah bah, ça doit être pour ça que je suis tombé dans la salle de bains. Je ne voyais plus clair.

Il me fallut faire un effort immense pour ne pas passer un savon à mon patient.

— Monsieur Duchausser, il n'est pas recommandé de prendre des médicaments sans avoir vu le médecin dans votre cas, parce que ça pourrait interférer avec les dix médicaments que vous prenez habituellement.

Je vis qu'il ne me comprenait pas.

— Pff... Balivernes. Maintenant que vous vous êtes bien amusé à me faire la piqûre et me déshabiller, on fait quoi ? Je vous préviens, je ne prendrai pas n'importe quoi !

En entendant ça, je pensai à mes neuf ans d'études qui m'avaient amené à soigner cet enfant boudeur de quatre-vingts ans. Je pris note que je méritais ce soir un whisky *single malt* pour la patience dont j'aurais fait preuve avec ce monsieur.

Et ce fut ça toute la matinée. Des patients qui venaient me voir dix jours après la chute, et il y avait une fracture, des nez qui coulaient et des exigences d'antibiotiques. Bref, ce mardi, c'était la journée des pas-contents, et moi, ça me fatiguait.

À la pause du midi, j'allai m'acheter à manger et me retrouvai à côté de Mélissa. Pendant qu'une des vendeuses préparait mon sandwich jambon-crudités, Mélissa passa commande du sien.

— J'aimerais un sandwich végétarien.

La vendeuse fit une tête de dix pieds de long.

— Ce n'est pas compliqué, vous me mettez des œufs, de la salade et des tomates, et je serai très heureuse.

Tandis que la commerçante soupirait, Mélissa se tourna vers moi et lui dit :

— Vous lui mettrez ma tranche de jambon !

— Trop gentille ! la remerciai-je, pince-sans-rire.

— Y a pas de quoi.

Elle me décocha un sourire à fossettes, et je compris qu'elle se moquait de moi.

Mon regard fut attiré par ses longs cheveux roux aux boucles aux reflets dorés, et j'eus envie de les toucher pour vérifier s'ils étaient aussi doux qu'ils en avaient l'air. *N'importe quoi,* me dis-je, *l'hypoglycémie te fait divaguer.*

Fusillant du regard la vendeuse exaspérée, elle me murmura :

— Elle a la tête à croire qu'il me manque des neurones. Les végétariens sont-ils plus bêtes que les omnivores, docteur ?

Je n'eus pas le temps de répondre qu'elle partit. Ils n'étaient certainement pas plus bêtes, mais en tout cas, cette végétarienne était sacrément plus jolie que les omnivores de ma connaissance. Je grimaçai en voyant l'épaisseur de mon sandwich double jambon. Pas sûr finalement que je veuille manger du cochon...

Je rentrai déjeuner dans mon bureau, laissant la porte ouverte, et m'affalai dans mon fauteuil. La pièce était sympa et spacieuse. Le courrier en attente d'être lu se trouvait dans une pile à ma droite sous le cale-livre en forme de gélule, mes stylos dans le pot à crayons, et tout était propre. Je fronçai les sourcils devant l'affiche des poumons d'un fumeur. J'allais finir par l'enlever, il y avait de quoi faire peur aux enfants et me couper l'appétit. Mes collègues avaient pris l'habitude de venir me voir tous les midis pour discuter des patients, de mes difficultés si j'en rencontrais, et de tout ce qui leur passait par la tête, c'étaient des moments assez mémorables.

Alors que j'y pensais, Annette, la gynécologue, surgit sur le pas de la porte avec sa blouse deux fois trop grande, ses lunettes de hibou et ses cheveux en pétard. Elle s'assit face à moi avec son thé, déposa un distributeur de capotes sur mon bureau et me parla des derniers mouvements anti-IVG. Je retins une grimace en voyant cette nouveauté qui perturbait mon organisation. Qu'est-ce que j'allais pouvoir en faire sans que ça vexe ma collègue ? Je n'eus même pas le temps d'élaborer une stratégie qu'elle renversa son thé en s'énervant et arrosa l'objet indésirable. Je m'empressai de le poser dans un coin pour qu'il sèche, et Annette alla chercher de la crème à mettre sur sa main brûlée.

À peine fut-elle partie que Hervé, mon collègue généraliste, prit sa place. Il me parla de vélo et de course à pied tout en mangeant une barre hyper calorique. Il négocia l'échange temporaire de nos bureaux du même fait. J'aurais le sien qui était plus grand et plus lumineux. Je ne réussis pas à savoir exactement ce qu'il y gagnait, mais je ne m'appesantis pas dessus. Pour finir, Armand Pirotte, le pédiatre, vint me parler des rebondissements dans sa série préférée, *NCIS*, puis me demanda si je pouvais prendre une de ses patientes, une ado, pour une visite de routine. Il était débordé et pensait qu'elle serait plus à l'aise avec un médecin plus jeune, y compris pour parler de contraception. J'acceptai sans problème.

Après mon dernier rendez-vous, je découvris que j'avais un SMS de mon meilleur ami, Fred. Il revenait d'un reportage d'un mois, et j'étais sommé d'aller chez lui pour parler de choses importantes... et d'arriver avec un pack de bières. Tel que je le connaissais, ça pouvait être aussi bien parler de son PEL que des tensions dans les Balkans. Je n'avais pas envie de le voir — comme je n'avais envie de voir personne en ce moment —, mais ce n'était pas le genre d'homme à tolérer un non. Sinon, il aurait été capable de débarquer au cabinet.

J'enlevai ma blouse, mis ma veste et sortis dans le couloir. Mon collègue, Hervé, avait déjà déposé ses affaires dans ma salle d'attente déserte et patientait sur un siège en jouant à *Candy Crush*.

— Tu veux déménager maintenant ?

Surpris, je ne comprenais pas où était l'urgence.

Il releva la tête et, réjoui, me répondit :

— T'inquiète. On va juste échanger les secrétaires sur roulettes, le matériel est le même. Tu peux emmener ton squelette si tu veux.

Après un coup d'œil à Oscar, le squelette de Béatrice, le médecin que je remplaçais, je hochai la tête. Il m'était utile pour expliquer aux patients ce qui leur arrivait.

— Je le prends.

Je rentrai de nouveau dans ma salle d'examen, fis le tour des meubles et du matériel, et, concluant que je n'avais rien laissé de personnel derrière moi, donnai mon feu vert à mon collègue.

— Tu me dis pourquoi tu veux changer de bureau ?

Il ne me répondit pas. Je sortis de la salle et regardai autour de moi. Ce bureau était situé au bout d'un couloir, et la salle d'attente était commune avec le cabinet infirmier. La pièce était plus petite que l'autre et avait moins de lumière du jour. Je ne comprenais vraiment pas ses motivations.

Mon collègue avait l'air tellement content de cet échange que je n'allai pas chercher plus loin et poussai mon meuble dans ma nouvelle salle d'examen. Une fois Oscar installé, le peu d'affaires que j'avais déballées, je fermai la porte de mon nouveau bureau et partis rejoindre mon ami.

Avec Fred, on se connaissait depuis nos trois ans. À l'époque, mon père venait d'avoir ma garde. Alors que j'étais paumé sur le seuil de ma nouvelle classe, Fred m'avait pris par la main et tiré à ses côtés. On ne pouvait faire plus dissemblables, lui brun aux yeux noirs, extraverti, moi blond aux yeux bleus et renfermé.

Vingt-sept ans plus tard, nous étions affalés sur son canapé. Je l'observais en train de se gratter le ventre en buvant sa bière. Avec ses cheveux trop longs et en bataille, sa barbe d'une semaine et ses valises sous les yeux, ce mec avait si peu de classe que je ne comprenais pas comment il arrivait à emballer autant de filles. Il devait tellement les baratiner qu'à la fin, elles perdaient leur bon sens. Je ne voyais que ça.

— Pourquoi tu me regardes en coin ? me demanda-t-il, la bouche pleine de chips.

— Rien. Je réfléchissais à ton capital de séduction.

Il grogna.

— Arrête l'ironie, ça ne te mène à rien.

Il continuait à s'empiffrer sans m'expliquer la raison

de ma convocation. Je vis son sac de voyage à moitié vide dans un coin de son salon-cuisine et des moutons de poussière à côté. Il avait enfin mis des photos sur ses grands murs blancs, et les quelques cartons qui traînaient avaient disparu. Il avait pris le temps de s'installer complètement.

Avachis, nous regardâmes la télé éteinte pendant cinq minutes.

— Je vais être direct avec toi, Ben. Ta demi-sœur m'a envoyé un message me demandant de te cuisiner pour savoir comment tu allais. Alors, fais un effort et dis-moi ce qu'il en est, parce que tu connais ma position vis-à-vis de la communication avec les femmes. Moins on leur parle, plus on a de chance de s'en sortir sans emmerdes.

Posant la nuque sur le canapé, il soupira.

— Bien que tu saches très bien que je ferais une exception pour Chloé.

— Oublie. Elle est trop jeune pour un débauché comme toi.

Cette conversation n'allait pas dans la bonne direction. Déjà, que Chloé fasse une enquête me contrariait. Je lui avais dit que tout allait bien, elle n'avait pas besoin de chercher plus loin. L'air rêveur que Fred affichait en parlant d'elle ne me plaisait pas non plus. Il avait huit ans de plus qu'elle, et un répertoire téléphonique dans lequel les « Mélanie » étaient numérotées tellement il en avait connu.

Il soupira à nouveau.

— Alors je lui dis quoi ?

— Que ça va très bien.

J'estimais que ma sœur avait d'autres choses à faire que de s'inquiéter de mon moral. Si elle savait que je broyais du noir, elle serait capable de venir de Nantes pour me faire des câlins. Je n'étais pas sociable ni câlinable en ce moment.

— Et la version sans filtre ?

— Mon ex a profité que je sois au travail pour vider l'appartement, dis-je d'une voix morne.

— Mais elle était partie il y a trois mois, elle n'avait pas pris des affaires ?

— Les siennes seulement.

Putains de bonnes femmes. Encore heureux que l'on n'avait pas de compte commun, elle l'aurait vidé. J'étais rentré de l'hôpital un soir et j'avais trouvé l'appartement étonnamment calme et rangé. Pas de foulard traînant sur le canapé, pas de sac en vrac dans l'entrée. Très bizarre. Comme j'avais passé une garde catastrophique avec le décès de deux personnes et des familles en pleurs, je ne m'étais pas appesanti dessus et je m'étais dirigé directement sur la bouteille de bourbon. Et là, scotchée à la bouteille, trônait une enveloppe avec mon prénom. Clara m'annonçait qu'elle était partie emménager avec son patron, que de toute façon je ne verrais sans doute pas la différence, étant donné le peu de cas que je faisais d'elle. Et voilà... La bouteille de whisky avait pris cher. Et le lendemain matin, avec un crâne pulsant à 1 000 mouvements/minute, j'avais lu un SMS de ma demi-sœur m'annonçant que Clara avait mis sur Facebook qu'elle était en couple avec l'homme de sa vie. Elle avait conclu son SMS par un « De toute façon, je savais bien que c'était une pétasse ». Eh bien, moi, je ne m'en étais pas douté... Et j'aurais bien aimé qu'on me prévienne.

Nous étions en couple depuis deux ans, et je lui avais bien dit que mon travail était ma priorité. Elle n'avait pas dû être attentive ce jour-là.

J'eus un ton amer qui me surprit :

— Elle devait compter sur son nouveau mec. Sauf que celui-ci l'a apparemment mise à la porte, car là, Clara a vidé tout l'appartement, à part le clic-clac et mes livres de médecine. Il ne restait qu'une feuille sur la pile de bouquins avec écrit dessus : « Puisqu'il n'y a que ça qui t'intéresse. »

— Pétasse.

Je ne pouvais qu'approuver les paroles de mon ami.

— Je dois bien avouer que c'est la première fois qu'elle me surprend. Non seulement elle me plaque en me disant que je suis chiant comme la pluie alors qu'elle ne s'était plainte de rien en deux ans, mais en plus, elle me trompait depuis plusieurs mois.

Je terminai ma canette et l'écrasai pour me soulager.

— J'ai juste l'impression d'être le roi des abrutis.

Fred se leva, alla chercher deux verres et nous servit son whisky spécial grandes occasions.

— Elle te manque ?

Je ricanai.

— Même pas. C'est peut-être ça le pire. Comment ai-je pu vivre autant de temps avec elle et que cela ne me perturbe pas qu'elle ne soit plus là ? Qu'est-ce que c'était que cette relation ?

— Alors ça, ne me pose pas la question. Je comprends rien aux relations de plus de deux semaines.

Je bus cul sec mon verre et sentis la brûlure bienfaitrice de l'alcool dans ma gorge. J'en avais bien besoin.

— Tu pourras dire à ma demi-sœur que je vais bien et que je me suis racheté des meubles. À la réflexion, c'est moi qui vais l'en informer. J'aime pas trop que tu t'approches de Chloé.

Il eut pour seule réponse un haussement d'épaules.

— J'ai été faire un tour dans un magasin de meubles avec Charlotte. Tu sais, mon ancienne collègue des urgences.

J'eus un sourire en pensant au périple que ça avait été. Charlotte avait profité du voyage en voiture pour faire toute la liste de ce qu'il me fallait et, une fois sur place, elle avait été d'une redoutable efficacité. Elle avait même rempli mon frigo de bouffe suédoise.

— Charlotte, l'infirmière rigolote ? me demanda Fred en me jetant un coup d'œil intéressé.

— Oublie tout de suite. Elle est dans un état déplorable. Son mec est reparti aux États-Unis, et elle a plus de nouvelles. Elle passe son temps à se traiter de conne et, pour ne pas penser à son ex, elle est devenue hyperactive. Ça m'arrangeait. Au moins, elle, elle avait la pêche pour faire les magasins.

Il grogna de déception.

— Et le travail ?

— Ça va. Mes collègues sont sympas, les patients me trouvent trop jeune, et j'ai une folle accro aux remèdes naturels qui vient d'arriver en tant que secrétaire médicale. J'attends de voir comment ça va se passer.

— Au moins, ça te change les idées.

Pour ça, c'était mission réussie. Entre les bizarreries du téléphone et les regards que m'adressait Mélissa, j'avais de quoi réfléchir.

Fred me resservit du whisky. La chaleur bienfaisante de l'alcool se faisait ressentir, et je me sentais détendu.

— J'ai eu le notaire chargé de la succession de mamie Jeannette, et elle m'a légué 700 000 euros.

Fred me regarda, ébahi. Il n'était pas le seul à être surpris de cette décision. J'avais été très étonné que ma grand-mère ait autant d'argent et encore plus qu'elle ait fait de moi son seul héritier. Fred était la première personne à qui j'en parlais.

— Pourquoi tu dis ça sur un ton lugubre ?

— Ma mère est folle que rien ne lui soit versé

et elle menace de m'intenter un procès. Ma chère aïeule a fait un montage fiscal pour que ma mère soit déshéritée. Résultat des courses, c'est le bordel. En même temps, j'aurais pu m'en douter que mamie n'allait pas faire de cadeau à ma mère. Je suis sûr qu'elle doit être pétée de rire là-haut en voyant la tête de ma mère tellement botoxée qu'elle ne peut même plus sourire.

— Putain, ta vie, c'est *Plus belle la vie.*

Je ne pus qu'acquiescer à cette conclusion.

— Ouais, et je déteste ça. Tu aurais un avocat à me conseiller ?

Ma mère était une harpie quand il s'agissait d'argent. Elle m'oubliait la plupart du temps, mais là, comme par hasard, j'avais de ses nouvelles toutes les semaines, et pas sur un ton aimable. Si je voulais avoir la paix, il allait falloir sortir l'artillerie lourde.

Je rentrai chez moi, un poil gai, un poil déprimé à cause de la fatigue et de l'alcool. Je mis un moment à reconnaître mon appartement. On aurait dit une cellule monacale. Charlotte avait bien essayé de me coller des tableaux sur mes murs blancs, mais je l'avais freinée. La prochaine étape aurait été le papier toilette à fleurs, je le pressentais. J'allai prendre une bière dans le frigo et m'affaler sur le seul et unique survivant de ma vie d'avant.

Les femmes sont des emmerdeuses, voilà ce à quoi je songeais en croisant les pieds sur ma table basse. Ma mère étant la pire de toutes, avec juste derrière elle Clara, mon ex. Elles n'étaient que des nids à ennuis. Elles t'enrobaient de miel et de douceur, et, tout d'un coup, tu te réveillais ficelé dans leur toile, et elles te donnaient le coup fatal.

Je soupirai et me redressai pour me lever quand

je vis le clignotement du répondeur. En le mettant en marche, j'entendis la voix claire et dynamique de ma belle-mère, Barbara :

« Coucou, chéri, je parlais à ton père quand j'ai eu une idée. Ta sœur veut monter à Paris pour chercher un logement avant de commencer son année à l'école de stylisme. Elle veut se mettre en colocation et trouver l'appartement parfait par Internet. Je me suis dit qu'elle pourrait venir te voir et, comme ça, elle serait sur place pour trouver un pied-à-terre. Tu connais Chloé, si personne ne veille sur elle, elle va réussir à choisir le pire endroit de Paris. Tu réfléchis et tu me rappelles ? Bises. »

Autant dire que je ne pouvais pas refuser sans me faire l'impression d'être le pire des grands frères. Je n'avais même pas eu le temps de m'habituer à mon appartement rangé qu'une nouvelle pagaille s'annonçait.

Chapitre 3

Mélissa

Nous étions vendredi et j'arrivais au travail en bâillant. Joyeusement, je poussai la porte du cabinet, songeant que ma première semaine se terminait, et que, étonnamment, je n'étais pas sur le point d'exploser.

À vingt-huit ans, je travaillais depuis dix ans, et aucun de mes boulots n'avait duré plus d'un an. J'en avais vu des entreprises, mais jamais avec une dynamique pareille.

Les jours passés, j'avais regardé ce petit monde évoluer comme si j'étais une touriste chez les Inuits : observer les mœurs inconnues, repérer des lieux, essayer de ne pas faire de boulettes. Cela m'aurait arrangé d'aller au bout de cette mission, je participais peu aux charges de l'appartement, mais mes nombreuses activités annexes me coûtaient assez cher. Donc, je m'étais fondue autant que possible dans le décor. Peut-être un peu trop d'ailleurs, car Aliette, de sa voix tonitruante, m'avait interpellée, mercredi, du fond de la salle d'attente où elle remettait la pile de magazines en place :

— T'es timide, toi ? Tu causes pas beaucoup.

Benjamin, qui sortait à ce moment-là de son bureau, avait toussé bruyamment ; je le suspectais d'avoir retenu un rire.

Benjamin... la source principale d'interrogation de ma collègue. La preuve, la première chose dont elle m'avait parlé à mon arrivée était la vie amoureuse de Dr Parfait.

— Dr Benjamin est toujours sérieux, il est toujours le premier arrivé et repart après tout le monde.

Elle avait secoué la tête avec un air mécontent.

— C'est pas bon pour lui, un jeune homme comme ça devrait sortir. Je lui ai demandé si sa femme ne l'attendait pas à la maison, et il s'est contenté de m'adresser un petit sourire.

Me regardant avec curiosité, elle m'avait demandé :

— Tu sais, toi, s'il a quelqu'un ?

J'avais nié de la tête.

— Et toi ?

— Personne.

— T'as raison. Les hommes sont des nids à emmerdes, je te le dis. Comme ça, tu seras pas surprise. Moi, j'ai été assez bête pour me dire qu'il pouvait s'améliorer, et puis voilà le résultat.

Nous avions été interrompues par le téléphone. Après avoir raccroché, elle avait repris la conversation comme si de rien n'était :

— Cinq gosses et un connard à la porte. Y a pas de « doudou » qui tienne ! Je t'le dis. Y fout rien, ramène pas d'argent, met les pieds sous la table, DEHORS !!!! Faut pas se laisser emmerder, ma belle.

Mère de cinq garçons qui la fatiguaient bien assez, elle ne voulait pas s'embêter avec un mec, ce que je comprenais parfaitement.

En ce dernier jour de la semaine, nous discutions

à nouveau quand un toussotement nous interrompit. Nous avions pris l'habitude de nous cacher derrière le comptoir pour que les personnes dans la salle d'attente ne nous voient pas papoter. Nous redressâmes la tête et aperçûmes le Dr Syrut en train de nous toiser. Il me tendit une cassette et me dit :

— Il me faut ce compte rendu pour dans une heure.

Je me contentai de la lui prendre, et il repartit avec la démarche d'un homme qui aurait avalé un parapluie.

— Te laisse pas atteindre par son air pas commode. Il mord pas, bougonna Aliette.

Une autre voix se fit entendre.

— Ah non. Je ne mords pas en effet, lui répondit Benjamin.

Pas croyable, cet accueil était un hall de gare.

— Vous vouliez me voir, Aliette ?

— Docteur Benjamin, mon grand, Willy, a tapé un autre gamin au lycée, et il a mal à sa main. De principe, je dirais bien fait pour lui, mais bon, c'est sa main droite, et il a des contrôles. Déjà qu'il me ramène des notes plus que moyennes...

— Vous voulez que je le voie, Aliette ?

Eh bien, c'était la première fois en une semaine que je voyais Aliette aussi douce. Elle lui sourit et opina de la tête.

— Mettez-le-moi sur le rendez-vous fantôme de l'après-midi.

Et il repartit, toujours aussi impassible. Aliette, elle, le regardait avec vénération.

— Tu sais, quand je le vois, je pourrais presque oublier que les hommes sont des bons à rien.

Et elle soupira en décrochant le téléphone pour répondre.

Honnêtement, bien que je sois à la diète, histoire de

réfléchir à mes attentes vis-à-vis des hommes, je ne comprenais pas ce que pouvaient bien lui trouver de si formidable Aliette et mon amie Charlotte. Quand je le regardais, j'avais l'impression d'avoir l'homme de glace face à moi. D'accord, un homme de glace super viril et bien fait de sa personne, comme dirait ma grand-mère, mais un homme de glace quand même. Grand, blond, les yeux bleu clair aussi froids qu'un iceberg, la blouse fermée jusqu'au dernier bouton, la cravate bien nouée, il avait toujours la même physionomie quand il ouvrait la porte à ses patients. C'était sans doute un bon médecin, mais de là à soupirer après... ou alors ce n'était que pour son physique.

Dans une vie antérieure, il a dû être un tueur à gages russe...

Je fus tirée de mes élucubrations par l'arrivée d'Annette, la gynécologue. Elle vint nous voir, toute décoiffée, avec sous le bras une pile de prospectus et une boîte.

— Serait-il possible, Aliette, que nous mettions ce distributeur de préservatifs à côté de votre affichette, là ?

Elle nous montra du doigt l'écriteau qui demandait à ce que l'on respecte une distance de confidentialité.

Aliette fronça les sourcils et fit *tttttt* en tournant la tête.

— Annette, que vont dire les mamans qui accompagnent leurs enfants voir Armand ? Et Georges ? Vous pensez vraiment que Georges va bien vouloir que ses patients arrivent dans son bureau avec des capotes dans la main ?

Annette ne se débina pas, elle déroula le rouleau qu'elle tenait sous le bras, et nous vîmes apparaître deux hommes qui s'embrassaient.

— Et cette affiche, Aliette ? Dans le hall ?

Celle-ci eut les yeux qui lui sortirent de la tête. Je cachai mon rire derrière ma main et vis Benjamin arriver à côté de sa collègue. Elle se tourna vers lui et lui dit :

— Benjamin, ne trouves-tu pas cette affiche magnifique ? L'esthétique de la photo est belle, et le message passe très bien, non ?

Je regardai attentivement Benjamin qui, inflexible, se contenta de dire « Oui » d'une voix ferme. Pas un sourire, pas un froncement de sourcils. Cet homme était un cyborg.

Après s'être levée, Aliette dit à Annette qu'elle pouvait faire ce qu'elle voulait dans son petit coin de salle d'attente, mais que l'entrée était son espace, et qu'elle ne mettrait pas cette affiche.

— Pensez à Georges, Annette. Vous ne voudriez pas lui faire faire une attaque tout de même ?

Pendant qu'Annette prenait le temps de la réflexion, Benjamin nous demanda :

— Depuis cinq minutes, j'essaie d'appeler et j'entends les messages du répondeur du cabinet. Vous sauriez ce qui se passe ?

Ah... C'était donc à ça que servait le bouton gris. Aliette et moi regardâmes le clavier, et j'appuyai dessus discrètement.

— Docteur Benjamin, je pense que c'est un aléa informatique, nous nous efforçons de trouver une solution, dit très sérieusement ma collègue.

La reine des pipoteuses, Aliette. J'allais être à bonne école.

Je partis m'isoler avec mon casque sur les oreilles pour taper le compte rendu du Dr Syrut. À mon avis, il avait mis tous les mots compliqués qu'il connaissait en le dictant, et j'allais me taper un zéro pointé. J'en attrapai des suées et un mal de crâne. Tant pis, il n'allait pas être content, mais un peu plus ou un peu moins...

Peu après, Aliette se montrant un peu trop brusque avec certains patients, je répondis donc au téléphone autant que possible.

L'heure bénite de la fin de journée arriva, et je m'enfuis avant que Georges ne me tombe dessus. En sortant, je vis Benjamin au téléphone faire les cent pas sur le parvis devant le cabinet. La tête relevée vers le ciel, il soupira :

— Ai-je le choix ? Mais bien sûr que oui, je suis ravi de la voir. Me fait pas dire ce que je n'ai pas dit ! Oui, oui, je suis ravi.

Je passai sur la pointe des pieds à côté de lui avec l'envie de rire, car il n'avait pas du tout l'air content. Je ne savais pas qui il baratinait, mais la personne devait être sacrément crédule pour y croire.

Pas mon affaire, de toute façon, j'avais suffisamment à m'occuper à la maison.

Je passai mon samedi à essayer de faire du rangement dans mon appartement. Je fis une lessive pour avoir autre chose à me mettre que des T-shirts avec des inscriptions, je réglai les factures qui traînaient et essayai de dépoussiérer et laver mon trois pièces. Une fois la moitié de ma mission réalisée, j'estimai que j'avais assez travaillé pour l'instant et partis à ma séance de yoga.

Mon professeur était un grand échalas au sourire communicatif et à la douceur incarnée. Nous étions amis depuis mon premier cours de yoga huit ans auparavant et avions fait des stages en ashram ensemble. Il était persuadé que j'étais une âme à sauver.

Sous l'ombre des chênes du parc voisin, nous étions tous les deux dans la posture de la pince, quand Jeff se mit à parler :

— Méli, tu devrais vraiment retourner faire cette retraite en Inde. Ce n'est pas parce que tu as attrapé une gastro que ce pays n'est pas compatible avec ton organisme.

Je soupirai et relâchai ma nuque.

— Tu ne peux pas comprendre. Ce n'est pas que mon organisme. J'étais censée être mieux et j'étais stressée. De toute façon, je ne suis pas sûre qu'être professeure de yoga soit fait pour moi.

— Femme de peu de foi.

Sans doute. Mais ce stage, dont j'étais revenue peu avant le début de mon remplacement au cabinet médical, avait vraiment été très éprouvant pour moi. J'avais eu beaucoup de mal à me concentrer, trop occupée à ressasser mes problèmes parisiens. Et puis, je doutais toujours de mes choix professionnels. J'enviais Jeff et ses certitudes.

Nous étirâmes nos bras vers le ciel, et il recommença à parler :

— Tu te dois de terminer ce parcours. C'est important pour ton corps, pour ton âme, et tu as un don.

Je soupirai. Jeff trouvait tout le monde doué. Et surtout, il pensait que le yoga sauvait les gens. Moi, j'en étais bien moins sûre.

— Nous ne sommes pas censés faire nos postures en silence ?

Et le silence se fit… pendant cinq minutes.

— Tu te rends bien compte que tu pourrais faire le bien autour de toi, aider les gens à dénouer leurs nœuds d'énergie. Et au fait, tu ne devais pas te renseigner pour te former au massage ?

— Sainte Marie, mère de Dieu, faites-le taire, dis-je en regardant le ciel.

— Elle ne t'écoutera pas. Elle est comme moi, elle aimerait savoir ce que tu fabriqueeeees. Quel est ce magnifique mâle qui passe là ?

Je levai les yeux pour voir ce qui avait pu interrompre la concentration de poisson rouge de mon coéquipier. Cela devait être exceptionnel pour qu'il perde le fil de ses idées. À une cinquantaine de mètres, un grand blond s'épongeait le front avec le bas de son T-shirt. Je crus reconnaître la silhouette de Benjamin, mais je n'en aurais pas mis ma main à couper. Peut-être la carrure des épaules... Je retins ma respiration à l'idée que ce soit lui. Je n'avais pas trop envie qu'il me voie dans ma panoplie de yogi. En plissant les yeux, je remarquai que cet homme n'avait pas de lunettes. Non, ça ne pouvait pas être lui.

Je regardai mon acolyte et, le voyant perdu dans sa contemplation, soupirai.

— Je croyais que tu avais le cœur en miettes depuis que ton mec est parti.

Il haussa les épaules, en continuant à observer l'individu, l'air rêveur.

— Ça n'empêche pas de regarder. Plaisir des yeux, quoi.

Il faisait chaud en ce mois de juin, la séance ne ressemblait à rien, je décidai donc de me reposer sur mon tapis de yoga. Assise confortablement, j'admirai le feuillage des arbres bouger. Jeff fit de même à côté de moi.

— Pas de plaisir des yeux pour moi en tout cas. Les mecs sont des nids à emmerdes.

— C'est un peu exagéré, non ?

Non, ça ne l'était pas du tout. Frank, celui qui m'avait gâché ma retraite en ashram, en était la preuve.

— Le dernier, Frank, m'envoie des SMS tous les jours, me disant que je devrais aller consulter, car je ne suis pas normale « comme fille », dis-je en mimant les guillemets avec mes doigts. Mais enfin, je leur explique à chaque fois, pas de relation sérieuse. Que pour s'amuser ! Ce n'est pas le rêve de tous les mecs, ça ? Une nana qui ne veut surtout pas un crédit pour la maison avec des gosses dedans ?

J'avais été une fois en couple avec un mec il y a huit ans de ça. Un jour, je m'étais rendu compte que nous ressemblions à mes parents : il ne m'écoutait jamais et ne tenait pas compte de ce que je voulais. Mon pire cauchemar. Je l'avais plaqué vite fait et avais déterminé une ligne de conduite.

Jeff ne semblait pas me comprendre.

— Moi, ce dont rêvent les hétéros, ça m'est assez mystérieux. Mais sans doute...

— J'ai deux frères. Je peux te dire ce qu'ils fuient en général. Je les ai vus faire, tu peux me croire.

— Peut-être que t'es pas assez claire ?

— Mais je leur dis : « On se voit pour s'amuser et pas de prises de tête. » Résultat : ils finissent tous par me coller, par vouloir savoir tout ce que je fais, à vouloir passer tout leur temps libre avec moi. Sergio, le fleuriste, me dépose au moins tous les deux jours des fleurs ou des plantes sur le pas de ma porte au grand bonheur de ma grand-mère. Il fait ça depuis six mois, depuis notre rupture.

— Rappelle-moi pourquoi tu l'as plaqué celui-là ?

— Il n'avait pas compris que nous étions dans une relation exclusive. Je veux une relation exclusive sans prises de tête ! C'est pas compliqué quand même ! tempêtai-je.

— Ah oui ! La galoche à la soi-disant cousine. D'ailleurs, c'est un peu bizarre comme excuse.

— Exact ! Celui d'avant a attendu que j'arrive devant lui dans mon bar préféré pour rouler une pelle à une gonzesse. Et après, il m'a regardée fixement. Mais je m'en fichais de ce qu'il faisait de sa vie ! Nous avions rompu. Je suis partie m'asseoir avec mes amies, Charlotte et Noémie, et il est venu me demander si je me rendais compte de ce que j'avais perdu. Noémie a éclaté de rire, ce qui l'a vexé comme un pou, et il s'est barré en oubliant sa blonde. D'ailleurs, elle est venue nous demander où il était et a terminé sa soirée avec nous. Très sympa cette fille. Elle a fait le tour du monde avant de reprendre l'affaire de son père et...

Nous entendîmes des aboiements de chien et vîmes des oiseaux s'envoler du chêne.

— C'est bon, c'est bon, me dit-il en me tapotant l'épaule. Je n'ai pas envie de connaître la vie de cette nouvelle copine que tu t'es faite. Y a que toi qui es capable de sympathiser avec tout le monde comme ça.

Je soupirai.

— Oui, sauf avec un mec bien. Y en a un qui m'a dit un jour que j'en demandais trop, alors que je lui demandais rien. Tu sais, suite à une remarque de Noémie la semaine dernière qui me disait que c'était bizarre que j'attire des mecs comme ça, je me suis posé des questions. Il serait peut-être bien que je fasse une pause dans les sorties, dans les histoires, et que je réfléchisse. Je ne dois pas émettre le bon message. Il doit y avoir quelque chose qui cloche dans ma façon de leur parler. Je suis peut-être attirée que par les compliqués... J'ai donc décidé d'être célibataire pendant plusieurs mois, histoire de prendre du recul.

Jeff me prit la main et me la serra doucement.

— Peut-être qu'en effet, une petite pause s'impose. Histoire de faire le bilan.

Je rentrai chez moi, forte du soutien de mon ami, et décidai de m'atteler à ce qui était le plus pénible dans mes week-ends : téléphoner à ma mère. Je mis ma playlist spéciale « appel à ma génitrice », m'assis en tailleur sur mon canapé avec ma balle antistress dans une main et le téléphone dans l'autre. Ce fut sur les premières notes de *Chop Suey !* de System of a Down que je l'appelai.

Après les salutations d'usage et les remarques sur le temps, elle me parla de son sujet favori : mes frères.

— Philippe est toujours en mission, et nous ne savons pas où.

— Hum...

Il n'était pas fou, il devait être au moins à dix mille miles de mes parents. Nous avions mes frères et moi un sens de la survie très développé.

— Je trouve vraiment impressionnant les métiers que font tes frères. Ils apportent quelque chose d'inestimable à la société, ont une vie de famille équilibrée, je suis vraiment fière d'eux.

— Magnifique, ironisai-je.

— Et toi, tu en es où ?

— Ça dépend de quoi tu veux parler, maman. Si c'est du travail, je tape des comptes rendus pour un psychiatre et j'apprends plein de nouveaux mots. Je vais devenir imbattable au Scrabble.

Ma mère me répondit d'un ton acide :

— C'est ce que l'on appelle avoir des objectifs dans la vie.

— Pour ma vie amoureuse, je suis en période de célibat et, si je sortais de cette période, je peux t'assurer que tu seras sans doute la dernière personne informée. Et comment va tante Jeannine ?

La sœur de mon père était mon moyen de diversion préféré. Je crois que ma grand-mère l'utilisait également quand elle en avait trop marre que ma mère lui fasse la morale. Au moins, ma tante était un sujet intarissable de critiques et de malheurs, et je pense qu'elle avait comme pouvoir de rendre la vie de ma mère passionnante en comparaison. C'est dire combien la vie de Jeannine était catastrophique.

Ma mère se délecta donc de me rapporter le dernier bilan de la fibroscopie de ma tante. N'écoutant que d'une oreille, je songeai à mes frères qui ne s'emmerdaient pas à appeler nos parents. J'étais la troisième de la fratrie. J'avais deux héros pour frères selon mon colonel de père et ma mère tirée à quatre épingles. Comment ma grand-mère, cool comme elle était, avait pu donner naissance à la vertu incarnée qu'était ma mère, je n'aurais pu l'expliquer. En tout cas, cela avait donné comme effet que j'avais fait exactement l'inverse de ce qu'auraient souhaité mes parents : que je me marie jeune avec un militaire et que je ponde allègrement des enfants. Mes frères, eux, avaient choisi des métiers extrêmes, l'un était dans les forces spéciales et l'autre inspecteur à la police judiciaire. Blasés de la vie, ils mettaient des limites très bien posées à ma mère. Et cerise sur le gâteau, ma belle-sœur, Laurence, celle qui était mariée avec Jean, l'inspecteur de police, ne supportait pas ma mère, et donc celle-ci ne risquait pas de l'appeler. Résultat : c'était moi qui écopais. Jean et Philippe m'avaient déjà dit d'arrêter, mais après, j'avais mauvaise conscience.

Selon Nana, ma mère était pénible et ennuyeuse. Si c'était sa propre mère qui le constatait... Enfin, je voulais dire que si nous étions plusieurs à le penser, alors ça devait être forcément vrai...

Nous filtrions tout ce que nous lui racontions. Par exemple, elle ne savait pas que Laurence était à deux doigts d'étrangler mon frère pour la cinquantième fois depuis leur mariage (et ça ne faisait que cinq ans). Il préférait aller voir des matchs de foot avec ses copains que passer du temps avec sa femme, entre autres... Philippe, lui, avait le droit d'être célibataire, car vous comprenez, laisser à la maison une femme avec des enfants pour s'angoisser de ce que mon héros de frère faisait... Bref, mes frères étaient des saints, moi, une honte. Si un jour j'étais désespérée, j'en parlerais à Georges, tiens.

— Va falloir arrêter d'écouter cette musique de sauvage, Mélissa. Avec des goûts pareils, pas étonnant...

Je la coupai avant qu'elle me fasse un topo sur l'incidence de la musique classique sur la longévité des couples. Je raccrochai sur *Come As You Are* de Nirvana.

J'allai dans la cuisine de Nana, je me préparai une tisane et rejoignis ma grand-mère qui regardait le téléfilm de l'après-midi dans son salon. Elle fixa mon mug du regard et me questionna d'un bref :

— Mojito ?

— Dieu bénisse l'inventeur de la tisane au mojito. Ça donne le bienfait psychologique du cocktail tout en ne faisant pas grossir.

— Tu devrais arrêter d'appeler ta mère, me dit-elle en fronçant les sourcils.

— Si je ne le fais pas, elle me fait culpabiliser. Et si elle décède brutalement, j'aurai des mauvaises ondes sur mon karma. Je veux dorer mon aura d'une belle énergie faite d'amour et de bienveillance. Mais je dois bien avouer que c'est un challenge avec maman.

Ma grand-mère secoua la tête et soupira.

— Ce n'est pas croyable, ce que tu es capable d'inventer.

Je ne pouvais qu'acquiescer. Il fallait bien avouer que les personnes qui n'étaient pas croyantes ne se donnaient pas autant de peine.

— Oui, je sais. Je me fatigue moi-même.

Et sur ces paroles, je pris une grande rasade de tisane-mojito.

Chapitre 4

Benjamin

Ma vie était un peu trop agitée pour que je puisse m'y retrouver. Ma sœur était arrivée trois jours avant la date où je l'attendais. Elle m'avait raconté avoir trouvé une occasion de faire un voyage enrichissant en covoiturage. Elle était tombée sur l'offre d'un mec mal noté car colérique et s'était dit que c'était une opportunité pour tester les principes qu'elle avait appris sur la communication non violente au cours de ses lectures. Le voyage s'était très bien passé, et le mec avait été réceptif à sa manière de parler. Il avait même pleuré, arrivé à Paris, car il devait se séparer de Chloé.

Elle me disait ça, bien installée derrière le comptoir de l'accueil, en compagnie de Mélissa. J'entendais en arrière-fond de la musique, je crus reconnaître l'air de Louise Attaque, *Fatigante.* En regardant ma sœur et Mélissa côte à côte, j'y vis une prémonition, les deux réunies ne pouvaient pas être reposantes.

— C'est normal, dit celle-ci, un exemple typique de synchronicité. Tu avais une nouvelle compétence, et la vie t'a mis une âme sur ton chemin pour l'aider.

Incrédule, j'observai Mélissa. Elle n'avait pas les yeux rouges ni l'air perturbé, donc elle n'était pas droguée. Elle me regarda en haussant un sourcil, l'air de dire « Bah quoi, doc ? Y a un problème ? » Quand elle faisait ça, j'avais une envie irrépressible de lui tordre le cou, puis mes pensées dérivaient. Pourquoi ne pas lui enlever cet air narquois en embrassant ses lèvres si promptes à me narguer ? Pourquoi ne pas la bousculer en défaisant ce chignon qui lui donnait cet air si sérieux, enfouir mes mains dans ses cheveux et humer leur parfum ? D'où venait cette odeur de gâteau que je sentais dès qu'elle était près de moi ? Pourquoi ne pas partir découvrir de quelle partie de son corps provenait cette gourmandise plutôt que l'écouter parler de chemin de vie ?

Je me ressaisis vivement. Je sortais tout juste d'une relation foireuse avec une femme cartésienne, ce n'était pas pour enchaîner une histoire avec une jolie rousse excentrique.

Ma sœur, ravie d'avoir rencontré quelqu'un sur la même longueur d'onde, tapa des mains et la prit dans ses bras.

— C'est exactement ça ! Il avait besoin que quelqu'un le comprenne ! Je l'ai senti dans son message.

Elle prit son portable dans son sac et lut à voix haute l'annonce :

— « Homme de cinquante ans va à Paris le 28 juin 2016 le matin. Départ de la gare de Nantes. Personne pénible s'abstenir. Je ne suis pas causant et j'écoute de la musique hard. »

Je ne comprenais pas où elle avait vu qu'il voulait parler.

Tapotant son téléphone, Mélissa lui dit d'un air réjoui :

— Exactement ! « Pas causant », « musique hard » ! Besoin de communication !!!!!!

OK, elles planaient en tandem.

— Et puis, avec l'argent économisé, j'ai pu aider un artisan guatémaltèque à créer son entreprise de colliers traditionnels.

Bon, bah, si ça avait rendu heureux un Centraméricain...

Ma sœur se leva, semblant se souvenir qu'elle ne m'avait pas vu depuis longtemps, et fit le tour du comptoir pour m'embrasser.

— Tu m'as manqué, Ben !!!! me dit-elle en m'étranglant sous les bisous.

Je la serrai fort dans mes bras, tellement content de voir ma baba cool de petite sœur. Tant pis si ça en filait un coup à mon image de médecin si sérieux devant les patients qui attendaient.

À ce moment-là, Hervé arriva avec une revue et la tendit à Mélissa.

— Très intéressant, cet article, Mélissa ! Merci.

Y jetant un coup d'œil, je vis un titre avec écrit « RECETTES *HEALTHY* » en gros. Elle avait déjà visiblement commencé à contaminer le cabinet.

Il se tourna vers nous et dégaina un sourire séducteur à l'intention de Chloé. Avec ses cheveux poivre et sel coupés court, ses traits francs et son nez légèrement déformé (chute de vélo un soir bourré selon la version officieuse ; combat pour défendre une demoiselle en détresse, selon la version officielle), il avait du charme le bougre et savait l'utiliser pour endormir les patients les plus pénibles. Je l'avais vu à l'œuvre. *Pas question qu'il fasse du charme à ma sœur*, pensai-je.

— Qui est cette charmante dame ? demanda-t-il d'une voix suave.

— Ma sœur !

Avec son visage en forme de cœur, son petit nez retroussé et ses grands yeux bleus, elle ressemblait à une poupée, mais une poupée qui mesurait un mètre soixante-dix et avait des formes là où il fallait. Et comme elle décochait des sourires tout le temps à tout le monde, les hommes avaient la bave aux lèvres en la voyant.

Il continua à la regarder en lui décochant son sourire Ultra Brite. Nous entendîmes la voix de Mélissa derrière le comptoir.

— Bon, je suis ravie que vous soyez tous contents de vous voir, mais il faudrait laisser de la place pour les patients, là !

Dans un ensemble parfait, nous nous décalâmes vers la droite et vîmes les parents et les enfants qui attendaient leur consultation avec le pédiatre nous regarder comme si nous étions le dernier épisode de leur série préférée.

Je chuchotai à ma sœur :

— Je vais te donner les clés de l'appartement, et tu pourras rentrer, comme ça.

— Non, c'est bon, je vais t'attendre ! Je discute avec Mélissa.

Elle se pencha vers moi pour dire plus bas d'un ton enthousiaste :

— Elle est géniale, cette fille ! Elle s'y connaît en stylisme ! Elle m'a montré les tailleurs Chanel de sa grand-mère et quelques robes Dior sur son téléphone. Sa grand-mère a été mariée avec un riche homme d'affaires et avec un ambassadeur, alors elle avait une garde-robe pour les cocktails. Elle m'a invitée à venir les voir. Et elle fait du yoga ! J'adore le yoga !

OK. Chloé venait de se découvrir une nouvelle meilleure amie, je craignais le pire. Ma sœur n'avait pas besoin d'une farfelue en plus dans son entourage pour lui donner des idées.

— Bon, je te laisse aller discuter avec Mélissa.

Je me retournai vers Hervé et lui dis sèchement que ses patients l'attendaient. Comprenant le message, il rit devant mon air peu aimable et fit un petit signe à Chloé avant de repartir.

J'entendis Chloé dire à Mélissa :

— En parlant de robe Dior, faut que je te raconte la fois où Benjamin a bien voulu mettre une robe pour me faire plaisir.

Je tournai la tête pour fusiller du regard ma sœur, et le grand sourire lumineux de Mélissa me contraria. J'en connaissais une qui allait bénir sa journée, et, moi, je maudirais le fait qu'elle ait des informations sur moi.

— Madame Lacroix, pourquoi vous respirez ce roll-on ? demandai-je à ma patiente.

— Je suis stressée, docteur. J'ai le pressentiment que vous allez m'annoncer une catastrophe. Et en respirant cette bonne odeur, je me sens cooooolllllll.

J'hésitai à lui prendre le tube pour le sniffer également. Savoir ma sœur en train de raconter des anecdotes à Mélissa me stressait un chouia, je devais bien l'avouer.

Recentrons-nous sur le patient…

— Eh bien, tant mieux. En même temps, vos résultats sont parfaits.

Et là, ma patiente, petite dame toute ronde de cinquante-cinq ans qui cramponnait fermement son sac de sa main gauche, me regarda en écarquillant les yeux et me posa la question à 100 000 dollars :

— Mais alors, c'est la tête, docteur ?

Et je faillis éclater de rire... Je rassurai Mme Lacroix sur son état physique et psychique.

Soulagée, elle me tendit le roll-on et me dit :

— Vous direz à la petite demoiselle de l'accueil que c'est vraiment génial, ce truc. Je suis détendue !!!!!!

Je la raccompagnai jusqu'à la sortie et interrompis Mélissa qui discutait avec ma sœur.

— C'est quoi ce qu'il y a là-dedans ? demandai-je, suspicieux.

Elle prit son air de chipie pour me répondre :

— Huiles essentielles d'orange douce, de mandarine verte, de géranium bourbon et d'ylang-ylang.

Elle pouvait bien se marrer, je ne comprenais rien de ce qu'elle me disait. *Purée, une plaie cette nana.* J'étais sûr que c'était placebo son truc en plus. Je devais tout de même reconnaître que ça avait été efficace...

Trois patients plus tard, j'aurais bien été prendre le fameux roll-on pour me détendre. J'avais dû annoncer à un patient que ses résultats nécessitaient d'aller voir un cancérologue, à un autre qu'il fallait penser à placer sa maman en maison de retraite, car la garder à domicile n'était plus possible, et à une femme mariée et fidèle qu'elle avait une IST. Je vous laisse imaginer sa tête quand elle avait compris d'où venait le problème.

Bref, je n'avais plus d'énergie et ces histoires ne quittaient pas mon esprit. Je n'avais jamais compris les personnes qui me disaient qu'on devait laisser les *cas* des patients au vestiaire. Personnellement, je les ramenais souvent avec moi mes patients. Je pensais à leurs émotions, je réfléchissais à ce que j'aurais dû dire ou faire de mieux. Je connaissais des collègues qui, pour s'en « débarrasser », buvaient peut-être un peu trop, sortaient beaucoup. Moi, j'allais boxer. Une bonne suée, et ça allait mieux. Mais pour ce soir, c'était loupé.

Après avoir rangé mes affaires, je sortis de mon bureau, la cravate défaite et les cheveux décoiffés. Mélissa me détailla d'une façon que je ne sus pas interpréter. J'examinai ma chemise, pas de taches à déplorer. Je lui adressai un regard interrogatif, et elle sursauta à l'exclamation de Chloé.

— Il faut que je te raconte plein de choses, Ben. J'ai plein d'idées pour mon book.

Et tenant sa valise d'un côté, elle me prit par la main et posa la tête contre mon épaule.

— Tu m'as manqué, tu sais.

Je me baissai pour lui embrasser le sommet du crâne. Ma sœur était un concentré de tendresse depuis qu'elle était toute petite. L'avoir avec soi, c'était comme avoir le soleil dans sa poche. Du bonheur, de la joie et des bisous. Et je pouvais avouer que je le lui rendais bien. Mélissa nous regarda en souriant.

— Toi aussi, crevette.

Nous saluâmes Mélissa et partîmes installer ma sœur dans mon appartement.

Eh bien, la colocation avec ma sœur était un dépaysement de tous les instants. Elle déballa ses valises en deux temps trois mouvements et placarda des affiches avec des silhouettes dessinées dessus sur les murs de la chambre. Elle me faisait des petits plats tous les soirs et regardait des séries avec moi. Elle alla visiter plusieurs appartements et rencontrer de potentiels colocataires. Elle me racontait toutes ces rencontres avec beaucoup d'anecdotes, et nous riions bien.

Un soir, nous regardions la télé avec un verre de vin qu'elle avait été acheter, quand elle me dit :

— C'est une nouvelle vie qui commence. C'est gai, mais c'est triste à la fois. (Elle soupira.) Ne t'inquiète pas, l'alcool me fait toujours un effet bizarre.

— Pourquoi tu en bois alors ?

— Parce que c'est bien d'être triste parfois. Tu ne trouves pas que lorsqu'on est triste, on peut ressentir encore plus que nous sommes vivants ?

Honnêtement, je ne savais pas trop. Je ne m'étais jamais appesanti là-dessus. Vu toute la tristesse que je voyais tous les jours, je cherchais surtout des choses positives auxquelles penser plutôt que de réfléchir si j'étais plus vivant que la veille.

Je soupirai et essayai de me concentrer sur l'émission télé. Moi, j'allais faire comme Fred, arrêter d'essayer de comprendre le raisonnement des femmes. Elles étaient beaucoup trop mystérieuses pour moi. Il n'y avait qu'à voir les inventions de Mélissa pour savoir que nous n'avions pas la même logique. Si tant est qu'il y en eût une. Qu'est-ce qui pouvait donner toutes ces idées à cette femme ? C'était un mystère que je n'étais pas pressé de découvrir.

Pendant que ma sœur écumait les appartements de la banlieue parisienne, moi, je continuais mes consultations à un rythme assez soutenu. Lors d'une des rares fois où je pus aller en salle de repos, je trouvai les filles assemblées autour d'un gâteau. À mon arrivée, Aliette me proposa une part.

Mélissa partageait ses théories avec Annette, la gynécologue, et Aliette, qui n'écoutait que d'une oreille. Le débat du jour était : « Faut-il boire trois fois par jour du lait de vache lorsqu'on est adulte ? » Et vous pouvez bien vous douter que nous n'avions pas le même avis tous les deux... Mais je me gardais bien de partager mon opinion avec l'assemblée.

— C'est une invention de l'industrie agroalimentaire cette incitation à boire autant de lait de vache. Déjà, il existe d'autres laits que celui des vaches. De plus, les pauvres sont gavées d'antibiotiques et ont des conditions de vie lamentables. Le calcium qui est nécessaire pour être en bonne santé peut être apporté par d'autres sources : les amandes, les noix, les pistaches, les fruits comme les oranges, les figues, les abricots secs, ou encore le chou frisé. Et puis, beaucoup de gens ne tolèrent pas le lait de vache, ça leur donne des maux de ventre, ça les fatigue, etc.

Annette écoutait Mélissa tout en observant un tableau avec des chiffres, sans doute l'apport en calcium des différents aliments. Aliette regardait son yaourt en fronçant les sourcils.

— J'ai vu un reportage sur les élevages, et c'est sûr que ce n'est pas une vie d'être une vache, bougonna-t-elle en terminant son yaourt.

Je ne savais pas si je devais rire ou soupirer d'exaspération. Je me contentai de goûter au gâteau au chocolat. Mélissa me décocha un grand sourire en me voyant le dévorer. Je me perdis un instant dans ses beaux yeux noisette. Elle avait de petites rides d'expression au coin des yeux et un nuage de taches de rousseur sur son nez et ses joues qui n'était pas là avant, ça lui allait bien. Je sortis de ma contemplation lorsqu'elle me posa sa question :

— Il te plaît mon gâteau ?

Il était délicieux. Un goût que je ne connaissais pas, mais vraiment bon. D'ailleurs, il fallait que je fasse attention, car entre les petits plats de ma sœur et ma boulimie de cochonneries pour oublier mes soucis, je commençais à avoir du ventre.

— Délicieux !

— Eh bien, tu ne devinerais jamais les ingrédients, chantonna-t-elle.

Aliette et Annette quittèrent la table suite à un appel. Nous nous retrouvâmes en tête à tête, et Mélissa me dit d'un air réjoui :

— Betterave, farine de sarrasin, compote de pommes, sirop d'érable, cacao cru et huile de noix de coco.

Je ne pus retenir une grimace en regardant le gâteau. Comment c'était possible de faire un gâteau avec ces ingrédients ? D'ailleurs, je n'en avais aucun chez moi à part la compote. Mais quelle idée de mettre des trucs pareils dans un dessert alors qu'il y avait du bon beurre, du sucre plein les rayons des magasins !

— Tu sais, Benjamin, me dit-elle d'un ton paternaliste. Ce serait bien que tu penses à élargir tes horizons, il y a plein de choses bonnes à savourer autres que les yaourts, les steaks et les patates.

Je plissai les yeux en la regardant. Depuis quand elle inventoriait mes repas du midi ? Elle cherchait la bagarre.

— J'aime les steaks et je suis en pleine forme.

Elle me sourit d'un air moqueur. Je me levai, lavai mon assiette et partis.

Je vis le psychiatre, Georges, arriver à fond la caisse vers le comptoir d'accueil. J'en déduisis que Mélissa avait sans doute fait quelque chose qui ne lui convenait pas, et que cette chipie allait avoir du mal à refourguer ses betteraves à mon collègue. Et puis d'abord, les betteraves, c'était pas bon !

*
* *

Le lendemain de cette dégustation épique, j'allai dans la salle de repos pour prendre une pause à 10 heures. J'étais devenu comme les bébés, il me fallait un repas toutes les quatre heures depuis que ma mère et mon ex me faisaient des sales coups, et que ma sœur avait enfoui l'appartement sous les jupons psychédéliques. Et j'avais des envies de vrai sucre raffiné depuis que ma secrétaire — enfin, la secrétaire du cabinet — me faisait bouffer de la farine de sarrasin en traître.

Je me versai donc une tasse de café. Innocent comme j'étais, je pensais être tranquille, mais me retrouvai face à Aliette assise à table et Mélissa qui lui massait les tempes avec une sorte d'huile mentholée. À croire qu'il n'y avait que moi qui travaillais ici.

— Aliette, le mal de tête est dû à des tensions, dit Mélissa d'une voix douce.

Elle mit ses mains sur les épaules d'Aliette et appuya tout le long du muscle trapèze.

— C'est dur comme du bois. Faut que tu te détendes.

Ailette ronchonna.

— J'aimerais bien t'y voir, toi.

Je versai le café dans ma tasse, sortis ma barre de Mars de la poche et la mangeai.

— Tu m'as l'air tendu, Benjamin. Tu veux de l'huile essentielle de menthe pour tes tempes ? me proposa Mélissa.

Je ne m'étais pas rendu compte que je me massais le front en regardant les mails qui s'affichaient sur mon téléphone.

— Non ! dis-je sans doute un peu trop vivement, car Aliette me regarda comme si j'avais injurié le dalaï-lama.

Je reformulai ma réponse plus doucement :

— Non, merci. Je vais très bien.

Aliette approuva ce changement de ton et hocha la tête.

— Moi, je pense que vous êtes pire que moi, oui.

Elle regarda Mélissa, cherchant son approbation. Celle-ci haussa les épaules et assena d'un ton docte :

— Il n'est pire aveugle que celui qui ne veut pas voir.

Il ne manquait plus que ça, elle me sortait des citations de l'almanach du petit bouddha maintenant. Je partis avant de m'énerver. Je n'étais pas stressé, ma vie roulait comme sur des roulettes, et je maîtrisais absolument tout, me dis-je en rentrant dans mon bureau. Ma vie était parfaite.

Deux minutes plus tard, j'écoutais mon répondeur, et la voix de ma mère se fit entendre.

« Benjamin, comme je vois que tu ne veux pas régler les choses à l'amiable et entre adultes responsables, j'ai demandé à mon avocat de prendre contact avec toi. »

Et sur ce, elle avait raccroché. J'eus à peine le temps de tempêter après elle et de me demander où je pourrais trouver un bon avocat que le téléphone du bureau sonna.

— Docteur Ferrier, la maman d'Amélie Paul, que vous avez vue en consultation la semaine dernière, aimerait vous voir.

La mère de l'adolescente qu'Armand Pirotte m'avait demandé de voir. Qu'est-ce qu'elle me voulait la grande inquisitrice ? Je n'étais vraiment pas d'humeur pour faire dans la douceur.

— C'est quoi le problème, Aliette ?

Elle se mit à chuchoter :

— Elle a trouvé une plaquette de pilules dans le sac de sa fille. Vous la recevez ?

Une douleur fulgurante au cou me fit grimacer,

et mes mâchoires se serrèrent sous le coup de l'énervement. Je pensai à Mélissa et son huile essentielle, j'oscillais entre la maudire pour la poisse qu'elle me portait ou lui demander de venir m'apporter son huile magique. Non, je me débrouillerais tout seul et je gérerais sans aide de potion magique, décidai-je. Je n'avais plus qu'à aller parler de secret médical et adolescence avec la mère de ma patiente, et, à cette idée, je sentis un torticolis s'installer.

Chapitre 5

Mélissa

Ce remplacement se passait magnifiquement. J'avais sympathisé avec Aliette. On rigolait bien derrière notre comptoir. Annette était ravie de mon travail, ses collègues ne semblaient pas se plaindre, sauf Georges, qui me regardait comme si j'étais responsable de sa dernière maladie vénérienne... et encore, il aurait fallu qu'il ait une vie sexuelle. Pas gagnée cette histoire vu sa tête. Bref, j'arrivai heureuse et souriante ce vendredi, veille de week-end. Samedi soir, c'était la soirée cocktails à volonté que j'avais promise à Charlotte pour la sortir de son marasme sentimental.

Bref, j'étais en joie... et la première arrivée. J'avais pour consigne d'aérer le cabinet. Je passai donc dans chaque pièce, ouvris les fenêtres et en profitai pour vaporiser par-ci par-là une brume d'huiles essentielles en fonction des besoins de certaines personnes : « Ouverture vers le monde et sécurité » pour Georges, « Antistress et bonne humeur » pour Benjamin et « Agrumes » pour Annette, car elle aimait tout simplement l'odeur des agrumes. Bah oui, l'unique personne qui me paraissait équilibrée dans tout ce bazar, c'était bien la seule femme médecin.

J'avais immédiatement remarqué que le psy avait tout enfermé à clé (même les stylos) — signe d'insécurité puissance 10 à mon avis, docteur Freud — ; Benjamin, pour sa part, avait tout rangé au cordeau — on ne serait pas un poil maniaque, docteur ? Et Annette, elle, avait des prospectus partout. Quant à Hervé, son bureau ressemblait à la Floride après le passage d'un cyclone, et il y avait une légère odeur de chaussettes sales dans l'air.

Je mis le bambou qui m'attendait sur mon paillasson, cadeau de mon ex-horticulteur, dans le bureau de Benjamin. Porte-bonheur reconnu, un peu de feng shui ne pouvait pas lui faire de mal.

J'avais ramené mercredi un ficus à Annette, et mardi c'était Hervé qui avait eu droit à un cactus. Je vidais mon appartement de tous les cadeaux de Sergio. Mon ex croyait m'avoir à l'usure avec ses plantes, il disait que mes rejets n'étaient que des preuves d'amour masquées. J'allais bientôt pouvoir ouvrir mon propre magasin de fleurs. Sauf que moi, l'horticulture, ce n'était pas ma tasse de thé. J'avais si peu la main verte d'ailleurs que les plantes ne vivaient pas longtemps. Un vrai gâchis.

Dans la salle de repos, je mis la bouilloire en route. Je leur fis une Thermos de ma tisane « Bonne humeur », ça leur donnerait la pêche. Voilà un vendredi qui commençait très bien.

Quinze minutes plus tard, je déchantai.

— Monsieur, je vous assure que je sais de quoi je parle !

J'entendis un bruit devant moi et levai le doigt pour demander à la personne de patienter. Je savais que j'avais raison et me concentrai au maximum pour expliquer mon point de vue.

— Si ça tousse à ce point, c'est un problème de...

— Je suis pas sûr de ce que vous me dites, me répondit le monsieur au bout du fil.

— Mais c'est pas possible, ça ! Je vous dis que je m'y connais ! Il manque d'air !

— Vous êtes sûre ?

Je levai la tête et vis Benjamin qui me regardait d'un air interrogatif. Je crus même apercevoir une pointe d'inquiétude dans ses yeux bleus. Il fit le geste de tendre la main vers le téléphone quand je repris la parole :

— C'est un problème de carburateur, je vous dis. Vous l'avez modifié votre scooter, non ?

— J'ai changé le carbu.

— Bah voilà ! Vous l'avez modifié, et maintenant, ça marche moins bien.

— Ah !

— C'est soit un problème de carbu, ou c'est le gicleur...

Silence au bout de la ligne.

— Bon, de toute façon, on en revient à notre conversation du début. Ici, c'est un cabinet médical, pas un garage, monsieur.

— J'ai dû me tromper dans un chiffre du numéro de téléphone, s'excusa le propriétaire du scooter.

— Monsieur ?

— Oui.

— Faites-moi plaisir. Ne partez pas du principe que parce que l'on est une femme, on y connaît rien en mécanique.

— Promis, me répondit-il d'une voix repentie. Bonne journée, madame, et encore merci !

— De rien, monsieur.

Je raccrochai. Benjamin levait les yeux au plafond et marmonnait quelque chose sur les femmes. Il m'avait l'air un tantinet crispé, peut-être sa cravate qui était trop serrée...

Je pris mon air d'hôtesse Air France et lui adressai mon sourire Colgate.

— Je peux faire quelque chose pour toi ?

— Ça sent bizarre dans le cabinet, et j'arrête pas d'éternuer, tu saurais d'où ça vient ?

Surtout, ne pas faire de grimace, garder le visage d'un service de qualité. À tous les coups, ça venait des huiles essentielles que j'avais mises dans son bureau. C'était tout de même pas possible qu'il soit allergique *physiquement* à l'aromathérapie, si ? En tout cas, je n'avais pas intérêt à admettre ma possible implication dans ses éternuements, même si ça partait d'une bonne intention.

— Peut-être un nouveau détergent de la femme de ménage ? Je lui en parlerai.

Je crus discerner une lueur de suspicion dans ses yeux, mais bien entendu, il resta aussi impassible qu'un Anglais buvant du thé froid. Un cyborg, je vous dis.

Il repartit sur cette réponse après m'avoir jeté un coup d'œil interrogateur.

Pfff... Ils vont tous me crever, ici, pensai-je en me dégonflant derrière mon comptoir.

Aliette arriva à 10 heures, très énervée, et menaçant d'un regard implacable toute personne voulant lui adresser la parole. Le bruit des appels incessants dus à l'épidémie de gastro-entérites n'améliora pas son humeur.

Lors d'une des rares pauses entre deux appels, elle me saisit le bras, fit pivoter nos fauteuils dos à l'entrée et à la salle d'attente et, d'un air de général donnant ses consignes avant l'assaut final, me déclara :

— Tu serres la main à personne, tu nettoies toutes les poignées de porte quatre fois par jour, je nettoierai les sièges de la salle d'attente après le départ des patients et *surtout* tu ne t'assois pas sur le siège des toilettes ! Tiens.

Elle posa sur mes genoux un flacon de solution hydroalcoolique de 500 ml et mit dans ma poche son petit frère.

— Réfléchis bien là où tu vas mettre les mains !

Purée, je n'avais jamais eu conscience que je prenais autant de risques dans ma vie... En voyant l'air sérieux d'Aliette, je ne lui fis pas part de ma pensée, elle n'allait pas trouver ça drôle.

Par contre...

— Aliette, les solutions hydroalcooliques détruisent tous les micro-organismes et certains sont bons pour la santé, je ne suis pas pour utiliser ça tout le temps, tu comprends ?

À voir sa tête, elle ne comprenait pas du tout. Elle me regardait comme si j'avais annoncé que les Smarties allaient soigner Ebola.

Nous entendîmes un toussotement derrière nous et, d'un mouvement parfaitement synchronisé digne des plus belles chorégraphies du Bolchoï, nous tournâmes sur nos fauteuils et fîmes face à Benjamin. Au revoir le flegme et le sang-froid, *goodbye* les cheveux bien peignés, *adiós* les lunettes qui brillent, *arrivederci* la... Mais où était passée la cravate ?

Je vis Aliette me regarder en fronçant les sourcils, elle parut également inquiète. L'heure s'annonçait grave.

— Mesdames, nous dit-il avec son ton calme et professionnel, mon dernier patient, Matthis, trois ans, vient de montrer à sa mère que finalement, non, la gastro n'est pas passée toute seule.

Nous l'observâmes, interrogatives. Il contourna le comptoir, et nous vîmes une énorme tache qui ressemblait à du vomi qu'on avait essayé de faire disparaître. Immédiatement, Aliette poussa son fauteuil en arrière pour s'éloigner et fit basculer la plante en pot. Elle semblait paniquée. En la voyant, je me demandai qui s'occupait de ses enfants quand ils étaient malades. Elle me donnait plutôt l'air de vouloir prendre un aller en avion loin de toute épidémie. Comme Aliette n'allait être d'aucune aide, je fis signe à Benjamin de me suivre.

Je l'entraînai dans la salle de repos, que nous traversâmes, puis nous allâmes dans la réserve, avec son immense bazar. Je lui demandai d'enlever sa blouse, de la mettre dans le sac à linge et lui versai une dose généreuse de solution hydroalcoolique dans les mains. Il me regarda en haussant les sourcils avec un petit sourire en coin.

— Si tu veux, je peux te laisser ton écosystème en place...

— Merci, c'est très généreux, mais je préfère tout éradiquer.

— Sage décision, docteur, dis-je, un brin moqueuse.

Et je lui tendis une autre blouse que je trouvai derrière les blocs d'ordonnances, les paquets de café, les liasses de feuilles et les distributeurs de capotes.

Pendant qu'il la déboutonnait pour l'enfiler, je me surpris à l'examiner de plus près. Sa chemise le moulait et je pus constater qu'il était bien foutu, le bougre. Carré d'épaules, des bras forts et élégants, un torse large et un ventre presque plat. Pas étonnant que les patientes papillonnaient des yeux en sortant de son cabinet. Il avait une carrure à envelopper une femme pour qu'elle se sente en sécurité. Ça devait être sans doute un vrai bonheur de caresser ses muscles, et... célibat, me rappelai-je à l'ordre. Je fis l'inspection de sa tenue.

— Elle est où ta cravate ?

Il soupira.

— Victime collatérale.

— C'est pas une grosse perte, si tu veux mon avis.

Il ne répondit rien, mais haussa les épaules.

OK, je garderai mes opinions pour moi. Mais moi, je pensais que ça faisait trop sérieux cette cravate, cela lui donnait un air coincé. J'avais envie à chaque fois de la lui enlever pour lui permettre de mieux respirer. Il serait peut-être plus détendu sans elle, non ?

Nous retournâmes dans la salle de détente, et je humai l'air... Il y avait près de lui un drôle de fumet.

— Je crois qu'il y a une odeur bizarre sur toi.

Benjamin renifla discrètement.

— Je ne sens rien.

— Attends...

Et là, comme la demeurée que j'étais, je sortis un de mes vaporisateurs à huiles essentielles de mon sac et lui en mis une giclée sur la blouse.

Benjamin ouvrit la bouche pour m'arrêter, mais c'était trop tard, j'avais déjà dégoupillé.

— Mais c'est pas possible ! Tu ne viens pas de mettre une de tes potions sur moi, là, quand même ? me demanda-t-il sèchement.

— C'est un mélange rééquilibrant. Il déstresse et redynamise en même temps, bafouillai-je.

Il retira de nouveau sa blouse.

— Mais Mélissa, je ne peux pas faire mes consultations en cocotant !

Il se mit à éternuer. Ses yeux me foudroyèrent, je compris qu'il avait fait le lien entre l'odeur de son bureau et la blouse. Il devint rouge tomate et les veines de son front se mirent à gonfler. Je partis vite fait dans la réserve et fermai la porte. Je ne l'avais jamais vu en colère, et il ne donnait pas envie de rester à côté de lui. *Vite, une nouvelle blouse...* Je me saisis d'une que je lui tendis en entrebâillant la porte.

— N'oublie pas, Benjamin, que même si c'était une connerie, je le faisais pour ton bien, dis-je d'une voix contrite.

Et je refermai vite fait avant qu'il puisse me répondre. J'attendis cinq bonnes minutes puis ressortis de la réserve et constatai qu'il était parti. Je soupirai de soulagement.

Un quart d'heure après, une blouse de nouveau changée, un médecin énervé retourné travailler, je me la jouais discrète derrière le comptoir. Dès que j'entendais un bruit en direction de sa salle d'examen, je me planquais.

Jusqu'au moment où une immense ombre noire se présenta devant moi, et Aliette me donna un coup de coude à me faire bondir à dix mètres de mon siège. Bien obligée de regarder, je trouvai Benjamin qui me surplombait de sa haute taille, et je le vis me tendre une ordonnance et une carte Vitale. Il avait les yeux tout rouges, le nez qui coulait et des boutons qui apparaissaient sur ses joues. J'étais désolée. Le pauvre faisait une réaction allergique à mes huiles. Je ne savais plus où me mettre.

— Tu vas me chercher des antihistaminiques rapidement, s'il te plaît. Je ne peux pas travailler comme ça, me dit-il d'un ton sévère.

Je devais bien vous avouer que je n'avais jamais été aussi conciliante de ma vie. On aurait pu m'appeler Speedy Gonzales...

— Cabinet médical, bonjour !

— Je veux parler au Dr Ferrier, me répondit une voix féminine au ton désagréable.

— Il est en consultation. C'est de la part de ?

— Ça ne vous regarde pas.

— Alors, madame, je ne vous le passerai pas, répliquai-je sèchement.

La femme soupira, comme si j'étais un boulet.

— Je suis sa mère, Mme Delatour.

Eh bien, elle ne paraissait pas très aimable cette dame. Son ton me rappelait celui de ma mère quand j'avais dit une bêtise.

— Ne quittez pas, dis-je d'un ton chantant.

J'avais dans l'idée que c'était la chose même qui devait l'énerver.

J'appelai Benjamin, qui ne décrocha pas. J'étais à deux doigts de me lever pour lui demander de répondre quand il sortit de sa salle d'examen. Je lui fis signe de la main.

Il dit au revoir à sa patiente, qui le contempla d'un air adorateur. Je fusillai cette dernière du regard. Non mais, un peu de tenue quand même, elle n'avait donc pas d'orgueil pour papillonner des yeux de la sorte ? De toute façon, c'était en pure perte, son super-héros ne la calculait pas.

Il s'approcha de moi, l'air méfiant.

— Oui ?

— Il y a ta maman au téléphone.

Je lui montrai le combiné.

— Je te la passe dans ton bureau ?

— Non. Passe-la-moi ici, s'il te plaît.

Il tendit la main pour se saisir du combiné.

— Allô ?

Il écouta ce que disait sa mère tout en me fixant,

impassible. Je ne voulus pas céder. Au jeu de celui qui dévisageait l'autre le plus longtemps, j'avais toujours gagné contre mes frères. Et puis, j'avais fait une bêtise quelques heures auparavant, certes, mais on n'allait pas épiloguer dessus tout de même.

Il ne céda pas d'un pouce, et je suis au regret d'avouer que sous l'examen attentif de son regard bleu polaire, je baissai les yeux. *Il a été Grand Inquisiteur au Moyen Âge, je pense.* Intimidant, il restait trop attirant pour ma tranquillité d'esprit. Je choisis donc de m'occuper de mes post-it, c'était moins risqué.

Il émit un son qui ressemblait à un grognement à ce que raconta son interlocutrice. Je levai les yeux pour voir s'il y avait au moins une trace d'énervement sur son visage. Rien...

— Non, je ne t'évite pas, j'ai beaucoup de travail.

Nouveau silence meublé par juste son regard sur moi. Je commençais à m'agiter sur ma chaise. Pourquoi il me fixait comme ça ? Et qu'est-ce qu'il avait mon cou pour qu'il ne le quitte pas des yeux ? J'y posai la main, cherchant quelque chose qui clocherait, je n'y trouvai rien. Ses lunettes à monture noire lui donnaient un air très sérieux, mais je crus voir une lueur amusée au fond de ses prunelles azur. Et à mon avis, ce n'était pas la conversation de sa mère qui le faisait rire.

— Non, ce n'est pas parce que je ne voulais pas te parler que tu as dû patienter, c'est juste que la stagiaire à l'accueil ne sait pas se servir du standard.

OK, c'était sa prochaine repartie qui le réjouissait. Je plissai les yeux d'un air méchant. Il allait voir ce qu'elle allait faire la stagiaire.

Il ne bougea pas un muscle tout en continuant de m'examiner. Il avait des cernes, mon docteur, enfin, le docteur du cabinet. Mon regard dériva vers sa mâchoire où un chaume blond poussait. J'avais envie de toucher ce début de barbe pour connaître cette sensation contre mes doigts, douceur ou picotements ? Il avait encore des rougeurs sur les joues dues à mes huiles essentielles. *Je pourrais peut-être lui appliquer du beurre de karité dessus…* , pensai-je, *ou pas*, en le voyant me fixer avec un air mi-interrogatif mi-amusé. Je l'avais un peu trop détaillé du regard, constatai-je, gênée.

Il prit un bloc de papier dans sa poche et commença à griffonner quelque chose. Je ne pouvais rien voir, c'était trop haut.

Au bout de deux-trois minutes de monologue de sa mère, il lui dit :

— Faut que je te laisse là, car la stagiaire a mis trois patients sur le même horaire, je suis débordé.

Mon regard remonta immédiatement de l'ordinateur à son visage et le foudroya. Il se contenta d'avoir un début de sourire. Mais ce fut si bref que je n'en étais même pas sûre…

— Oui, je t'appelle, et oui, je vais la virer. Allez, au revoir.

Il me tendit le combiné.

— Merci. Tu comprendras que je ne décroche pas vu le nombre de fois où le téléphone sonne pour rien dans la journée, me dit-il d'un ton assez sec.

Je culpabilisais un peu. Je devais bien avouer que je ne faisais pas bien attention aux différentes touches du téléphone.

Il fit une boulette de son gribouillage et la lança dans la poubelle derrière moi. Puis il repartit vers son bureau en faisant signe à un patient d'entrer.

J'attendis qu'il fût rentré et allai chercher dans la poubelle sa boulette. En la dépliant, j'y vis deux mots : « procès » et « négociation ». Eh bien, ses discussions avec sa mère avaient l'air d'être aussi drôles que celles que j'avais avec la mienne. Je vis un dessin de Grosminet avec une pancarte qui courait après Titi juste à côté. Autant je voyais très bien qui devait être Grosminet, mais qui était Titi ?

Chapitre 6

Mélissa

À amie depuis toujours déprimée, remède de cheval prescrit. On était samedi soir, mon amie Charlotte n'avait aucune envie de parler du fait que le mec dont elle était amoureuse était reparti à San Francisco sans lui dire au revoir. Donc, si on ne discutait pas des sujets qui fâchent, on passait une soirée où on ne comptait rien, ni les cocktails bus, ni les sous dépensés, ni les mecs dragués. Ça, c'était la théorie parce qu'en pratique, pour draguer les mecs, il fallait quand même faire un minimum d'efforts vestimentaires, et là, nous ressemblions à deux mères de famille nombreuse s'étant échappées par la fenêtre des toilettes.

— Quelle est ton excuse pour être au niveau moins dix de séduction ? demandai-je à Charlotte.

Nous nous étions installées dans une alcôve dans le fond du bar, là où nous espérions être tranquilles. Je la détaillai du regard : ses cheveux ressemblaient à un nid de corneilles d'où je voyais deux baguettes chinoises émerger. De plus, elle avait des cernes, des boutons sur le visage et pas une once de maquillage. Vous me direz, il y a des nanas qui sont sublimes sans maquillage. À mon avis, ce n'était pas le cas de M. et Mme Tout-le-Monde.

Charlotte grommela en renfonçant une baguette dans ses cheveux :

— Et toi ?

— Moi, je suis en T-shirt et legging parce que j'ai été obligée d'accompagner Marguerite aux urgences, car son plâtre la serrait trop, et que son fils n'était pas disponible. J'étais en train de faire mon yoga au parc quand ma grand-mère a déboulé en baskets en me disant d'y aller tout de suite. Tu sais combien de temps nous avons passé dans la salle d'attente ?

Charlotte me regarda, désabusée, l'air de dire « C'est une blague cette question ? »

— Ah, oui, bien sûr que tu sais, tu y travailles.

Je me tapai le front du plat de la main.

— Purée, mais j'aurais dû t'appeler ? Tu aurais pu nous pistonner pour qu'on passe plus vite ?

Charlotte ricana derrière la carte à cocktails.

— Et puis quoi encore ?

Je donnai une chiquenaude dans son menu et lui racontai la suite :

— Ma grand-mère a dit au personnel d'accueil qu'il fallait que Marguerite soit accompagnée, car sinon elle risquait de fuguer — début de démence sénile. Marguerite avait son sourire « Vas-y que j'embobine tout le monde », et c'est passé comme une lettre à la poste. Nous nous sommes retrouvées toutes les trois assises dans la salle d'attente des urgences, et mes seniors ont tapé la discute à tout le monde. Je me suis rendu compte au bout d'un moment qu'elles ne parlaient qu'aux hommes de moins de quarante ans, et c'est quand j'ai vu Nana me montrer du doigt à un mec qui avait le poing abîmé que j'ai compris qu'elles essayaient de me caser.

À ces mots, la tête de Charlotte émergea de derrière la carte, et elle sourit de toutes ses dents. Ça avait eu au moins cet avantage, tout ce cirque. Parce que sur le coup, j'avais été à deux doigts d'abandonner mes marieuses. Qu'est-ce que ça m'énervait qu'elles veuillent me trouver quelqu'un à tout prix !

Je fis mine de regarder la liste des cocktails à mon tour. Mon amie donna un coup de coude pour me faire parler.

— Allez, la suite !

— Le mec lui a dit qu'il était énervé après son chef et qu'il a préféré défoncer le mur à côté de son supérieur plutôt que sa gueule.

Charlotte rigola.

— Tu crois que ça aurait freiné Nana ? Mais non ! Elle lui a dit que je donnais des cours de yoga, et que je pourrais même lui faire des massages relaxants.

Cette fois-ci, Charlotte rit à gorge déployée.

— Tu peux te marrer. Moi, j'avais qu'une seule envie, celle de me barrer. Bref, j'ai été voir la première blouse blanche qui passait, je lui ai dit que Marguerite commençait à réclamer son chat, que d'ici peu, elle allait déambuler dans les couloirs en appelant Rambo, et que, s'il ne voulait pas que ça ait lieu, il ferait mieux de se magner.

Charlotte sourit.

— C'est incroyable ce que tu peux baratiner.

Je haussai les épaules. Je ne lui avouerais pas, mais je n'étais pas peu fière de mes trouvailles. Mon bagout m'avait sortie plus d'une fois des ennuis.

— Qu'est-ce que tu crois ? Vu le nombre de conneries que j'ai pu faire gamine, j'avais intérêt à avoir de la tchatche. Bon, pour finir toute cette histoire, ils sont venus chercher Marguerite, ont vérifié son plâtre, qui était un chouia trop serré. Ils lui ont fait une petite entaille pour que ça serre moins, et nous avons pris un taxi. Je les ai laissées en chemin, elles avaient réunion ce soir du club de lecture, et je suis arrivée ici. Donc je ressemble à une nana qui a fait une heure trente de yoga et qui est restée quatre heures aux urgences.

J'ouvris mon sac et sortis une dizaine de cartes de visite de mecs plus bizarres les uns que les autres.

— Voici les récoltes de mes deux canailles. Je propose d'aller les brûler sur le trottoir.

— Je ne crois pas que ce soit permis, Mel, dit Charlotte d'une voix déçue.

Elle semblait impressionnée par le nombre de cartes.

— Elles sont peut-être pénibles, mais elles sont efficaces, constata-t-elle.

Je ne pus lui donner tort là-dessus. Elles n'avaient pas perdu de temps dans la salle d'attente, ça, c'était sûr.

À défaut de faire un feu de joie sur le trottoir, on commanda toutes les deux un cosmopolitan. Ça nous donnait l'air chic. Charlotte se lamenta qu'elle n'était qu'une andouille d'être tombée amoureuse d'un mec qui habitait de l'autre côté de l'Atlantique.

— Au moins, il était sain d'esprit. Et puis, il réfléchit peut-être avant de te donner des nouvelles ?

— J'y crois pas.

Elle avait l'air désespérée. Les cocktails arrivèrent, et elle se précipita dessus.

Je sortis mon portable de mon sac et lui montrai le dernier SMS que m'avait envoyé Frank, mon ex, avant-hier.

Mélissa, j'ai bien réfléchi, je crois que tu as besoin d'un psy.

— Tu lui as répondu ? me demanda Charlotte, énervée.

— Qu'est-ce que tu veux que je lui dise ? Que c'est lui qui est pas bien de me harceler tous les jours de SMS ? Y a rien à en tirer de celui-là. Un cas désespéré. Moi, je dis, les mecs ne servent qu'en cas de panne de vibromasseur. Sinon, dehors.

J'entendis un toussotement derrière moi et remarquai Benjamin qui nous regardait, impassible. Nous étions assises côte à côte, et je tournais le dos à la salle, c'est pour cela que je ne l'avais pas vu arriver. Il me paraissait immense d'où j'étais assise.

Il n'avait plus ses lunettes, ses yeux semblaient plus bleus que jamais. Sa chemise noire était légèrement déboutonnée et dévoilait un triangle de peau que j'avais envie de toucher. Le noir de ses vêtements mettait en valeur ses cheveux blonds. Dieu du ciel, qu'il était séduisant. On aurait dit une pub pour parfum... ou un chef de la sécurité.

— Peut-être que je peux vous faire la conversation à défaut de faire le dépannage de vibro, dit-il avec une voix de clerc de notaire.

Charlotte partit à rire comme une folle. À mon avis, la descente du cosmopolitan en deux secondes n'y était pas pour rien. Le dépannage de vibro, pourquoi pas, uniquement s'il se taisait, car vu le ton qu'il avait employé, il refroidirait n'importe quelle libido... Charlotte se décala sur le U de la banquette pour laisser de la place à Benjamin. Elle se retrouva au milieu de nous deux, et ça eut l'air de la réjouir au plus haut point. *Méfiance, méfiance*, me dis-je. Elle donna la carte des cocktails au sinistre participant.

— Tiens, du carburant pour soutenir la conversation qui risque d'être épique. D'ailleurs, qu'est-ce que tu fais ici ?

— J'attends l'arrivée d'un ami avec une de ses copines, répondit-il, impassible.

Les yeux de Charlotte pétillèrent.

— Elle est célibataire ?

Benjamin la regarda en fronçant les sourcils.

— Je ne sais pas. Pourquoi ?

Exaspérée, elle lui expliqua :

— Si elle est célibataire, peut-être qu'elle te plaira et...

Elle fit un geste de la main, l'air de dire « devine la suite ».

À mon avis, s'il gardait cette tête, il n'allait pas se passer grand-chose. Je découvris que cela me rendait joyeuse.

— Ce qui m'intéresse, c'est son cerveau et les connaissances qu'il y a dedans, répliqua d'un ton patient Benjamin.

— Ah !!!! commenta notre amie, visiblement déçue. Mais si elle est jolie et célibataire...

Benjamin leva le nez de la carte des cocktails, la regarda, l'air navré, et soupira.

— Charlotte, arrête-toi tout de suite. Je suis très bien célibataire.

Tiens, nous étions d'accord au moins sur un point.

— Tant pis.

Puis tout d'un coup, elle sourit et demanda joyeusement :

— Alors vous vous entendez bien au travail ?

Et là, synchronisme parfait des deux intéressés :

— Bof !

On se foudroya du regard façon Ennio Morricone.

— Comment ça, « Bof » ? questionnai-je le Dr Atchoum, un brin agressive.

— Bah, et toi ? Je peux savoir ce que tu me reproches ? me demanda-t-il en fronçant les sourcils.

Je crus voir du coin de l'œil Charlotte se frotter les mains, cela m'énerva.

— Je ne sais pas, moi, dit-il d'une voix traînante. Par quoi commencer... La betterave cachée dans le gâteau ? Les huiles essentielles dont tu m'as aspergé auxquelles je suis allergique ? Le téléphone qui sonne tout le temps ?

Je plissai les yeux et pris un air méchant.

— Tu n'as jamais fait d'erreurs peut-être, monsieur Parfait ?

Charlotte, qui se trouvait au milieu, fit signe à la serveuse et demanda la même chose plus un whisky. Petite brune au décolleté plongeant, celle-ci se pencha un peu plus que nécessaire pour donner une carte à Benjamin. Elle lui décocha un sourire « open » et lui susurra :

— Y aurait-il autre chose qui vous ferait plaisir ?

Alors, elle, c'était la championne toute catégorie. Benjamin était entouré de deux nanas, et elle tentait quand même quelque chose. Elle n'avait pas peur de se faire arracher les cheveux...

Benjamin la regarda avec toujours le même flegme, complètement imperméable aux avances de notre serveuse, et lui répondit :

— Malheureusement, mes souhaits ne sont pas sur la carte.

Et il ne lui adressa plus une once d'attention. Par contre, moi, j'eus droit à nouveau à un regard qui tue. Qui disait « Tout mais pas l'indifférence » ? J'étais d'accord, je préférais me prendre un savon par le beau blond qu'un vent.

— Le bambou sur mon bureau, c'est toi ?

Je choisis de me concentrer sur le reste de ma boisson. Avouer cette touche antistress ne me semblait pas une bonne idée. Il avait l'air partisan de moins on s'occupe de lui, mieux il se porte, et je n'avais pas compris le message assez rapidement.

Charlotte se mit à sautiller sur la banquette comme une gamine de cinq ans qui aurait bu trop de Coca et pépia :

— Tous les débuts sont difficiles ! Je me souviens de mes premiers mois comme infirmière, le nombre de conneries que j'ai pu faire !

Et là, nous la regardâmes, mi-interrogateurs, mi-horrifiés.

Elle s'arrêta net.

— Non, mais faut pas exagérer ! Y a pas eu de morts non plus.

Après avoir vidé la fin de mon cosmo, elle reprit :

— Enfin, je crois pas que ce soit à cause de moi.

Devant notre silence, elle se mit à rire et tapa la table du plat de la main.

— C'est une blague !!!!! J'ai dû faire pas mal de conneries mais bon, les gens sont solides, quoi qu'on en dise.

On la regardait comme si elle fumait un joint nue sur la table. On était en train de la perdre, là.

Suite à cette confession, un grand moment de silence s'éternisa. *Vite, un sujet de conversation…*

— Si on parlait de ton moral plutôt, ma Chacha ? m'exclamai-je.

Elle s'empara du cosmo que lui tendit la serveuse, en but deux lampées d'un coup et répondit :

— Ah non ! On est là pour s'amuser ! Pas pour écouter une pauvre fille et ses peines de cœur !

Je craignais le pire en voyant les étincelles dans les yeux de ma meilleure amie.

— Si on faisait un concours !

Elle tapa des mains de joie et pépia d'une petite voix aiguë :

— Un concours médecine traditionnelle contre naturopathie, et je serai l'arbitre !

Dans une parfaite synchronicité, nous nous exclamâmes Benjamin et moi :

— Non !!!!

— Si ! Ça va être trop drôle ! Et puis, vous pouvez bien faire ça pour me changer les idées, non ? dit-elle d'un ton plaintif.

Quand elle faisait ça, elle donnait l'impression qu'on essayait d'étrangler Blanche-Neige après avoir écrasé les Sept Nains. Je soupirai. On était foutus, elle n'allait pas en démordre de son idée à la con.

Je regardai Benjamin. Il se contenta de faire tourner son whisky dans son verre, je crois qu'il espérait que Charlotte allait lâcher l'affaire. Pauvre vieux, elle ne lâchait jamais rien.

— Allez ! Je cite un mal courant et vous me donnez vos remèdes !

— Mais Charlotte ! me plaignis-je. Ce n'est pas une guerre entre les deux ! C'est censé être une collaboration pour le mieux-être des patients.

Trop imbibée, Charlotte ne m'écoutait pas, et Benjamin s'était pris de passion pour sa boisson.

— On commence par... mal de gorge ! s'exclama-t-elle.

Benjamin lui répondit aussitôt :

— Pastilles, sirop, spray.

Je le foudroyai du regard. S'il encourageait les divagations de Charlotte, on n'était pas sortis de l'auberge, et puis ça allait mal se terminer à tous les coups. Lors de notre première rencontre, il avait tout de même été à deux doigts de me traiter de folle quand nous avions discuté de l'otite de Sophie chez Noémie.

Charlotte sourit jusqu'aux oreilles.

Je soupirai.

— Tisane de thym, eau chaude citron plus miel, gargarisme à l'eau salée.

Benjamin m'observait très attentivement tout en sirotant son whisky. Ses yeux bleus étaient devenus sombres du fait de la lumière tamisée, j'aperçus la peau de son torse par l'entrebâillement de sa chemise ; l'épi toujours présent dans ses cheveux lui donnait un air décoiffé hyper sexy. Le voir comme ça m'embrouillait l'esprit.

— Très bien ! dit d'une voix de Mme Loyal notre emmerdeuse. Alors, plus difficile : faire passer le hoquet.

Nous la vîmes hoqueter justement à cause de sa descente trop rapide d'alcool.

Avec une lueur d'amusement dans le regard, Benjamin cita ses remèdes :

— Faire peur, boire un grand verre d'eau sans respirer, arrêter de vider les verres d'alcool des amis.

Elle fit un signe de dénégation de la main.

— Non, hips ! Pas le mien ! Ça va... passer. Un hoquet qui passe pas.

— Ça dépend de la cause. Peut-être donner un neuroleptique ?

— Mâcher des grains de poivre noir, répondis-je, bougonne.

Benjamin se gratta la mâchoire en me regardant, songeur.

— Traitement pour les vers ? renchérit Charlotte.

— Aurais-tu un problème dont tu ne voudrais pas nous parler ouvertement, Charlotte ? demandai-je, taquine, à mon amie.

Elle me tira la langue en guise de réponse. Très adulte, cette jeune femme.

— Les vers sont beaucoup moins fréquents que ce que pensent les gens, nous annonça notre docteur.

Mais, s'ils sont infectés, ils peuvent être traités par Flubendazole.

Il avait beau regarder son téléphone posé sur la table, celui-ci n'affichait aucun nouveau message. Il scruta la salle du bar, je sentis qu'il tentait de déterminer un moyen de se casser de cette conversation pourrie.

My turn[1] *!!!*

— Écraser de l'ail, le mettre sur le nez, puis bien frotter autour du cou.

En voyant Benjamin absorbé par l'observation de deux femmes à trois tables de nous, je ne pus m'empêcher d'en rajouter une couche, histoire de le recentrer sur ce samedi soir merdique.

— Puis, tout nu, au lever du jour, aller se rouler dans la rosée.

Toujours pas de réaction de sa part.

— Ensuite, trouver une personne du sexe opposé et s'envoyer en l'air sauvagement. Comme ça, tout le corps est purifié.

Il tourna la tête vers moi et me regarda comme on ferait pour une gamine qu'on va chercher au commissariat, car elle s'est fait choper avec de la beuh. Ne me demandez pas comment je connais cette expression...

De sa voix grave et calme, il répondit :

— Comme ça, en plus des vers, cette personne aura des aoûtats et je ne sais quel autre parasite. Au moins, elle amortira sa consultation chez le médecin.

Charlotte éclata de rire. Elle avait les joues toutes rouges, les yeux qui brillaient. Bref, elle était ronde comme une queue de pelle et s'amusait comme une petite folle.

Benjamin me lança un regard de connivence, et je crus voir un début de sourire au coin de sa bouche.

1. C'est mon tour !!!

« Bonne réponse, docteur », fus-je à deux doigts de lui dire. Je ne pus m'empêcher de lui faire une grimace.

— Pour ta gouverne, je ne préconise que l'ail pour les vers, pas tout le reste. Pour les adultes, on peut même mettre deux gousses d'ail dans un verre de vin blanc et en boire à jeun le matin.

— Ça ne s'adresse qu'aux personnes célibataires ou alors à celles désirant divorcer, ton remède ? se moqua-t-il.

— C'est surtout un remède que m'a transmis ma grand-mère paternelle qui habitait à la campagne. Je ne pense pas qu'il y ait encore des gens qui l'utilisent, dis-je, songeuse. Ou alors, ça expliquerait la désertification de ce coin de campagne...

Je trouvais ce jeu de ping-pong stimulant et drôle. Il avait de l'esprit et faisait preuve d'humour, deux qualités que j'appréciais.

Benjamin

J'avais repéré à trois tables de nous mon ex avec une copine. Elle ne m'avait pas vu. Fred n'arrivait pas et, appréciant Charlotte, je n'allais pas la planter comme ça. Je la soupçonnais d'avoir lancé cette conversation en espérant qu'on s'écharperait avec Mélissa, mais je ne rentrais pas dans son jeu.

Complètement pompette, Charlotte cria :

— MST ?

Toutes les personnes qui nous entouraient, et qui passaient une soirée calme jusque-là, se retournèrent, l'air perplexe.

Je soupirai et me pinçai l'arête du nez. Finalement, j'allais peut-être me barrer. J'appellerais l'amie avocate de Fred plus tard. Charlotte, insensible à mon agacement, continua ses divagations :

— Alors pour les MST ?

— Mais enfin, Charlotte, répondis-je, excédé, ça dépend de laquelle !

Mélissa commença à sourire en me voyant hausser le ton. Je respirai un grand coup et me souvins que je ne m'énervais jamais de toute façon. La preuve, la dernière fois que j'avais eu un mouvement d'humeur, sans compter ma soirée déprime avec Charlotte, ça avait été le cinquième et dernier jour de coloc avec Fred... Depuis, je m'étais mis à la boxe et je contrôlais beaucoup mieux mes émotions.

Charlotte fronça les sourcils. Pas sûr qu'elle arrive à se souvenir du nom de ces différentes maladies.

Mélissa vida son verre d'une traite et dit d'une voix ferme :

— Chalumeau. Tu brûles tout. Comme ça, plus d'ennuis.

Cette réponse ne m'étonnait pas du tout vu son caractère. *Note à moi-même : ne jamais l'énerver.*

Et sur ces paroles, elle se leva et partit aux toilettes. Je vis qu'elle était en legging, baskets, et un grand « om » ornait son T-shirt. Drôle d'accoutrement pour une soirée au bar.

Elle était petite, enfin par rapport à mon 1,90m, minuscule même. Elle devait mesurer 1,60m à tout casser et peser 55 kilos grand maximum. Mais elle dégageait une telle énergie qu'elle ne passait pas inaperçue. D'ailleurs, elle se fit reluquer par plusieurs mecs en passant, ce qui me contraria.

Au rire de Charlotte, je sortis de la contemplation du galbe appétissant de ses jambes.

— Qu'est-ce qui se passe, Charlotte ? C'est quoi ce jeu débile de concours ?

— C'est pas débile.

Elle gloussa puis me tapota le bras d'un air condescendant.

— Tu ne le sais pas encore, mais vous êtes faits pour vous entendre.

Elle était encore plus atteinte que ce que je pensais. Moi, sympathiser avec sa copine qui parlait de chemin de vie, de gousse d'ail dans du vin, alors que j'étais hyper pragmatique ? Il fallait qu'elle arrête l'alcool, ça la faisait divaguer.

— Si, si, dit-elle en hochant la tête. Je le sens.

Elle essaya de se toucher le nez, sauf qu'elle se mit le doigt dans l'œil. Je ne pus m'empêcher de sourire.

— Elle est sympa, jolie, drôle. Faut juste que vous vous trouviez des points communs... à part moi, bien sûr, gloussa-t-elle.

J'observai les personnes autour de nous. Ce lieu était un repaire de trentenaires dynamiques sapés à la mode. Mélissa et Charlotte, avec son T-shirt « Mojito's Girl », dépareillaient.

En parlant de Mélissa, la voilà qui arrivait, suivie d'un serveur qui en profitait pour lui mater le derrière. Mais qu'est-ce que c'était que cet endroit où une femme ne pouvait pas marcher sans se faire reluquer ?

— Les messieurs là-bas paient nos prochaines consommations, nous annonça-t-elle en faisant un petit signe de la main à deux bruns.

Charlotte souffla.

— Mais tu es juste allée faire pipi ! Comment tu fais pour ramasser autant de mecs ?

Son acolyte haussa les épaules.

— Je sais pas. C'est pire depuis que je suis à la diète. À croire qu'ils sentent qu'il n'y a pas d'ouverture.

Elle ne voulait pas de mec ? Le message ne devait pas être assez clair pour les autres. Moi, j'avais bien compris que je n'étais pas sa tête de liste et j'essayais de ne pas m'en vexer.

Je vis mon téléphone vibrer : appel entrant de Barbara, ma belle-mère. J'en profitai pour m'éclipser et décrochai à la sortie du bar en disant « Allô ».

Une fois sur le trottoir, je m'éloignai des fumeurs, auxquels j'aurais bien taxé une clope, sauf que je n'allais quand même pas me mettre à fumer à cause d'une rousse à fort caractère, d'une ex-pilleuse d'appart, d'une mère procédurière et de mon nouveau boulot... ou pas.

M'éloignant un peu plus de la tentation, je me concentrai sur ce que disait la femme qui m'avait élevé avec autant d'amour que de patience.

— Benjamin, t'inquiète pas, tout va bien. Je t'appelle, car la dernière fois que je t'ai eu au téléphone, j'ai eu l'impression que ta tête disait oui, mais pas ton cœur.

Je fronçai les sourcils, fis les cent pas et essayai de ne pas penser aux jambes de Mélissa.

— Oui, à quoi ?

Ma belle-mère s'exclama :

— Ah, tu vois ! Si ça avait été de bon cœur, tu te souviendrais de quoi on parlait. Tu as dit oui pour te débarrasser de moi !

Je soupirai.

— Mais tu parles de quoi ?

— De ta sœur ! De Chloé — chez toi —, articula-t-elle distinctement comme si j'étais devenu sénile.

— Je ne comprends pas pourquoi tu m'en reparles ! J'ai dit oui, et elle est installée !

— Oui, mais j'ai senti que ce n'était pas un oui qui venait du cœur, tu comprends.

Je levai les yeux au ciel. Rien ne me serait épargné de la part des femmes de mon entourage. En plus, je ne voyais même pas pourquoi on en parlait, j'étais ravi qu'elle soit là, et ça se passait super bien.

— Et moi, mon chéri, tu sais que je ne veux pas que tu me dises oui pour me faire plaisir et qu'en fait, c'est un non dans tes tripes.

Étant psychologue, ma belle-mère aidait la plupart du temps les gens souffrant de maladies psychosomatiques à gogo. Elle leur conseillait d'écouter leurs tripes pour qu'ils s'entendent bien avec leur tête et que tout ça soit béni par leur cœur. Vous pouvez penser que ma belle-mère était barrée, mais ce n'était rien à côté de mon père, professeur de philosophie. Lui, il planait dans ses idées morales et, de temps en temps, il publiait un livre. Et puis, ils s'engueulaient tout le temps depuis vingt et un ans et se rabibochaient immédiatement après. Après, rien d'étonnant que je sois un cartésien pure souche...

— Barbara, mes tripes vont très bien et elles sont contentes d'avoir Chloé à la maison. Ma tête pense de même. D'ailleurs, elles ont fait une réunion ce matin et ont rédigé une note de service que je t'enverrais si tu veux ainsi qu'à papa, lui dis-je d'un ton pince-sans-rire.

— Moque-toi de moi, tiens. Donnez-vous du mal pour vos enfants, ils vous en remercieront !

Et elle partit dans une litanie selon laquelle je ne lui donnais pas assez de nouvelles, qu'elle voulait venir voir si j'allais vraiment bien, que je n'avais pas prévu de leur rendre visite à Nantes...

— Et le départ de Clara, c'est normal que je l'apprenne par ta sœur ?

Je grognai.

— Ça va, t'inquiète pas. Elle me manque même pas, dis-je en essayant d'avoir l'air sûr de moi.

— Tu sais, chéri, je pense que tu as besoin de

fantaisie dans ta vie, pas de quelqu'un de sérieux comme Clara.

— Oui, bah, ça sera dans longtemps. Je suis très bien tout seul.

— Tu crois que...

Je ne la laissai pas commencer à analyser ma relation avec mon ex, je n'avais pas besoin de m'entendre dire ce que je savais déjà : on n'était pas faits pour être ensemble.

— Faut que je te laisse, je vais rejoindre des amis.

— OK. Bonne soirée, mon chéri.

— Bonne soirée, Barbara.

Et je raccrochai. J'adorais ma belle-mère, mais elle avait le don d'extrapoler sur tout, et je ne voulais pas réfléchir à ma vie amoureuse.

Retournant en traînant les pieds vers le bar, je vis mon ex face à moi seule sur le trottoir. Elle avait changé de coiffure. Ses cheveux bruns étaient au carré avec une frange, ses yeux étaient lourdement fardés, et elle était habillée d'une robe décolletée avec des talons hauts. Je ne l'avais jamais vue aussi apprêtée. Elle passait d'un pied sur l'autre et ne savait pas quoi faire de ses mains.

— Salut !

Une très forte envie de passer sans m'arrêter me saisit, mais je me retins.

— Salut.

— J'aimerais que l'on se voie pour parler.

Elle paraissait gênée. C'était une attitude que je ne l'avais jamais vue adopter auparavant. Elle avait toujours été sûre d'elle et de ce qu'elle voulait.

— Pour me dire quoi ? lui demandai-je d'un ton sinistre.

Je levai la main pour lui signifier que je ne voulais

pas qu'elle réponde. Non, je ne voulais rien savoir. Je rentrai dans le bar.

Là, je vis un des mecs avec qui avait parlé Mélissa quand elle était revenue des toilettes me faire un signe. Je m'approchai, le grand mec brun ténébreux me sourit et m'aborda :

— Ta copine là-bas m'a dit que t'étais célibataire. Je te paie un verre ?

Je me retournai vers les filles et les foudroyai du regard. Tandis que Mélissa cachait son sourire derrière sa main, Charlotte éclata de rire.

C'était de la fantaisie dans ma vie qu'il me fallait, selon ma belle-mère ? Eh bien, moi, ça me fatiguait, la fantaisie.

Chapitre 7

Benjamin

Une nouvelle semaine commença. Après un matin chargé où j'avais notamment envoyé un ouvrier de chantier à la clinique de la main et appris à une jeune mère à moucher son bébé, j'allai dans la salle de repos chercher mon sandwich. Aliette jouait sur son téléphone tandis que Mélissa et Annette étaient en pleine discussion.

Je m'installai et commençai à manger. Elles parlaient de difficultés à laver, de faciliter pour vider et que ça pouvait gêner certaines femmes de la mettre. Je ne comprenais rien à ce qu'elles racontaient. Ça ressemblait à une discussion de club tupperware, enfin à ce que je m'imaginais en être une.

Mélissa sortit d'un sac en tissu un petit truc qui ressemblait au bout d'une ventouse et le montra à Annette.

— Les *cups* sont écolos, c'est respectueux du corps de la femme et c'est économique. Ça a tout bon, ça !

Annette repoussa ses lunettes sur son nez et la prit dans ses mains.

— Non, mais je comprends vos arguments, Mélissa,

il n'empêche que je reste dubitative. Je ne suis pas sûre en plus que les femmes soient toutes prêtes à mettre cette chose dans leur vagin.

Je me mis à tousser comme un dératé. Celle-là, je ne l'avais pas vue venir. *Tu parles d'un club tupperware.* J'en avais les larmes aux yeux.

Aliette tchipa et se leva pour me tendre un verre d'eau.

— Docteur Benjamin, vous n'allez pas nous faire une fausse route tout de même ?

Elle se tourna vers Mélissa et lui dit :

— J'te dis comme je pense. Si j'étais pas en train de fondre à cause de la ménopause, tu me ferais pas mettre ça. T'as vraiment un grain, ma fille !

Et elle retourna à sa partie.

Je n'arrivais pas à arrêter de tousser. Elles me regardaient toutes les trois avec inquiétude. Purée, Mélissa pouvait être pénible. Je mangeais tranquillement, et voilà qu'elle parlait de vagin à table. Je m'essuyai les yeux et bus le verre d'eau salvateur.

Armand, le pédiatre, arriva à ce moment-là et nous sourit jusqu'aux oreilles.

— Tout va bien ici ?

Aliette bougonna :

— Pas si vous voulez rester sain d'esprit.

Et je repartis à tousser pour masquer mon rire.

Mélissa

Annette, la gynécologue, avait pris l'habitude de nous rejoindre pour manger la semaine dernière. Vendredi, j'avais amené une revue écolo, et elle y avait vu une coupe menstruelle. Je lui avais proposé de lui en amener une la semaine d'après.

Moi, je trouvais ça génial d'être ouvert d'esprit. Ce n'était pas le cas de tout le monde. En tout cas, ce n'était pas celui du beau blond en face de moi qui m'avait craché dessus des morceaux de roquette quand il avait compris le sujet de la conversation. Il avait été obligé de déboutonner sa blouse et desserrer sa cravate tellement il toussait.

Maintenant, il ressemblait à un gamin. Il avait enlevé ses lunettes pour s'essuyer les yeux et essayait de manger en gardant son sérieux. Je voyais bien qu'il se retenait de rire. Toujours à essayer d'être maître de ses émotions.

Armand nous demanda de quoi on parlait, mais Aliette lui dit d'un ton sans appel :

— Je ne veux plus entendre parler de ce truc. Elle vous fera la démonstration plus tard !

Cela ne fit pas fuir Armand, qui s'installa à table et commença à nous raconter le dernier film qu'il avait été voir au cinéma. Lui et Benjamin se mirent à discuter de metteurs en scène et de festivals. Benjamin semblait être calé sur le sujet, je fus impressionnée par sa culture cinématographique. Je le regardai du coin de l'œil et j'avais du mal à retrouver l'homme froid et rigide que je connaissais. Déjà, au bar, après le coup du mec qui lui avait demandé son numéro, je m'étais dit qu'il allait exploser, mais finalement, il avait été très calme. Juste avant de partir, il nous avait juste dit qu'il était assez grand pour se trouver un mec ou une nana tout seul. J'avoue que j'aurais aimé qu'il s'énerve, mais ça avait encore loupé.

En l'observant discuter tranquillement avec Armand et Annette, rire aux remarques de ses collègues, je le voyais sous un autre jour. Je remarquai qu'Aliette me fixait en haussant un sourcil. Peut-être que j'avais un peu trop regardé Benjamin.

Bon, j'arrêtais maintenant. Juste un dernier coup d'œil à ses yeux bleus comme un ciel d'azur au mois de juin, une couleur que l'on attend après une semaine de mauvais temps. Le bleu qui annonce une magnifique journée ensoleillée où l'on se sent vivre et remplie d'énergie. Un bleu qui...

Ouh là, ma fille, faut que t'arrêtes de le regarder, tu racontes n'importe quoi, je te rappelle qu'il a failli t'étrangler quand tu as voulu l'aider à se détendre, me morigénai-je. *Allez, au boulot !*

Je me levai et partis écrire un compte rendu pour M. Bougon, alias le psychiatre.

Selon Aliette, l'après-midi se passa comme un lundi, c'est-à-dire qu'il y eut beaucoup d'appels. Soudain, nous entendîmes des pleurs et des cris d'enfant provenant du bureau de Benjamin. Aliette soupira.

— Le vaccin du petit de quatre ans. Il doit avoir peur de l'aiguille.

Les pleurs s'accrurent, et nous entendîmes la mère se mettre à crier après le gamin. Les patients dans la salle d'attente regardèrent la porte avec effroi.

Une dame vint nous voir.

— Je crois que la maman vient de dire à l'enfant : « Bouge pas sinon je t'en colle une ! »

Nous nous regardâmes avec Aliette, embêtées.

Ma collègue s'exclama :

— Pauvre docteur ! Ça va le dégoûter des gosses, ça !

Chacun sa logique. Personnellement, j'aurais dit « Pauvre gamin », mais bon...

Tout d'un coup, je me souvins de la technique qu'avait eue l'infirmière aux urgences pour la petite fille d'une amie. Les bulles !!!!

Et le Dr Armand Pirotte nous avait donné un

jeu à bulles de savon qu'il avait retrouvé dans son cabinet avec deux soldats et une poupée. Je sortis la minibouteille à bulles du tiroir, enlevai ma blouse blanche et allai taper à la porte. Benjamin et la mère parlaient tellement fort par-dessus les cris de l'enfant que personne ne m'entendit.

Je rentrai calmement au moment où Benjamin dit à la maman :

— Madame, je veux bien comprendre que vous soyez excédée par les cris de votre enfant, mais vous ne le taperez pas pour le faire taire ! Ça, c'est pas possible !

Eh bien, j'avais la réponse à ma question. Benjamin pouvait s'énerver. Je ressentis une bouffée de fierté en l'entendant. Il était légèrement rouge au niveau des joues, et ses cheveux étaient tout ébouriffés, il était sexy quand il était en colère.

Je sortis mon plus beau sourire au petit garçon et lui fis un signe de la main.

— Coucou, je m'appelle Mélissa, et toi ?

Le petit, surpris de me voir, arrêta de pleurer et regarda ma main.

— Ce sont des bulles ? Tu veux qu'on en fasse ?

Il s'essuya le nez sur son T-shirt et me fit oui de la tête. La mère soupira et foudroya Benjamin du regard. Celui-ci reprit son air impassible, sortit le vaccin de l'emballage et prépara des compresses.

— Lucas, Mélissa va faire des bulles et, pendant ce temps-là, je vais piquer où ta maman a mis la crème magique. OK ?

Le petit était trop occupé à regarder mes grimaces alors que je faisais des bulles pour lui prêter attention. Benjamin le piqua, et il ne broncha même pas. Un pansement fut mis, et je continuai encore un peu à faire des bulles. Puis je dis à Benjamin que je retournais à l'accueil.

— Merci beaucoup, Mélissa, pour ton aide, me dit-il chaleureusement.

J'étais fière d'avoir pris cette initiative et qu'elle ait été appréciée par Benjamin. En plus, tout le monde était plus calme maintenant. Comme quoi, on pouvait être une bonne équipe.

Je sortis du bureau, et les patients me souriaient tous. Aliette se mit à applaudir derrière le comptoir. Je fis une salutation à son intention et l'entendis dire au patient qu'elle avait au téléphone :

— Bah non, ce n'est pas vous que j'applaudis. Il faudrait que je vous félicite de quoi ? De ne pas avoir suivi la prescription ?

Je ne pus m'empêcher de rire. Elle reprit après la réponse de son patient :

— Ah, vous vous mariez ? Bah, félicitations alors ! Bon, rendez-vous demain à 14 heures. Allez, au revoir, monsieur ! Et encore félicitations.

Elle raccrocha quand je m'asseyais à côté d'elle et hocha la tête.

— Pauvre innocent ! Il croit que se marier est une bonne chose.

Tandis qu'elle soupirait, je m'esclaffai. C'était sûr que, vu ce que m'avait dit Aliette sur son ex, elle n'était pas près de rempiler.

Dans la plupart des situations, je mettais du temps avant de me rendre compte de qui étaient véritablement les gens. Pour le Dr Syrut, il avait tout de suite été clair qu'il ne m'aimait pas, ce qui ne me posait pas de problème, car je n'étais pas là pour me faire aimer. Mais il avait décidé qu'il m'en ferait baver. J'avais envie de lui tapoter la tête en lui assenant un

« pauvre petit bonhomme » tellement ses tentatives étaient pitoyables. De plus, j'avais une alliée de choc en la personne d'Aliette. Celle-ci en avait sa claque de changer de collègue toutes les semaines et de trimballer une boîte de Kleenex. Entre deux appels, elle m'avait expliqué que mes prédecesseuses étaient terrorisées par le regard broussailleux de « Georges », qui les accusait de ne pas savoir écrire le français.

— Le problème, c'est qu'à trop vouloir bien faire, on prend tout à cœur. Résultat, elles se pensaient nulles et partaient.

— Ça ne va pas être mon problème, je peux te rassurer.

Aliette avait penché la tête et m'avait dit avec son air de personne à qui on ne la raconte pas :

— Ah oui !

— Oui.

Et là, je ne m'étais pas débinée.

— C'est juste un remplacement de quatre mois, pas un CDI, d'une. Ce n'est donc pas comme si j'allais faire carrière ici. De deux, j'ai été embauchée en CDD à Pôle emploi et je peux te garantir que tant que tu n'as pas fait ce boulot, tu ne sais pas ce que c'est d'être face à des personnes jamais satisfaites. Je suis blindée... Alors le Dr Syrut peut m'inventer tous les mots qu'il veut pour ses comptes rendus, c'est moi qui l'aurai à l'usure.

Et nous avions fixé toutes les deux avec un regard menaçant la porte du fameux médecin.

— D'ailleurs, pourquoi il est comme ça ? Il a toujours été à chercher des poux ?

— Non... Avant, on ne le voyait pas et on ne l'entendait pas. C'est depuis son divorce qu'il est infect. Enfin, il est désagréable avec les nouvelles, parce que, avec moi, ça va.

Ah, ah… Intéressant. Je m'étais promis de creuser cette différence…

L'après-midi fut long comme un week-end sans mojito, j'étais seule et je n'avais pas l'énergie de taper un nouveau compte rendu.

J'étais en train de m'endormir derrière le comptoir quand le téléphone sonna.

— Cabinet médical, bonjour !

— Bonjour ! J'aimerais savoir si je pourrais parler au Dr Ferrier, s'il vous plaît.

Je reconnus la voix de sa mère. *Ô joie !*

— Il est en consultation. Puis-je prendre un message ?

— Je suis sa mère.

J'avais envie de lui dire « Bah, ouais et alors ? », mais je me retins. J'allais l'informer que Benjamin avait un rendez-vous de libre dans cinq minutes, mais elle ne m'en laissa pas le temps.

— Vous lui direz de ma part que s'il veut récupérer les affaires de sa grand-mère, il faudra qu'il me parle. Je ne lirai plus ses mails. Je n'ai plus de nouvelles de Clara, il faut croire qu'elle a retrouvé la raison.

Et elle raccrocha. *Mais oui, bien sûr.* Interrogative, je regardai un instant le téléphone puis raccrochai. La vie de Benjamin n'était pas toute simple à voir ça.

Je pris une note rapide, puis regardai la météo sur mon smartphone pour le week-end. Il allait faire beau, ce qui me permettrait d'extraire Charlotte de chez elle, où elle se morfondait après le départ de son ex. Une dose de soleil et d'alcool, et j'étais sûre que je réussirais à lui faire voir le bon côté des choses.

Benjamin longea le bureau pour aller dans la salle de pause. Je le suivis, lui faisant part du message de sa mère. Il s'assit et passa sa main dans ses cheveux, l'air las.

À sa posture, je voyais qu'il avait les épaules raides et le cou crispé. Peut-être que parler lui ferait du bien. Je posai donc ma tasse de thé en face de lui et pris le temps de la boire à petites gorgées.

— Je sais que l'on ne se connaît pas bien, mais si tu as besoin de parler, je suis là. Et si tu ne veux pas me parler, tu peux toujours appeler Charlotte, à qui ça changera les idées.

— OK. Merci.

Et il posa la tête au creux de ses bras et ne la releva pas. Le pauvre, sa mère n'avait vraiment pas l'air commode.

Je repartis au bureau et réfléchis. Qui pouvait être Clara ? Son amoureuse ? Une amie de la famille ? Une traîtresse ? La maîtresse de son père qui aurait choisi de se mettre en couple avec le fils ? À cette dernière hypothèse, je me rendis compte qu'il fallait que j'arrête les soirées lecture de *Nous Deux* avec ma grand-mère. On avait beau les critiquer, ces lectures semblaient avoir un impact sur mon imagination, je perdais la raison.

Cela m'aurait arrangé que Benjamin suive mon conseil, s'il se confiait à Charlotte, et je la faisais boire après, je parviendrais probablement à obtenir les informations qui m'intéressaient. En ce moment, ma vie était si plan-plan que j'étais curieuse de celle des autres. Le générique de *Plus belle la vie* résonna dans ma tête, et j'avais le regard dans le vague quand le Dr Syrut arriva devant moi. Par chance, le téléphone sonna au même moment.

— Cabinet médical, bonjour !

— C'est Charlotte. Tu peux parler ?

Je regardai le Dr Syrut qui me scrutait.

— Veuillez patienter, s'il vous plaît, répondis-je à Charlotte.

— Je peux faire quelque chose pour vous, docteur ? demandai-je avec une voix d'hôtesse de l'air.

— Où est Aliette ? m'interrogea-t-il presque d'un ton aimable.

— Elle est rentrée chez elle.

Il reprit son air sévère et me déclara :

— Ce compte rendu est truffé de fautes. J'espère que vous ferez mieux la prochaine fois !

Je pris le feuillet et lui décochai un grand sourire.

— Je n'y manquerai pas.

Et je repris l'appel :

— Veuillez m'excuser pour l'attente, que puis-je faire pour vous ?

Le Dr Syrut me regardait avec suspicion.

— J'aimerais te parler si tu n'es pas occupée. Ce n'est pas le bon moment ? me demanda mon amie.

— Oui, bien entendu. Je vais lui demander de suite.

J'allai dans la salle de repos pour fuir Hercule Poirot.

Benjamin leva la tête, les yeux fatigués, et me regarda. J'avais envie de le secouer un peu, tiens. Je fermai la porte avec fermeté et repris la conversation :

— Il est face à moi, je suis sûre qu'il n'a qu'une seule hâte, celle de vous expliquer pourquoi quand vous éternuez, vous avez le derrière qui gratte.

Je ne sais pas d'où je tenais cette imagination, mais il y avait des fois où ça me fatiguait.

— Tu t'amuses bien là, Mélissa ? m'interrogea Charlotte. Qu'est-ce que tu fabriques ?

— Mais avec plaisir, madame. Ça fait partie, comme qui dirait, du service après-vente. Je vous le passe, dis-je, impassible.

Cette petite conversation avait eu le don de sortir Benjamin de sa léthargie, et c'était assez drôle à voir. Je lui tendis le téléphone. Visiblement un peu paniqué, il me fit signe qu'il ne voulait pas prendre la communication, mais il finit par l'attraper et parla :

— Allô, Dr Ferrier, que puis-je faire pour vous ?

À la réponse de mon amie, il éclata de rire avant de poursuivre :

— Je lui ai pris rendez-vous avec son psychiatre préféré la semaine prochaine, mercredi à 10 heures, juste avant sa journée de travail.

Je le regardai, les yeux grands écarquillés, puis en voyant son sourire, je me rassérénai.

— Ce n'est pas mon préféré. Il y en a un très bien au coin de la rue, c'est le patron du café, et il fait de la très bonne psychologie de comptoir, marmonnai-je en cherchant la boîte de chocolats que j'avais planquée dans un des placards. Dis à Charlotte que je l'invite à pique-niquer dimanche au parc et que j'aurai du très bon rosé.

Benjamin répéta à Charlotte cette information.

— Merci pour l'invitation, répondit Benjamin. Je viendrai après ma séance de boxe.

Benjamin faisant de la boxe, le corps en sueur, les muscles bandés, les cheveux ébouriffés par l'effort... Je crus que j'allais devoir m'asseoir par terre pour me remettre de cette vision torride.

— Mélissa va bien. Enfin, je pense, car là, elle est agenouillée face à un placard le regard fixe, expliqua-t-il en se penchant. Tout va bien, Mélissa ?

Je repris mes esprits.

— Voui, voui..., dis-je d'une petite voix.

— À dimanche, Charlotte !

Et il raccrocha. Il me regarda puis, impassible, se saisit du compte rendu que m'avait donné le Dr Syrut et le lut.

— Cette feuille ressemble à une de mes anciennes dictées de CE2. Pleines de points rouges.

— Je suis une incompétente. Enfin, c'est ce que pense le Dr Syrut.

Je m'assis par terre avec mon stock de chocolat, aliment indispensable à toute journée de travail. Quand je lui en tendis, il s'en saisit, l'air ravi, après avoir vérifié l'emballage.

— Et il a sans doute raison, répondis-je après avoir mangé un carré.

— Ça n'a pas l'air de te perturber plus que ça.

Je haussai les épaules.

— Peut-être bien que oui, peut-être bien que non...

Je savais très bien que je n'étais pas incompétente. Peut-être pas très douée pour l'orthographe, mais quand je passais les textes au correcteur orthographique, ce n'était plus un problème.

Après m'être levée, je repartis derrière mon bureau.

Chapitre 8

Mélissa

Ô joie !!!! C'était dimanche. Jour de farniente et de grand soleil. Jour de soutien aux copines en plein chagrin amoureux. J'étais assise dans l'herbe sous un arbre et j'écoutais le silence de Charlotte. Les personnes autour qui avaient eu la même idée que nous riaient, buvaient, discutaient. J'observais le visage morose de mon amie.

— Tu ne veux rien me dire, alors ?

Silence ponctué de pépiements d'oiseaux.

— Tu as perdu du poids, tu as des traces de griffes sur les bras et tu me dis que tu n'as pas regardé la rediffusion du *Parrain* à la télé hier. Ça va mal, Charlotte... et quand t'es comme ça, il faut parler.

Elle me jeta un regard noir par-dessus ses lunettes de soleil.

— Je croirais entendre ma mère, bougonna-t-elle.

Je haussai les épaules.

— Des fois, il faut admettre que des paroles de sagesse sortent de la bouche de ta mère.

Charlotte s'effondra en arrière et regarda les feuilles de l'arbre au-dessus d'elle.

— Qu'est-ce que tu veux que je te dise ? Matthias est reparti, et moi, je suis déprimée, car je suis tombée amoureuse du seul homme qu'il ne fallait pas.

— Il va peut-être appeler. Il est peut-être en train de réfléchir, dis-je en n'y croyant pas des masses.

À moins que sa sœur, notre amie Noémie, le secoue comme un prunier pour le faire réfléchir. Elle était partie avec ses enfants le voir et, comme elle avait eu le droit également aux lamentations de Charlotte, peut-être qu'elle le ferait changer d'avis.

— Je ne veux plus en parler, me coupa-t-elle brutalement. Parle-moi plutôt du travail.

Je soupirai. Je n'avais pas envie de raconter mes zéros en dictée médicale. Pourquoi les gens voulaient forcément parler de ça ? Pourquoi ce n'étaient pas mes hobbies qui les intéressaient ?

— Qu'est-ce que tu veux que je te dise ? Les médecins sont sympas sauf le psy, Georges. Lui, je pense qu'il se défoule de ses frustrations sur moi.

— Et Benjamin ?

— Hyper sérieux, hyper compétent, hyper apprécié, dis-je d'un ton blasé pour doucher les espoirs de rapprochement de Charlotte.

Parce qu'il était également hyper beau, hyper gentil avec ses patients, hyper cultivé, hyper câlin avec sa petite sœur. Bref, hyper hyper. Mais ça, je ne le lui dirais pas par crainte qu'elle aille tout lui répéter comme une gamine de dix ans.

— Ça fait beaucoup de « hyper » ? s'extasia-t-elle.

Oh ! oh… Comment calmer son enthousiasme ?

— Je ne peux m'empêcher de le trouver trop parfait. Les gens parfaits sont agaçants, tu ne trouves pas ?

Elle n'eut pas le temps de me répondre que Benjamin arriva. En jean, T-shirt, baskets, il semblait plus jeune et plus abordable. Cette tenue lui allait à merveille.

Il s'écroula à côté de Charlotte et la salua en lui tapant sur la jambe. Quant à moi, il m'adressa une ébauche de sourire.

— Désolé d'être en retard. Je me suis fait mal à l'épaule à la boxe, je suis allé prendre un antalgique à la maison.

À ses mots, Charlotte me jeta un coup d'œil, puis proposa à Benjamin avec un sourire en coin :

— Mélissa peut te masser si tu veux. Ça te fera plus de bien que tes médocs.

Je la fusillai du regard. Je n'avais pas envie de toucher cet homme qui pensait que j'étais à moitié folle. Mes potions et moi méritions mieux.

— Je n'ai pas d'huile de massage avec moi, répondis-je.

Benjamin secoua la tête.

— C'est gentil, mais ça va aller.

C'est bien ce que je pensais, il ne se rendait même pas compte du bien que je pourrais lui faire.

Il ouvrit son sac et nous fit découvrir son contenu : une bouteille de rosé, des verres à pied et un saladier rempli de choses bien appétissantes.

— Je vous ai préparé une salade quinoa aux amandes et aux pois chiches, du panais aux épices et un guacamole avec... (Il sortit du pain aux céréales.) Voilà. J'espère que ça vous ira.

J'en avais l'eau à la bouche. Un repas végétarien, c'était sans doute le fruit du hasard, mais ça le rendait parfait.

Charlotte déballa une quiche. Puis ce fut mon tour. J'ouvris une boîte de scones et une grande Thermos de thé.

— C'est la semaine anglaise à la maison, dis-je pour expliquer ce choix.

Devant l'air interrogateur de Benjamin, Charlotte raconta nos habitudes avec Nana :

— Mélissa vit avec sa grand-mère qui est anglaise. Elles ont instauré la semaine anglaise toutes les six semaines. Mélissa va chez Marks & Spencer, et elle ramène la sauce à la menthe et tout le reste.

Benjamin me regarda en souriant. Le premier vrai sourire qu'il m'adressait depuis son arrivée.

— Sympa la semaine thématique. C'est une bonne idée. Je vais proposer ça à ma sœur.

— Ça devrait lui plaire, en effet, dis-je.

Je me perdis un instant dans ses yeux bleus. Benjamin s'occupa de remplir nos verres, je vis Charlotte me faire un clin d'œil. OK, je l'avais encore détaillé du regard. Il avait dû être un enchanteur dans une autre vie.

Le repas fut agréable. Nous nous amusâmes à observer les passants, Benjamin et Charlotte parlèrent de l'hôpital. Je dus bien reconnaître que je commençais à l'apprécier. Il n'était pas si psychorigide que je l'avais imaginé, enfin c'était sans compter sur les regards exaspérés qu'il me lançait parfois l'air de se demander « Mais elle pense réellement ce qu'elle dit ou pas ? » Non, mais vraiment, comment était-il possible qu'il ne se soit pas interrogé sur ce qu'il y a dans les produits d'hygiène ? Moi, ça me sidérait qu'il ne se soit pas posé la question avant.

Au bout de sa deuxième grimace de douleur, j'eus pitié. Cela lui était peut-être égal de se badigeonner de parabens, mais il ne méritait pas de souffrir autant.

L'air de rien, je cherchai dans mon sac et trouvai le petit flacon d'huile que je trimballais toujours avec moi au cas où.

— Veux-tu que je te masse ? demandai-je à Benjamin.

Il hésita. Je vis qu'il réfléchissait à ce que pouvait cacher ma proposition. Il paraissait avoir un instinct de survie développé.

— Je ne fais pas la charité et je te promets qu'il n'y a pas d'huiles essentielles dedans.

Cela le fit sourire, et il enleva son T-shirt.

— *Oh ! my goodness*[1] *!!!* murmurai-je.

Benjamin ne sembla pas avoir entendu, mais Charlotte l'examina, puis me regarda en haussant les sourcils. Si je l'avais eu en exemple en anatomophysiologie pendant mes études de naturopathie, j'aurais eu beaucoup moins de mal à me souvenir des muscles, je pouvais le garantir.

Qu'il était beau. « Un cadeau de Dieu », aurait dit ma grand-mère. Il avait les muscles fins et déliés, ses pectoraux étaient bien dessinés, et un fin duvet blond partait du milieu de son torse pour s'épaissir et descendre jusqu'au bas de son ventre. J'avais envie de passer le bout de mes doigts dessus pour voir s'il était aussi doux qu'il semblait l'être.

Il avait la peau légèrement dorée, très appétissante. J'étais dans la merde. Réussir à le masser sans que ça se termine en massage érotique n'allait pas être une mince affaire.

Devais-je lui expliquer avant de le toucher que j'avais un don ? Cela me venait du côté paternel. Mon père le nierait jusqu'à sa dernière heure, mais sa mère était une rebouteuse. J'avais hérité de son talent. Quand j'apposais les mains sur quelqu'un, je sentais l'énergie circuler. Ça ne changeait rien pour

1. Bonté divine !!!

les personnes qui ne voulaient pas y croire, mais celles réceptives pouvaient ressentir des fourmillements.

Bon, cartésien comme il était, il n'allait certainement rien sentir. Je choisis donc de me taire et m'installai à côté de Benjamin, qui s'était allongé sur le dos. Je commençai à lui passer de l'huile sur l'articulation de l'épaule quand un grand flot de chaleur remonta le long de mon bras et alla directement au niveau de mon cœur. Je restai sans bouger tellement j'étais déstabilisée par cette nouveauté. D'habitude, les sensations restaient dans mes mains, c'était la première fois que ça allait directement dans cette zone. J'eus des palpitations, mes joues rougirent, et ma respiration devint erratique.

Benjamin ouvrit les yeux et me regarda, étonné.

— C'est quoi ce qui vient de se passer ?

— Je ne sais pas, répondis-je, confuse. Tu as ressenti quoi ?

— Du chaud à l'épaule, puis un courant vers le cœur.

Charlotte, à côté de nous, regardait ses mails. Elle se mêla à la conversation :

— C'est une sorcière, on serait au Moyen Âge, elle serait brûlée sur un bûcher.

Elle leva les yeux de son téléphone.

— Elle travaille sur les énergies. Ça peut faire bizarre.

— Oui, mais là, ce n'est pas comme d'habitude, murmurai-je.

Reposant doucement les mains sur l'épaule de Benjamin, je perçus de nouveau la même sensation, mais plus douce. Je regardai le visage de Benjamin, cherchant des signes de gêne de sa part.

— Tu veux que j'arrête ?

Il m'indiqua que non et reposa la tête dans l'herbe.

Je me remis à le masser. Je le fis consciencieusement, me demandant ce que signifiait ce phénomène bizarre.

Détendu, Benjamin semblait savourer ce moment. Je lui demandai de se retourner et recommençai à le masser, et étendis mes gestes à tout le dos. Sa peau tiède était un vrai bonheur à masser. Il avait des contractures au niveau de l'épaule droite que je réussis à faire fondre tout doucement. J'aimais beaucoup le sentir se détendre. En le touchant, j'avais l'impression qu'il était plus fragile, plus humain. Il n'était plus seulement une personne brillante et consciencieuse, il était également quelqu'un avec des douleurs que je pouvais soulager. Et je devais bien avouer que j'adorais pouvoir lui faire ça et que mes mains devenaient accros au toucher de sa peau. C'était la première fois qu'un massage thérapeutique me donnait envie de le classer finalement en massage X.

Je finis par une dernière caresse sur son dos et chantonnai :

— C'est fini !

Et je n'obtins aucune réaction. Il s'était endormi.

Benjamin

Faire le mort. Comme les putois. Ou comme je ne sais plus quel animal. C'était la seule réaction possible pour masquer la magnifique érection que Mélissa m'avait donnée.

Rien à faire qu'elle soit sorcière ou la marraine la bonne fée, elle m'avait filé une gaule d'enfer en plus d'avoir dénoué tous les nœuds douloureux que j'avais accumulés dans les épaules. C'était bien beau de me défouler en courant et en faisant de la boxe, mais les tensions étaient là. Puis pouf, par apposition des mains, plus rien sauf la redécouverte d'une sensibilité et d'un besoin pressant d'être touché. Elle était douée, elle était même très douée.

Elle venait juste de poser ses mains tièdes sur mon épaule endolorie que j'avais ressenti une bouffée chaude partir de mon épaule et aller se nicher en tourbillon au niveau de mon cœur. Puis la suite de son massage avait effacé la douleur pour faire migrer cette vague sensuelle vers mon ventre et plus bas. Et maintenant, je faisais la marmotte.

Quand je disais que cette nana était un nid à problèmes, je ne pensais pas si bien dire. Et sur ce constat, je m'endormis pour de bon.

Je me réveillai à la sensation d'une main dans les cheveux. Une main qui me les ébouriffait.

— Hé, la marmotte ! Il faut que je m'en aille, me dit Charlotte.

Je me retournai sur le dos, bâillai et constatai que Mélissa aux mains magiques n'était plus là. Je n'avais pas aussi bien dormi depuis... depuis le départ de Clara. Et cela grâce à un massage. Clara était peut-être pénible, mais je dormais bien avec elle à mes côtés.

Depuis le départ de mon ex, je mangeais du fast-food, je jouais aux jeux vidéo jusqu'à pas d'heure et je dormais le strict minimum. La liberté, quoi... Enfin ce qui ressemblait à la liberté pour un ado, pas pour un homme de trente ans. À croire que je n'étais peut-être pas fait pour vivre seul. Je voyais tellement peu ma sœur que les bienfaits d'une colocation ne se faisaient pas ressentir. Je ne savais pas ce qu'elle fabriquait, mais elle partait tôt le matin et rentrait tard le soir en ayant déjà mangé. Tout ça pour dire que je me demandais si seul, je n'avais pas un comportement autodestructeur. Peut-être que j'avais besoin d'avoir une femme près de moi pour vivre d'une manière civilisée.

— Si ça t'est indispensable, ne t'inquiète pas, je connais une ribambelle de femmes qui se porteront volontaires pour que tu ne te transformes pas en homme de Cro-Magnon, me rassura Charlotte.

Super ! J'avais parlé à voix haute.

— Si je peux me permettre de mettre en parallèle nos situations, je trouve que tu gères super bien le fait que ta nana se soit barrée. Tu n'es pas déprimé, tu n'as pas pris de poids, tu n'es pas négligé.

Je l'observai, interrogatif.

— Tu ne l'es pas non plus.

À ces mots, mon regard erra sur sa tenue. Autant pour moi, son T-shirt ne ressemblait à rien et son pantalon avait un trou.

— Ta gentillesse te perdra, soupira-t-elle.

Je passai la main dans mes cheveux et me grattai la mâchoire.

— Tu as raison, je gère très bien l'absence de Clara. Ma belle-mère dit que c'est parce que c'était plus une colocataire qu'une compagne. Et je pense qu'elle a raison. Il n'empêche que je ne sais pas vivre seul.

— Si tu n'as que ça comme problème, ça va aller, me rassura Charlotte. (Elle me fit la bise et ajouta :) Faut que j'y aille. Je dois voir ma voisine, elle veut me donner des livres à lire qui me remonteront le moral. Elle les ramène de son club de lecture. D'ailleurs, la grand-mère de Mélissa participe à ce club. Si tu les vois de près ou de loin, éloigne-toi, elles sont redoutables. Mélissa est partie faire le plein d'huiles essentielles et d'herbes.

Sur ces paroles, elle me laissa sous mon arbre.

Je restai à regarder les promeneurs passer, puis me motivai pour aller au ciné.

Je passai le reste du week-end à jouer aux jeux vidéo et à rêver de Mélissa et ses mains magiques...

Chapitre 9

Benjamin

En ce lundi matin, j'étais assis derrière mon bureau et j'écoutais ma patiente, Marguerite. J'étais crevé par mon week-end, et la femme de soixante-quinze ans aux cheveux courts et à la mise en plis parfaite qui me regardait en rajoutait une couche. Elle était beaucoup trop en forme pour moi. Elle m'avait interdit de lui donner du madame, car elle était suffisamment vieille pour se rappeler qu'elle avait été plus madame que mademoiselle. Elle me fit la liste des médicaments qu'elle prenait, qui n'étaient pas nombreux vu son âge, puis m'adressa un regard interrogatif.

— Alors, on fait quoi, docteur ?

Très bonne question... Elle avait tellement parlé qu'elle m'avait anesthésié. En plus, j'avais la concentration d'un poisson rouge atteint d'Alzheimer, mon esprit dérivait sans cesse vers la vision de Mélissa en robe jaune et hauts talons. Je ne savais pas en quel honneur elle s'était habillée de cette manière, mais je n'arrêtais pas de penser aux bretelles croisées dans le dos de sa robe qui m'avait montré qu'aujourd'hui était une journée sans soutien-gorge. Cette vue m'avait statufié sur le seuil de mon bureau, et je ne m'étais ressaisi qu'en entendant mon patient tousser derrière moi.

Donc, j'étais maintenant au troisième patient postvision incendiaire de Mélissa et je n'arrivais toujours pas à me concentrer. Je ne me souvenais même pas si *Marguerite* m'avait donné le motif de sa consultation. Bon, de toute façon, il fallait que je lui prenne sa tension. *Commençons par ça, peut-être que la raison de sa venue me reviendra en mémoire.*

Elle s'installa sur la table d'examen, releva la manche de son chemisier et me tendit le bras.

— C'est le Dr Menant que je remplace, votre médecin habituel ? lui demandai-je.

— Non, je n'en ai plus.

Elle fit un mouvement brusque de sa main plâtrée. Elle m'avait raconté que c'était suite à une cascade après une soirée arrosée et que ça s'était terminé avec des pompiers charmants.

— Mon médecin est mort, *dead*, *kaput*. Infarctus du myocarde, il n'a pas eu le temps d'arriver à l'hôpital. (Elle soupira.) C'est moche. Vous savez, ce qui est terrible quand on vieillit, c'est d'enterrer les personnes que l'on connaît. Eh bien, je vous assure que ça ne remonte pas le moral d'enterrer le médecin qui vous casse les pieds pour votre cholestérol. Tiens, c'est bien les cordonniers les plus mal chaussés.

Bon, bah, ça ne m'éclairait pas sur le motif de sa venue, mais j'étais au moins sûr qu'il fallait que je reprenne son dossier à zéro. Je posai mes questions sur ses antécédents, sur ses douleurs, ses difficultés dans la vie quotidienne. Ce dont elle se plaignait le plus, c'était de moins bien tolérer l'alcool depuis qu'elle avait passé la barre des soixante-dix ans. J'étais bien avancé.

— Vous êtes venue pour quoi ? Vous me semblez en pleine forme à part votre poignet dans le plâtre.

— Ah, bah, ça, docteur ! Je pète le feu !

Et là, elle se dandina sur la table d'auscultation.

— Non, vous voyez, docteur, je suis venue, car j'avais entendu parler de vous par Charlotte, qui est ma voisine, et par Elisabeth, qui est la grand-mère de Mélissa.

Oh ! oh… Danger en vue. N'était-elle pas la participante du club de lecture dont il fallait que je me méfie ?

D'un air très sérieux, elle me dit :

— Vous savez, doc, la vie est courte, même très courte. (Elle leva les yeux au ciel.) Le Dr Albert en sait quelque chose, Dieu ait son âme. La vie est brève, et donc on se doit d'en profiter à fond. Mélissa est célibataire, vous n'êtes pas marié, et il paraît même que vous n'êtes pas en couple.

Elle me regarda fixement. Je devais bien avouer que je ne comprenais rien au déroulé de cette consultation. Me parlant doucement et en articulant bien, elle conclut :

— Donc… Invitez-la à dîner ! Sous ses apparences farfelues et je-m'en-foutistes se cache une jeune femme généreuse et drôle qui a besoin d'un homme solide et rassurant.

Celle-là, je ne l'avais pas vue venir.

— Vous pouvez me rappeler le motif de votre venue ? demandai-je avec sérieux pour recadrer cet entretien qui partait dans une direction non désirée.

— Eh bien, que vous courtisiez Mélissa, tiens !

C'était bien ce que je pensais. Elle ne m'avait pas dit le motif de la consultation en rentrant.

— Et à part ça, des douleurs, des problèmes ?

— Dieu merci, non ! s'exclama-t-elle.

Elle descendit de la table d'auscultation.

— Quelle drôle d'idée !

— Bah oui, venir chez le médecin sans avoir de problème, c'est tout à fait normal ! marmonnai-je.

— Bon ! Vous allez l'inviter ? Parce qu'il faut que j'en informe sa grand-mère, qui se fait du souci pour elle, vous savez. Je sens que vous avez du potentiel, jeune homme. Allez-y, foncez !

Je regardai ma coach en amour autoproclamée et répondis très fermement :

— Non.

Ma patiente avait une tête à bêtises et prenait trop d'initiatives toute seule. Je sentais la tornade qu'elle devait être. Si je commençais à lui dire oui, elle commanderait déjà le berceau pour notre premier bébé. Et qui à trente ans avait besoin d'une septuagénaire marieuse ? Pas moi en tout cas.

Vu son air, elle n'avait pas l'habitude qu'on la rabroue, et ça la vexa.

— Très bien. Je vous laisse.

Je conclus cette consultation en constatant que tout allait pour le mieux au niveau santé physique et mentale. Pas de troubles de la mémoire et d'incohérence psychologique à constater en tout cas.

Juste avant que Marguerite parte, je l'interpellai :

— Est-ce que Mélissa est au courant de ce que vous tramez ?

— Certainement pas ! Et vous serez bien urbain de ne pas lui en parler. Elle le prendrait très mal ! Vous nous contrariez sa grand-mère et moi, mais vous êtes un bon médecin. On va se revoir bientôt, me dit-elle en me tapotant l'avant-bras et en clignant de l'œil.

Et elle partit. J'allai m'asseoir derrière mon bureau et me mis à réfléchir. Alors comme ça, les seniors essayaient de caser Mélissa. C'était drôle et gênant.

Mais surtout drôle, il fallait bien l'avouer. Mélissa devait en voir de toutes les couleurs avec un entourage pareil. Mélissa...

Sur une impulsion, je décidai de prendre mon deuxième petit déjeuner vu que mon rendez-vous fantôme n'était pas honoré.

En arrivant dans la salle de repos, je me fis foudroyer du regard par l'objet des manigances du troisième âge.

— Qu'est-ce que j'ai fait ? lui demandai-je.

— Rien, j'ai mal dormi ce week-end, c'est tout, me répondit-elle abruptement.

Bon, nous étions donc deux en carence de sommeil.

Elle but son café en fixant la table et en fuyant mon regard. Très étrange.

— Pas de théorie bizarre, d'idées pour changer le monde à partager ce matin ? la questionnai-je d'un ton provocateur.

Elle se contenta de froncer les sourcils et de m'examiner attentivement.

— Tu as une sale tête. Tu as mal dormi, toi aussi ?

— Oui.

Rougissant, elle me demanda :

— Tu as rêvé de...

Interrompue par la sonnerie du téléphone sans fil, elle se précipita dessus et partit à la vitesse grand V. De quoi voulait-elle parler ? Je ne me rappelais plus de quoi j'avais rêvé, mais j'étais à peu près sûr que sa robe jaune allait venir me hanter la nuit prochaine.

Je n'en sus pas plus, car elle me fuit toute la semaine.

On était à la veille de mes quinze jours de vacances, je pouvais donc faire un bilan de ces deux mois. Je devais admettre que le remplacement s'avérait moins stressant que ce que j'avais supposé. Remplacer Béatrice était un vrai bonheur. Elle tenait minutieusement à jour les dossiers de ses patients sur son logiciel, et toutes ses prescriptions me paraissaient cohérentes. Visiblement très appréciée, elle avait donc beaucoup de patients. D'où la question que je posais invariablement à Aliette :

— Aliette, pourquoi j'ai toujours un rendez-vous de libre le matin et l'après-midi ?

Celle-ci me répondait invariablement en haussant les épaules :

— Aléa informatique.

Mais je ne me plaignais pas. Globalement, tout était très bien huilé, et je ne m'étais pas trouvé face à un gros problème. Sauf là, maintenant, face à M. Durand, homme dynamique, cadre bancaire qui venait, car il se sentait barbouillé. Eh bien, ce n'était pas une intoxication alimentaire au repas chinois d'il y a quatre jours mais un bel infarctus. Comme il était hyper anxieux, j'étais bien embêté pour appeler les secours.

Je sortis de la salle d'examen en prétextant avoir besoin d'un rouleau de feuilles pour l'ECG et allai trouver Mélissa, qui se remit à chercher une gomme sous son bureau à mon approche. Je contournai le comptoir, m'accroupis à sa hauteur et lui dis :

— Mélissa, je ne sais pas ce qu'il se passe pour que tu me fuies, mais là, j'ai besoin d'aide. Mon patient fait un infarctus et il est hyper anxieux. Tu peux venir lui tenir compagnie pendant que j'appelle le SAMU ?

Surprise par ma demande, elle se contenta de hocher la tête, prit un de ses flacons dans son sac et me suivit.

Après que j'eus expliqué la situation à mon patient,

Mélissa se mit à sa hauteur et lui parla d'une voix douce pendant que je prenais mon téléphone. Elle se saisit de son flacon, puis commença à lui masser le plexus solaire et les pouls. Comme elle lui faisait des grands sourires et discutait paisiblement avec lui, mon patient se calma directement. Une magicienne.

— Le Dr Ferrier, ici présent, me prend pour une folle avec mes fioles. Pourriez-vous m'aider à lui prouver que j'ai des pouvoirs magiques ? lui dit-elle, charmante.

J'attendais que le SAMU décroche le téléphone et je la regardais faire des gestes lentement et parler avec son ton mélodieux à mon patient. Mon stress tombait également.

Quand j'eus enfin quelqu'un en ligne, j'expliquai rapidement l'état de M. Durand, et nous attendîmes que les secours arrivent.

Le médecin du SAMU me chuchota :

— Il est cool pour un homme qui fait un infarctus. Vous lui avez fait quoi ?

Je montrai du doigt Mélissa qui mettait les affaires du patient dans un sac du SAMU.

— Elle a des potions magiques.

Et le médecin se mit à rire.

Une fois le SAMU parti, je m'écroulai sur mon fauteuil. Par chance, c'était le dernier patient de la journée. Mélissa enleva le drap d'examen, jeta les électrodes puis alla se laver les mains. Après, elle se saisit du fameux flacon magique puis passa derrière moi et se mit à me masser les tempes. Toute la tension s'évapora d'un coup, et je me retrouvai à m'enfoncer dans mon fauteuil comme si je pesais une tonne.

— Ça faisait quatre jours qu'il avait mal, lui

expliquai-je. C'est à se demander comment il est encore en vie.

— C'est pour ça que tu as eu un gros coup de stress ?

— J'ai vu plus d'une personne s'effondrer devant l'accueil des urgences, comme si, arrivée à bon port, il n'y avait plus besoin de combattre. J'avais un peu peur qu'il me fasse la même chose.

Elle posa les mains sur mes épaules. Je soupirai.

— Tu vas bien ? J'ai l'impression que tu me fuis ?

Je me tournai pour la regarder. Elle parut gênée, une rougeur apparut à ses joues, et elle commença à reculer. Je me saisis de sa main et l'attirai vers moi. Elle se laissa faire.

— J'ai fait quelque chose qui t'a froissée ? lui demandai-je avec curiosité.

J'étais le premier surpris de l'importance qu'avait pour moi sa réponse. Mélissa avait pris dans ma vie une place plus grande que ce que je pensais. Qu'elle m'évite sans cesse me contrariait.

— Non. C'est moi, me dit-elle d'une voix douce. Je suis un peu perturbée en ce moment.

Elle fuyait mon regard. Je me levai et lentement l'acculai contre le mur. Elle était tellement jolie, ses taquineries m'avaient tellement manqué, mes rêves étaient remplis de ce que je pourrais lui faire. Et si ça ne demeurait pas que des rêves ?

— Je suis perturbé moi aussi, dis-je. Et je me demande si...

Mélissa

Je devais avouer que je n'avais rien vu arriver. J'étais très occupée à fuir Benjamin. Le massage au parc m'avait perturbée au plus haut point. Comment un mec qui me paraissait ennuyeux et obtus pouvait me court-circuiter les neurones à ce point ? Je n'en avais aucune idée... et je n'avais jamais vécu ce genre d'expériences surtout. J'avais déjà été attirée par un beau regard, un agréable discours, mais jamais aimantée. J'avais l'impression d'avoir perdu le nord et que je retrouvais mon sens de l'orientation en le regardant. J'étais devenue une rêveuse, j'étais prise d'hallucinations olfactives, je croyais sentir son odeur dans des endroits où il n'était jamais allé, comme dans ma salle de bains ce matin. J'avais même sniffé mon tube de dentifrice, persuadée de reconnaître un élément de son haleine. Je vous assure, j'étais devenue folle.

Alors oui, ma gomme passait beaucoup de temps par terre en ce moment, et j'avais failli m'assommer plusieurs fois à force de plonger sous le bureau. Mon obsession devait cesser, du moins c'est ce que j'avais pensé jusqu'à son patient avec des problèmes cardiaques.

En voyant Benjamin préoccupé par cet homme, sa gentillesse au téléphone quand il avait prévenu sa femme de son transfert, en l'entendant expliquer au patient ce qui se passait avec des mots rassurants, j'avais eu envie de prendre soin de lui. Et voilà que je me retrouvais plaquée au mur, surplombée par la haute silhouette de Benjamin. Je me sentais toute petite face à lui, et son regard intense me consumait. Il me donnait l'impression de vouloir me dévorer, et je constatai que j'en avais également le désir. Je brûlais qu'il me touche avec toute la délicatesse qui le caractérisait et qu'en même temps, il perde sa retenue. Mes doigts me démangeaient de déboutonner sa blouse pour que je puisse passer les mains sur sa chemise et caresser ses muscles, les poser sur ses fesses et sentir leur rondeur et leur fermeté. Je voulais me hisser sur la pointe des pieds pour nicher mon nez dans son cou et faire le plein de son odeur qui m'avait manqué. Je mourais d'envie de caresser sa légère barbe pour ressentir sa douceur et ses picotements, de mettre le bazar dans sa coiffure, d'embrasser ses lèvres si sérieuses jusqu'à les rendre détendues et heureuses, bref, j'avais envie de lui.

Il pencha la tête et souleva mon menton. Son regard s'était assombri, il me donnait l'impression de me retrouver en pleine mer au milieu d'une tempête déchaînée et que je ne pourrais pas m'en sortir victorieuse.

Il m'embrassa avec douceur, juste le contact de nos deux bouches comme s'il voulait savoir si j'allais le mordre ou me laisser faire. Je restai pétrifiée. Il toucha du bout de la langue mes lèvres, je m'affaissai contre le mur, sous le choc. Comment il était possible que cet homme si sérieux veuille m'embrasser moi, la barge de service ? Il était où le bouton pause de mon cerveau pour que je puisse déguster ce moment unique de ma vie ?

Benjamin sembla se rendre compte que j'étais dissipée, car il décolla ses lèvres des miennes pour me regarder. Dans un sursaut de conscience, je me saisis de sa blouse pour le rapprocher de moi et l'embrassai avec la même douceur que lui. Ce baiser était magique. J'avais l'impression qu'une chaleur bienfaisante nous enveloppait, nous protégeait. Il me semblait être exactement à la bonne place, avoir trouvé mon refuge. Benjamin me caressait le dos de grands gestes tendres, me tenait le cou précautionneusement.

Et le téléphone sonna.

— Ça doit être un rappel automatique, me dit-il d'une voix basse.

— C'est pas possible, chuchotai-je, je ne suis pas à l'accueil.

Il soupira en allant décrocher le téléphone et me tourna le dos.

Mais qu'est-ce que j'avais fait ? J'étais devenue folle ou quoi ? Embrasser le mec qui faisait exprès de se gaver de yaourts à boire devant moi depuis qu'il avait entendu la conversation sur les protéines de lait de vache. Celui qui avait laissé traîner un article sur la table de la salle de repos faisant la liste des carences des végétariens. En plus, j'étais à la diète. Je n'avais même pas eu le temps de réfléchir aux échecs de ma vie amoureuse.

Il raccrocha et me fit face. Il dut voir à l'expression de mon visage que mon humeur avait changé.

— Ce n'était pas une bonne idée, ce baiser, dis-je d'une voix tremblante.

Il fronça les sourcils.

— Je suis en période d'abstinence, ce n'est pas toi le problème. C'est moi qui... (Je fis un geste vague de la main.) En fait, je réfléchis et, toi, tu serais une perturbation.

Il me regarda, l'air moqueur.

— « Une perturbation » ?

— Oui, j'ai besoin d'avoir l'esprit clair.

— OK, répliqua-t-il, impassible.

— Bon, on se voit après les vacances ?

Il acquiesça. Et je partis loin de la tentation qu'il était.

Chapitre 10

Mélissa

Deux semaines de vacances ! Deux semaines *entières* en banlieue parisienne début août. Je crois que j'aurais embrassé le bureau du cabinet tellement j'étais contente de reprendre le travail. Au moins, je n'étais pas en train de regarder pour la dix millième fois une rediffusion de *Strictly Come Dancing*[1] avec Nana. Faire le comparatif des heures entières des prestations des danseurs de *Danse avec les stars* en version française et en version anglaise était juste bon pour étrangler le premier qui vous parlait de paso doble. Nous nous claquemurions derrière les persiennes en attendant qu'il fasse moins de 35 pour que je puisse aller faire ma tournée des personnes âgées du quartier. Maintenant que j'en avais fait l'expérience, je pouvais vous assurer qu'il était plus facile de maintenir en vie des ficus que des personnes d'un âge respectable. Ils n'avaient pas soif. Je m'étais retrouvée plus d'une fois à faire du chantage pour qu'ils s'hydratent. Ça

1. Émission de télévision britannique similaire à *Danse avec les stars*.

m'avait crevée. Au moins, j'aurais fait des bonnes actions pendant ces vacances. J'économisais pour partir en stage de yoga en septembre, alors j'étais restée sagement assise à côté de mon aïeule à regarder les DVD de *Castle* et tous les téléfilms à l'eau de rose de M6. Il était plus que temps que je reprenne le travail avant de terminer atrophiée du bulbe.

Je fis le tour du cabinet médical, ouvris les fenêtres, déposai un gâteau sur la table de la salle de repos et allumai en sifflotant mon ordinateur. J'étais en joie jusqu'au moment où Benjamin arriva face à moi.

Ciel, qu'il était beau. Il était même plus séduisant que dans mon souvenir, et Dieu sait que j'avais rêvé de lui. Tous les matins, je me réveillais perturbée par le souvenir de notre baiser qui hantait mes nuits. Sans compter mes rêveries éveillées où mes mains repartaient le caresser.

Il était devant moi, les cheveux plus clairs, sans lunettes et avec une barbe. Ses yeux paraissaient plus pâles qu'avant, du fait de son bronzage. Je pouvais admirer la musculature de son torse qui se dessinait sous son polo. Polo turquoise qui mettait magnifiquement ses yeux en valeur. Bref, je croyais halluciner devant ce Benjamin cool.

Une lueur amusée dans le regard, il me sourit.

— Salut ! Comment vas-tu ?

Je mis dix secondes avant de lui répondre. J'étais encore sous le choc tellement il était sexy.

— Bien, et toi ?

— Super. Café ?

Je hochai la tête. La situation était gênante. Nous nous étions séparés sur un baiser et une fin de non-recevoir de ma part. Maintenant, je ne pouvais détacher mes yeux de lui.

Je me levai et lui tournai le dos. Il se racla la gorge, probablement gêné. Je pivotai la tête vers lui.

— Ça va ?

Il opina et s'éclaircit la voix.

— J'ai juste été surpris par le dos de ta robe.

Moi, j'étais une fervente partisane de jeter son soutien-gorge à la poubelle. L'été, je n'avais que des robes où il n'était pas possible d'en avoir. Vu la poitrine que j'avais, il n'y avait rien à soutenir de toute façon.

— Les soutiens-gorge sont une invention pour asservir les femmes à la mode et à l'obligation d'avoir une certaine silhouette. Il n'y a qu'à voir la mode des push-up. N'importe quoi !

Je me retournai et vis que Benjamin était devenu rouge.

— Ça te gêne comme conversation ? demandai-je.

— J'ai passé de super vacances, puisque tu me le demandes, me dit-il d'un ton décidé.

Il se mit à claquer les portes des placards à la recherche du paquet de café qu'il brandit triomphalement devant mon nez.

OK. En même temps, c'était une drôle de manière de renouer contact, je devais bien l'admettre. Mais quand j'étais mal à l'aise, je soliloquais sur des sujets qui me tenaient à cœur pour m'empêcher de bégayer comme une jeune première.

Après avoir versé le café dans le filtre, je bougonnai :

— Moi, je me suis ennuyée comme un rat mort. Tu savais qu'il ne restait que les barjots en banlieue parisienne en août ? Rien qu'en venant, je suis tombée sur une femme en maillot de bain et pagne qui poussait un Caddie Franprix tout en parlant aux voitures. Y a pas à dire, on se sent seule à Paris pendant cette période de l'année.

Nous nous assîmes chacun de notre côté de la

table, et il fit semblant de se passionner pour sa pile de courriers et moi pour mon portable.

Encore heureux que les infirmiers étaient présents au cabinet, car nous fûmes incapables de nous regarder dans les yeux sans être gênés de la journée. Voilà ce que j'avais réussi à faire avec mes histoires de brûler les soutifs...

À la sortie du travail, j'allai directement chez mon amie Noémie et ses deux enfants, Sophie et Louis. Le cabinet avait des horaires réduits du fait des vacances, ce qui me permit d'avoir une longue soirée devant moi.

Une demi-heure après, j'étais dans la maison bourgeoise dans la ville bon chic bon genre de mon amie. Celle-ci revenait de voyage. Elle avait été voir son frère aux États-Unis, le fameux mec après lequel Charlotte se languissait.

J'avais reçu un SMS de Noémie m'interdisant formellement de parler de lui devant celle-ci. Charlotte était déjà allongée dans l'herbe avec des bigoudis dans les cheveux. Noémie était une brune canonissime avec de grands yeux marron. Mais ce jour-là, elle avait des cernes immenses et un teint de papier mâché.

— J'ai préparé des mojitos, me dit-elle d'un ton sinistre.

Nous entendîmes un râle venant du tas de bigoudis.

— Je pense que ma vie est nulle et que je ne suis pas loin de la dépression, déclara Charlotte d'une voix plaintive.

— J'habite avec ma grand-mère, mes parents me traitent comme si j'étais une adolescente boutonneuse récalcitrante, j'ai un boulot précaire et je n'ai pas de vie amoureuse, renchéris-je en faisant des sourires à Louis, mon filleul de huit mois que j'avais dans les bras.

— Je suis mère célibataire avec deux enfants de moins de cinq ans, licenciée pour divergence d'opinions officiellement, refus de promotion canapé officieusement, et je ne sais plus quoi faire de ma vie.

Noémie s'était fait coincer dans sa chambre d'hôtel par son supérieur hiérarchique. Elle lui avait donné un coup de genou là où ça fait mal, mais n'avait pas voulu porter plainte en revenant de leur voyage en Chine. Depuis, elle n'allait pas bien, mais ne voulait pas en parler.

Elle s'affala sur la chaise longue à côté de moi, rabattit ses lunettes sur son nez et, levant les yeux au ciel, nous dit :

— C'est la misère.

Sa fille de quatre ans, Sophie, profita que sa mère soit amorphe pour disposer toute la dînette disponible sur ses genoux et essaya de lui mettre la tétine de son frère dans la bouche.

— Fais le bébé, maman !

Noémie se contenta de cracher la tétine dans l'herbe.

— On en a déjà assez d'un. Va jouer à autre chose, ma chérie.

Et pour une fois, Sophie obéit.

Charlotte se remit brusquement en position assise, faisant tomber les poupées posées sur son buste et s'exclama :

— On part en Ardèche et on s'occupe de chèvres ! Mélissa fera du savon, moi, je soignerai les bêtes et toi, Noémie, tu vendras notre production au marché.

Je soupirai.

— C'est là que tu vois que ça va mal. Cette option est tentante. On est mal, on est mal, on est mal.

Noémie se leva pesamment pour aller chercher nos cocktails et, ce faisant, fit tomber tout le bazar de Sophie.

À la première gorgée de nos boissons fraîchement arrivées, Charlotte nous annonça :

— Marguerite m'a dit qu'elle avait vu Benjamin en consultation. Il paraît qu'il est super, gentil et compétent. C'est vraiment dommage qu'il soit célibataire selon ses dires.

Elle avait vraiment le chic pour me gâcher mes dégustations d'alcool.

— Je sais, je sais. Elle en a discuté avec ma grand-mère, qui n'arrête pas d'en parler très peu subtilement avec force clignements d'yeux.

Cela fit rire mes amies. Moi, ça me plaisait moyennement d'être le centre des conversations du troisième âge.

— Pourquoi tu ne mets pas fin à ta période de célibat avec lui ? me demanda Noémie.

— Parce qu'il est trop...

— Il est « trop » quoi ?

— Il est trop normal pour moi. Ça ne peut pas marcher entre nous, ce ne serait pas logique. En plus, il n'est pas du style à avoir une histoire sans prise de tête. Il est trop sérieux pour ça. Je parie qu'il ouvre un contrat prévoyance pour toute nouvelle relation.

Charlotte secoua la tête.

— N'importe quoi ! Tu racontes que des conneries. Je suis sûre que tu ne lui as pas même demandé son avis en plus.

Je haussai les épaules.

— C'est du n'importe quoi ce que tu fais, continua-t-elle. Il est gentil, tes bêtises ne l'ont pas effrayé, il est attiré par toi, et toi, tout ce que tu trouves, c'est faire des suppositions sur ce qu'il ferait. Tu n'en sais rien de ce qu'il veut.

Je devais bien avouer qu'elle n'avait peut-être pas tort. En tout cas, c'était bien la première fois qu'elle s'adressait à moi comme ça, ce qui me fit considérer d'autant plus sérieusement son point de vue.

Je ne prononçai qu'un faible « ouais » et changeai vite fait de sujet. Je jetai un coup d'œil à la huitième merveille du monde, mon filleul, magnifique bébé aux beaux yeux bleus et avec une frimousse à bisous.

— Tu sais, Louis, tu es le seul mec valable sur cette planète ! Et je ne dis pas ça parce que tu es mon filleul, hein. Je le pense vraiment.

— Allons, bon, bougonna Noémie. Pourquoi tu dis ça ?

Charlotte, qui s'était allongée en étoile dans l'herbe et regardait les feuilles du noyer bouger, grommela :

— Elle en pince pour le médecin, mais elle a les pétoches !

Je la regardai méchamment.

— C'est pas vrai ! Je n'ai besoin d'aucun homme dans ma vie pour être épanouie. Je suis une femme libre, avec des besoins satisfaits, et je n'ai nullement besoin d'un homme...

Charlotte me coupa :

— Grand, blond, baraqué, aux yeux bleus.

Sophie s'immisça dans la conversation :

— Les yeux bleus comme Ken ?

Je l'observai, interloquée. Je foudroyai du regard Noémie, furieuse à l'annonce de la présence de Ken dans la vie des enfants.

— Il y a Ken dans cette maison ? Depuis quand ? Tu lui as acheté ?

Noémie, qui s'était allongée à côté de Charlotte, se redressa sur un coude.

— Il est arrivé en même temps que plein de jeux venant de l'époque où Charlotte était petite. Sa mère m'ayant dit qu'elle était désormais dans sa phase d'acceptation que c'était mal barré pour elle d'être grand-mère, elle m'a largué tout un chargement de jeux pour les enfants.

Charlotte râla :

— Ma mère est une tragédienne de première catégorie. Elle t'a ramené les Goldorak de mon frère également ?

Noémie se rallongea.

— Tout. Elle m'a dit qu'elle en avait marre d'avoir vos affaires et qu'à la place d'une salle de jeux pour ses petits-enfants, elle allait installer une salle de sport.

Nous soupirâmes en même temps.

— Mauvaise idée ! m'exclamai-je.

— Quand mon frère va apprendre que ses Goldorak sont chez toi, il va être fumasse, rajouta Charlotte. Peut-être même qu'il viendra les chercher.

Noémie lui répondit d'un « Je m'en fous » retentissant.

Sophie vint vers moi en sautillant et me colla sous les yeux Ken et sa meuf, Barbie. Je me retins de faire la grimace.

— Elle est belle, hein, Mélissa ? me demanda cette innocente aux grands yeux bruns et aux boucles emmêlées.

— Ma chérie, la beauté est une notion toute relative dont la société patriarcale abuse pour rabaisser les femmes.

— Oh ! pitié ! s'exclamèrent Noémie et Charlotte en chœur.

Sophie me regardait en fronçant légèrement les sourcils. Certes, elle n'avait que quatre ans, mais devant la présence de cette blondasse de poupée, il était urgent de lui donner des notions de survie à ce monde si hostile aux différences.

— Mattel, la société qui a inventé cette poupée, essaie de te faire croire que les femmes doivent être comme cela pour être qualifiées de jolies. Alors que chaque femme est belle. Petite, grande, avec des cheveux courts, cheveux longs, des tatouages ou pas, des grosses fesses ou un cul plat, bref, toutes les femmes sont belles.

Sophie semblait boire mes paroles. Je profitai qu'elle soit attentive pour continuer :

— Est-ce que tu es d'accord, ma chérie ?

Elle opina de la tête, ce que je trouvais encourageant.

— Nous allons parler de Ken maintenant, poursuivis-je. Ken, comme tu le vois ici, est un amalgame de ce que la société veut que les enfants considèrent comme l'homme parfait. Sauf que Ken serait chauve, aurait un anneau dans le nez et du poil au torse, il serait quand même parfait. Car tu vois, ma chérie, toutes les personnes sont belles et parfaites comme elles sont.

Et j'entendis les filles allongées dans l'herbe s'exclamer en chœur :

— Amen.

Comment voulez-vous qu'on s'en sorte quand même mes plus proches amies ne me prennent pas au sérieux ?

Sophie examina sa poupée, puis partit en courant vers la maison.

Noémie me dit d'une voix joyeuse :

— Alors, si je résume ce que tu viens de raconter, Benjamin est parfait comme il est...

— Ah, ça, oui, la coupa Charlotte, il est vraiment parfait.

Je les regardai, intriguée.

— Tu es parfaite comme tu es... Donc vous êtes faits pour faire un couple parfait, non ?

Et elles se mirent à rire comme des collégiennes, et je ne pus m'empêcher de glousser en les voyant si contentes d'elles. Elles étaient chiantes, mais je les aimais quand même. Au moins, pendant qu'elles essayaient de me faire changer d'avis sur Benjamin, elles ne pensaient plus à leurs soucis.

Sophie revint avec Ken et Barbie, et me montra la nouvelle coiffure de Barbie. Elle lui avait coupé les cheveux.

— Elle est parfaite, hein ?

J'éclatai de rire en apercevant le dégradé sauvage de cette nouvelle coupe. En entendant le glapissement de Charlotte quand elle s'en rendit compte, j'en eus les larmes aux yeux.

— Mais, mais... Elle a coupé les cheveux de ma Barbie ! s'exclama, horrifiée, mon amie de vingt-huit ans.

À mon avis, on allait en entendre parler pendant un bon moment...

Benjamin

Fin de la troisième semaine d'août, il n'y avait personne en banlieue parisienne, et donc quasiment personne au cabinet. La semaine avait été longue, surtout que Mélissa était devenue ennuyeuse. Pas moyen d'avoir une conversation où nous ne serions pas d'accord, elle ne me parlait presque pas et jouait à la secrétaire modèle. Ce que ça pouvait être agaçant.

J'ouvris mon courrier, mis à jour les dossiers des patients, fis le tri dans mes boîtes mail et regardai le plafond. Il était 10 h 30, l'heure du patient fantôme. Mes yeux partirent dans le vague alors que je songeais à mon retour lundi et à la robe de Mélissa. Une robe blanche avec des cerises dessus et un dos nu, elle avait les cheveux relevés en chignon qui mettaient en valeur sa nuque, et je n'avais eu qu'une seule envie, celle d'embrasser son cou et de sentir son odeur. Je m'étais précipité sur le paquet de café pour essayer de me changer les idées. Elle avait pris des couleurs qui rehaussaient ses pommettes, et son nez était constellé de taches de rousseur. J'avais fait semblant de lire mon courrier, mais je m'étais gorgé de chacune de ses expressions, de ses froncements de sourcils quand elle lisait quelque chose sur son portable, du tapotement de ses doigts sur la table, de ses lèvres sur le bord de la tasse. Bref, je me faisais l'impression d'être un prisonnier qui après plusieurs mois de captivité revoyait la lumière du jour et sentait enfin la brise du vent sur son visage. Sauf que moi, ça faisait juste quinze jours que je n'entendais plus ses théories farfelues, que je n'avais pas senti son parfum, que je n'avais pas vu ses cheveux flamboyants et rebelles, que je ne scrutais pas chaque courbe de sa silhouette. Pitoyable.

Je lançai ma balle de base-ball en l'air tout en tournant sur moi-même dans mon fauteuil si sérieux et réfléchis à la conversation que j'avais eue avec mon père la veille de mon départ. J'avais été passer une semaine en Transylvanie pour faire un raid en moto. J'étais revenu fourbu mais heureux et avais fait escale chez mes parents. Ravie, ma belle-mère m'avait entouré d'attentions — bouffe à volonté, sieste et grasse matinée —, et j'avais écouté mon père discourir sur le dernier sujet de son livre : qu'est-ce que le temps présent ? Qu'en faisons-nous ? Ne passons-nous pas notre vie à ressasser le passé, le laisser diriger nos actions et anticiper un futur sans se consacrer à notre présent ?

Et pour la première fois, j'avais été attentif à ce qu'il me disait, et il avait été désireux de connaître mon avis. Auparavant, j'avais toujours été renfermé, et mon père n'avait jamais su me parler. Quand il écrivait, quand il préparait ses cours, il vivait dans un monde parallèle, et la communication avait toujours été difficile. Et après, c'était moi qui avais pris l'habitude de ne parler qu'avec ma belle-mère. Barbara et son sourire contagieux, sa joie de vivre, son entrain sans faille et son amour inconditionnel. Lors de cette semaine, elle nous avait regardés, ravie de nous voir discuter ensemble, et s'était faite discrète.

— Tu sais, Benjamin, je me suis rendu compte que je ne vivais pas le présent quand Barbara a eu son cancer. Je me suis réveillé brutalement et j'ai constaté que jamais rien n'était acquis et que ça pouvait s'envoler dès demain. Je n'ai pas envie que ça disparaisse sans en avoir saisi toute l'essence et toute la magie. Et je crois que je n'en aurais jamais fini avec une telle femme.

J'avais souri.

— Je te souhaite de vivre la même chose, Benjamin.

Il avait vu à mon regard que j'étais sceptique.

— L'amour, ce n'est pas pour les peureux. Ça chamboule tout, ça te fait questionner tes certitudes, ça te noue les tripes, ça te pousse à faire toujours mieux, ça te transcende.

Je m'étais gratté la mâchoire.

— Ce n'est pas ce que j'ai vécu avec Clara ce que tu me racontes là.

— Je sais.

Je lui avais jeté un regard étonné.

— Ce n'est pas parce que nous ne nous parlons pas souvent que je ne sais pas ce qui se passe dans ta vie, Ben.

Nous avions regardé Barbara se mettre sur la pointe des pieds pour poser des graines dans le nichoir à oiseaux.

— Réfléchis à ce que tu désires, mon fils. As-tu envie d'une existence sans saveur ou veux-tu des couleurs et de la magie dans ta vie ?

L'image de Mélissa toute petite et fine avec sa robe jaune et ses grands gestes m'était venue à l'esprit. J'avais pris conscience que j'avais toutes ces couleurs dans ma vie. La question était de savoir si je les voulais suffisamment pour me battre.

Mon père m'avait regardé en souriant et avait ri.

— Je vois que tu as matière à réflexion.

Et je lui avais souri en retour.

Dans la soirée, je retrouvai Chloé à une table du café du coin. Devant notre limonade pour elle et Perrier pour moi, elle me raconta qu'elle avait déménagé chez Fred pendant que j'étais parti faire mon *road trip.* Il avait décollé pour l'Afrique pour faire un reportage, elle en avait profité. Elle était radieuse. J'étais content de la voir après plus de trois semaines. Elle me narra ses différentes visites d'appartement, puis m'expliqua qu'elle avait sympathisé avec les voisins de Fred. Elle était également tombée nez à nez avec Mélissa qui rendait visite aux personnes âgées du quartier. Elle se marra en me racontant que Mélissa se promenait avec des petites bouteilles de sirop pour aromatiser les boissons des petits vieux.

— Comment elle va ? me demanda-t-elle.

— Ça a l'air d'aller. Bien que je m'interroge, car elle n'essaie plus de me convaincre du bienfait des écailles de serpent pour le zézaiement.

Chloé me regarda, interloquée.

— Non ! C'est efficace ? Parce que j'ai un pote de lycée...

Je l'interrompis avant qu'elle se coule toute seule :

— Non, c'est une blague.

Après, il ne fallait pas s'étonner que ma belle-mère ait voulu qu'elle vienne chez moi pour que je chapeaute sa recherche d'appartements, elle était tellement crédule.

— Ah ! Très drôle ! Ça ne m'étonne pas qu'elle ne te parle pas, avec un tel humour.

Je n'eus même pas le temps de lui répondre que mon téléphone sonna. Un numéro inconnu. Je décrochai et reconnus la voix de Mélissa.

— C'est Charlotte qui m'a donné ton numéro. Tu pourrais venir chez moi pour ausculter ma grand-mère ? Elle ne veut pas voir le médecin ni que j'appelle les secours, mais elle est pas bien.

— J'arrive. Tu me dis ton adresse ?

Mélissa qui m'appelait au secours alors qu'elle ne me parlait presque plus depuis une semaine, c'était qu'elle devait être très inquiète. Je partis donc aussi vite que je pus.

Chapitre 11

Mélissa

Benjamin arriva un quart d'heure après que je l'eus appelé, avec un stéthoscope et un appareil à tension. Il salua ma grand-mère, lui fit un grand sourire et lui dit gentiment, mais avec autorité :

— Je vais vous ausculter. Et si je ne suis pas satisfait de votre état de santé, nous irons tous les trois aux urgences.

Ma grand-mère ouvrit la bouche pour protester, mais Benjamin lui coupa l'herbe sous le pied :

— Ce n'est pas négociable.

Il lui demanda la permission de soulever son haut, et celle-ci était tellement mal qu'elle ne résista même pas. Il commença par l'ausculter, lui posa des questions d'une voix douce et ferme et, pour finir, annonça :

— On va se promener aux urgences, madame.

Je me sentis me liquéfier. Je le savais bien que ça n'allait pas mais de là à aller à l'hôpital. Une bouffée d'angoisse me saisit.

Il se retourna pour me parler. Me voyant sans doute pâle, il me prit la main et m'emmena dans une autre pièce tout en disant à ma grand-mère que l'on revenait. Il m'assit sur le canapé et me parla doucement :

— Ta grand-mère a ce qui ressemble à une embolie pulmonaire, mais il faut que l'on fasse des examens complémentaires pour en être sûrs. Je vais appeler le 112 pour voir comment ils veulent la transporter aux urgences. Si c'est le SAMU, on ira tous les deux avec ma voiture à l'hôpital, tu ne pourras pas monter avec elle. Si c'est une ambulance, tu l'accompagneras, et je vous suivrai, d'accord ?

Je hochai la tête.

— C'est grave ?

— Je ne sais pas.

Il me serra la main et partit téléphoner. Quand un médecin compétent et efficace vous dit qu'il ne sait pas, vous avez l'impression que le monde s'arrête. J'avais l'impression d'être en apnée, ma tête tournait à l'idée de ce qui attendait Nana.

Ma grand-mère fut transportée dans une ambulance spécialisée, et je pus l'accompagner. Benjamin me rejoignit dans la salle d'attente des urgences. Il signala sa présence à l'accueil. Le médecin vint le voir, et ils discutèrent ensemble du cas de Nana. Je ne compris pas grand-chose à ce qui se passait. Je mis du remède Rescue sous ma langue ; les personnes de la salle d'attente me regardaient, interrogatives.

Un monsieur à qui je faisais sans doute pitié me laissa sa place, et la dame à côté me tapota la jambe en me disant : « Ça va aller, ça va aller. » Une dame africaine un peu plus loin me tendit des dattes, et un homme en costume-cravate un grand mouchoir en tissu. Ils me regardaient tous avec compassion. Enfin, ce fut ce que je crus voir derrière mes mèches de cheveux qui me tombaient dans les yeux. Je sursautai en voyant le visage de Benjamin à ma hauteur.

— Mélissa, me dit-il d'une voix douce.

Je fixai son T-shirt. Il dégagea mon regard, prit le mouchoir et me tamponna le visage avec.

— Arrête de pleurer, ma douce.

Je m'aperçus seulement à ce moment-là que mes larmes coulaient à flots. Je me penchai en avant et posai la tête sur l'épaule de Benjamin. Il tenta de me caresser les cheveux, mais finit par le dos, plus sûr moyen de ne pas perdre un doigt. Son geste empreint de douceur me faisait du bien. J'avais envie de me blottir dans ses bras pour y rester jusqu'à la fin de la tempête.

— Benjamin, elle ne me parlait plus dans l'ambulance. Elle avait les yeux fermés et elle respirait mal, murmurai-je. Elle était toute blanche, et la machine n'arrêtait pas de biper.

D'une voix rassurante, il me répondit :

— Elle était fatiguée.

— Mais si elle ne se réveillait pas ? Si elle était trop fatiguée pour se remettre ?

Je me rendis compte que j'étais cramponnée à son T-shirt comme un bébé à son doudou. Je m'en fichais qu'on ne soit pas d'accord sur tout, que nous ne sachions pas où on en était. Le plus important était que dans ses bras je reprenais pied et j'étais rassurée.

Un raclement de voix se fit entendre au-dessus de nous. Nous levâmes les yeux et vîmes un homme à lunettes avec un badge de médecin nous surplombant.

— On a un problème. La patiente refuse de faire les examens tant que son médecin ne les lui a pas expliqués.

— Et ? l'interrogea Benjamin.

— Il paraît que le médecin, c'est toi, Benjamin.

Celui-ci me décocha un sourire à illuminer la tour Eiffel.

— Je crois que la question de savoir si elle se réveillera vient de trouver sa réponse. (Il se pencha vers moi et m'embrassa le front.) Allez, t'inquiète, ils vont la requinquer, ta grand-mère.

Il partit. J'avais envie de le suivre pour me rassurer et vérifier les dires du médecin. Toujours cramponnée à mon mouchoir, je le regardai s'éloigner de moi avec son T-shirt près du corps et son jean moulant, et je soupirai. Il ressemblait à un prince charmant moderne.

— Il est médecin ? me chuchota ma voisine. Eh bien, vous faites pas les choses à moitié, vous.

Et elle me tendit le café que venait de lui amener son mari.

Moi, je n'y étais pour rien et c'était peut-être pour cela que pour une fois je faisais envie.

Benjamin vint me chercher une heure plus tard. Il me trouva en train d'expliquer à trois personnes comment s'automasser. La dame qui m'avait donné le café attendait pour son fils, et elle ressentait une douleur aux épaules. Je lui avais demandé si elle voulait que je lui donne des astuces.

— Le truc, c'est d'y aller doucement. Vous écoutez ce que vous dit votre corps. Si vous sentez que ça vous détend, c'est OK ; si vous vous crispez, c'est que vous y allez trop fort. Faites-vous confiance, c'est vous qui savez le mieux ce qui est bon pour votre corps.

Et mes élèves de hocher la tête.

Benjamin se mit devant moi après avoir fait un geste d'excuse vis-à-vis de mon public.

— Mélissa, tu peux voir ta grand-mère cinq minutes avant qu'elle parte au scanner.

— Elle va comment ?

— Elle est fatiguée, mais sa saturation en oxygène se maintient bien.

Je lui saisis la main pour le remercier de ses bonnes nouvelles. Il eut un petit sourire. Je ne pris pas la peine d'y répondre, mes yeux vrillés aux fameuses portes derrière lesquelles était ma grand-mère.

Je la trouvai toute petite et frêle sur son grand brancard. Elle avait un masque à oxygène, une perfusion et des patchs sur le torse. Ses yeux étaient fermés, et elle les ouvrit quand elle sentit que je lui prenais la main. Elle serra la mienne et me sourit. Le bonheur que c'était de la voir ainsi, garder ce sourire magique malgré tout ce qui lui arrivait. Je posai ma joue sur sa main et l'embrassai.

Les brancardiers l'emmenèrent, et je me retrouvai seule au milieu de la salle de soins intensifs. Benjamin surgit de je ne sais où et me conduisit dans ce que je devinais être la salle de repos. De nombreuses personnes vinrent lui parler et lui faire la bise. Il avait l'air très apprécié et était heureux de revoir ses collègues. Ils me regardèrent en coin. Toute cette agitation me changea les idées. Le médecin que nous avions vu arriva et nous confirma qu'elle avait bien une embolie pulmonaire.

— Elle dort. On va la monter aux lits d'hospitalisation de courte durée, et on la transférera dès qu'il y aura une place dans un service. (Il me sourit.) C'est une sacrée grand-mère que vous avez. Elle a tenu tête à mon interne et n'a voulu qu'écouter Benjamin. Elle est têtue.

Oui, ça c'était sûr, mais je sentais un fond de magouille de la part de mon aïeule. L'aubaine était trop bonne de mettre le grappin sur l'homme dont elle rêvait pour sa petite-fille.

Il nous dit au revoir, et nous partîmes. Nous

passâmes devant la salle d'attente où mes collègues de purgatoire étaient encore là. Je leur donnai des nouvelles et les saluai.

— Je rêve ou ils se massaient quand nous sommes arrivés ? me demanda Benjamin.

— Tu rêves. Ça doit être la fatigue, éludai-je.

Il allait encore plus me prendre pour une excentrique si je lui donnais plus de détails sur mon cours impromptu.

Tout étourdie, je me retrouvai sur le parking de l'hôpital. Benjamin prit ma main et me guida vers sa voiture. Et là, je déballai tout ce que j'avais sur le cœur, je n'arrêtai pas de parler pendant les dix minutes de trajet jusque chez moi. J'aurais été capable de continuer, je pense, pendant un bon moment si nous n'étions pas arrivés à destination.

— Je sais que je devrais m'être faite à l'idée qu'elle n'est pas indestructible, mais elle a toujours été en bonne santé. Et puis elle a enterré trois maris, dont les deux derniers étaient en parfaite santé avant leur mort, alors. Peut-être qu'elle a un super pouvoir, elle peut passer à travers les maladies et être la nouvelle doyenne de la nation, non ? Parce que moi, là, je ne veux pas qu'elle meure. C'est ma coloc, on se fait des soirées « loose » ensemble. On lit les *Nous Deux* pour mieux les critiquer après, on se fait des journées à thème, on parle de ma mère ensemble. Moi, je ne peux pas me retrouver toute seule dans ce grand appartement. C'est pas possible, ce n'est pas dans l'ordre des choses. Et puis son aura est très dynamique. Elle a encore beaucoup d'énergie vitale, tu comprends.

J'avais les yeux pleins de larmes en regardant par la vitre. Il posa sa main sur ma cuisse et la serra brièvement.

Je me ressaisis dans mon salon. J'étais tellement angoissée que je ne me souvenais pas trop du trajet du retour.

Après s'être agenouillé près du canapé où j'étais assise, Benjamin me tendit un verre.

— Tequila. Je pense que tu en as bien besoin.

— Je sais que je dois te paraître folle, mais je te promets que d'habitude je suis plus sensée que ça.

Il me regarda, amusé.

— Enfin, je ne suis pas hystérique comme ça.

Je me levai et allai chercher un autre verre que je lui remplis. Je vis qu'il réfléchissait à la conduite à avoir, puis après m'avoir observée, il se mit à boire.

Il s'installa à côté de moi et me resservit. J'allumai la télé, sans le son, et réfléchis à l'avenir. Que ferais-je si Nana ne pouvait plus revenir à la maison ? Si elle ne sortait pas vivante de l'hôpital ?

Oppressée, j'avais du mal à respirer. Je vidai cul sec mon verre et me resservis. Plutôt rouler par terre que d'éprouver cette angoisse de mort peser sur moi, sentir ma gorge se nouer, mon ventre faire un horrible nœud et avoir l'impression qu'un gouffre s'ouvrait au niveau de mon cœur.

Me prenant la bouteille des mains, Benjamin me dit :

— Raconte-moi quelque chose sur ta grand-mère, ça a l'air d'être un sacré phénomène.

Il cherchait sans doute à détourner mes pensées de la bouteille ou de mes angoisses, et je l'en remerciai silencieusement.

— Quand j'étais petite, elle nous emmenait toujours manger une glace loin de chez nous. À l'époque, quand j'avais dix ans, elle était mariée avec un ambassadeur. Elle venait nous chercher en grosse voiture avec chauffeur, et nous baissions les vitres dès que nous

nous étions éloignés de chez mes parents. Ça faisait bouillir ma mère de voir ma grand-mère s'éclater. Je crois qu'elle lui en a toujours voulu d'avoir privilégié sa vie de femme à celle de mère. Ma grand-mère a toujours pensé que pour être une bonne mère, il fallait être une femme épanouie. Le hic, c'est quand il faut essayer deux maris avant de s'épanouir avec le troisième. En attendant qu'elle trouve le bon, ma mère était partie de la maison et avait épousé un militaire prometteur. Et depuis, elles sont en froid. C'est l'amour vache.

Je posai mon verre d'alcool d'un coup sec sur la table.

— C'est pas simple les histoires de famille, hein ?

Le regard songeur, il me dit :

— Oh ! non ! Et j'en sais quelque chose.

J'allais peut-être avoir le fin mot de l'histoire des appels téléphoniques de sa mère. Je me tournai de côté sur le canapé pour mieux le voir.

— Vas-y, raconte-moi, ça me changera les idées, dis-je d'une voix morose.

Il se frotta la mâchoire le temps de réfléchir, puis prit une inspiration comme s'il allait plonger dans une piscine verdâtre.

— Ma grand-mère maternelle est décédée il y a trois mois.

J'avais envie de lui serrer la main pour le réconforter, mais je sentis que si je voulais qu'il se confie, il ne fallait surtout pas que je bouge.

— Ma grand-mère était une Américaine mariée à un Français. Au décès de son mari, tout l'héritage est revenu à ma grand-mère, qui est repartie aux États-Unis. Au décès de celle-ci, ma mère a découvert que ma grand-mère m'avait tout légué et ne lui avait rien laissé.

Mme Delatour pouvait-elle être si horrible que sa propre mère avait choisi de la déshériter ?

Devant mon air étonné, il reprit :

— Selon les lois américaines, tu peux léguer à qui tu veux tes biens.

— C'est pas ça qui m'étonne, mais qu'elle n'ait rien laissé à ta mère. Pourquoi ?

Je faisais mon indiscrète, mais je sentais une histoire digne de mes romans de sagas familiales dans ses non-dits.

— Parce que mamie en a toujours voulu à ma mère de m'avoir déposé chez mon père et de ne plus s'être occupée de moi après.

J'ouvris la bouche pour reposer une question, et il sourit.

— Tu ne serais pas curieuse, par hasard ?

Distraitement, je niai de la tête. J'imaginais un petit blondinet à lunettes sur le pas d'une immense demeure avec une minuscule valise et un nounours à la main.

— Je pense que c'est la seule et unique chose qu'elle a faite pour mon bien.

Devant mon air d'incompréhension, il poursuivit son histoire :

— Quand elle m'a laissé lorsque j'avais trois ans chez mon père, c'est qu'elle avait fini de vouloir obtenir de lui son argent. Ma mère est une chasseuse d'or. Elle est sans doute tombée enceinte de moi en espérant que mon père l'épouserait. Il est peut-être souvent à côté de la plaque, mais il a un sens de survie très développé.

— C'est pour ça qu'elle t'appelait au travail ? À propos de l'héritage ?

— Ouais.

Il se resservit de la tequila et regarda, rêveur, les reflets de l'alcool.

Je m'enfonçai dans mon canapé.

— Purée, on est dans la mouise.

— Exact.

Et il descendit son verre. Je n'aurais jamais imaginé que nous pourrions aussi bien nous entendre et que derrière cet air impeccable se cachait un homme préoccupé. Nos soucis nous rapprochaient, et j'en étais heureuse.

Benjamin

Complètement fou. Je devais être complètement fou pour être attiré par une nana pareille. Elle avait un débit de paroles qui donnerait le tournis à n'importe qui, une descente de tequila qui laisserait sur les genoux un vieux Russe et assez de bizarrerie pour ouvrir un cabinet de curiosités.

Après ma séance de partage de saga familiale, elle me raconta des histoires sur sa grand-mère, sur sa famille, comme si elle s'accrochait à ces paroles pour se persuader que tout allait bien se passer. J'aurais aimé la rassurer, mais il était trop tôt pour savoir s'il allait y avoir des complications ou pas. Elle mit ensuite le son de la télé, et nous regardâmes ensemble un épisode de *Maigret*. Elle s'endormit sur moi, et je me surpris à lui caresser les cheveux. J'aimais ce moment hors du temps où elle n'était plus belliqueuse, mais juste une femme avec ses faiblesses et ses angoisses. Le sommeil me tomba dessus d'un coup.

***

Je me réveillai avec un torticolis, la main droite emmêlée dans les cheveux de Mélissa, qui dormait sur mes genoux. Elle grommela quelque chose d'inaudible, puis ses doigts se posèrent sur ma cuisse, et je me rendis compte que j'étais dans une situation assez embarrassante. Elle avait la tête posée à moins de dix centimètres de mon érection matinale, qui n'était pas en adéquation avec mon état d'esprit. J'avais la migraine. J'avais suffisamment bu pour ne pas réfléchir à l'attirance que je ressentais pour la jeune femme à qui je servais d'oreiller, mais pas suffisamment pour être hors service.

Je me dégageai doucement et appelai l'hôpital pour avoir des nouvelles. Sa grand-mère avait passé une bonne nuit. À mon retour dans le salon, Mélissa commençait à se réveiller, j'allai voir s'il y avait du café dans sa cuisine. Des bocaux opaques alignés avec des noms de plantes dessus se trouvaient sur les étagères. Pas de pot à café.

Des pas résonnèrent derrière moi.

— Le café est dans le placard.

Et elle passa devant moi, pieds nus. Ses orteils étaient magnifiques. Oui, j'en étais rendu à trouver ses orteils beaux.

Elle avait mis des lunettes de soleil sur son nez et troqué sa robe pour un grand T-shirt d'une marque de bière et un legging. Elle grommela quand la porte du placard de la cuisine claqua, puis mit en route la machine à café en se bouchant les oreilles. Je ne pus m'empêcher de sourire.

— Je suis désolée pour ce que je t'ai fait subir hier soir. Quand je suis angoissée, je n'arrête pas de parler et je dis que des bêtises en plus. Merci énormément pour ce que tu as fait, je te suis redevable.

Elle touillait son café sans sucre, sans lait, avec

force pendant qu'elle m'assenait son discours. J'étais très amusé, mais le cachais, car je me rendais bien compte qu'elle prenait beaucoup sur elle pour me dire tout ça.

— Pas de problème. J'ai appelé pour avoir des nouvelles.

Je lui rapportai ce que m'avaient dit mes collègues de l'hôpital.

Mélissa fuyait mon regard. Je me demandais si elle se souvenait de tout ou pas. Dans les deux cas, elle pouvait d'ailleurs être gênée. Et puis elle devait avoir un sacré mal de tête vu ce qu'elle avait descendu hier. Mieux valait la laisser tranquille.

Chapitre 12

Mélissa

Mon sens de la justice et de l'équité était tapi bien au fond de moi, endormi par la tequila, et c'était tant mieux, car avoir un ami médecin que toutes les urgences connaissaient m'avait permis d'aller voir ma grand-mère en médecine interne avant les heures officielles de visite. C'était ce qui s'appelait du piston.

— Tu as une tête horrible à voir, me dit sans préambule ma grand-mère d'une voix faible.

Avec sa chemise jaune et son drap assorti, elle était toute pâle. Ses propos me rassuraient malgré le serrement au cœur que j'éprouvais en la voyant dans ce lit.

— Merci, Nana. Tu as également bonne mine.

Je n'avais pas enlevé les lunettes de soleil. Mieux valait m'abstenir si je ne voulais pas entendre ce que l'alcool allait faire à mon magnifique foie de vingt-huit ans.

— Tu as raison, Nana. Le jaune n'est vraiment pas ta couleur.

Elle grogna en lissant le drap sur elle.

— Maintenant que l'on s'est félicitées pour notre bonne mine, si tu me disais comment tu te sens ?

Et elle me narra que le médecin de nuit lui avait hurlé dessus comme si elle était sourde comme un pot — ce qui était exactement le contraire dans le cas de ma grand-mère. Que l'aide-soignante lui avait proposé une protection et qu'elle avait mis du temps avant de comprendre ce qu'ils voulaient protéger. Elle s'arrêta de parler et ferma les yeux.

J'attendis en lui prenant la main. Je ne savais pas si elle s'était endormie ou si elle faisait seulement une pause. Un sentiment d'angoisse me prit quand je me demandais : *Où est ma grand-mère si dynamique ?*

— Ton Benjamin est vraiment un bon médecin, tu sais, me dit-elle sans ouvrir les yeux.

OK, je ne l'avais pas perdue. Elle était juste ralentie, mais toujours aussi têtue et fleur bleue.

En me massant les tempes, je soupirai.

— Ce n'est pas mon Benjamin.

— Il n'en tient qu'à toi, ma chérie. Cet homme est proche de tomber dans ton panier comme une pomme bien mûre. Il faut juste l'y aider.

Elle ouvrit les yeux et m'adressa un regard inflexible. Elle me fatiguait.

— Tu es hospitalisée depuis hier soir. Ils t'ont fait des prises de sang, un scanner, mis une perfusion, tu as une grosse seringue qui bipe à côté de toi, de l'oxygène dans le nez, et tu continues avec Benjamin ? Mais vous avez quoi, toutes, à être en pâmoison devant lui ?

— *Darling*, si tu ne vois rien, il faut que tu ailles chez l'ophtalmo, car ton cas est grave. *He is handsome, kind, gorgeous*[1]...

1. Il est beau, gentil, craquant...

— C'est bon, c'est bon, l'interrompis-je. Je n'ai pas besoin de la version bilingue. Tu sais, je crois que le médecin m'a dit qu'il fallait que tu te reposes. Évite de trop parler, ça va te fatiguer.

Ma grand-mère se mit à rire. Le plus doux bruit de la terre. J'en eus les larmes aux yeux.

Je posai la tête sur le lit à côté d'elle et tins sa main dans la mienne jusqu'à ce qu'elle finisse par s'endormir.

Profitant de son sommeil, je partis discrètement. J'allais revenir dans la soirée.

En sortant de l'hôpital, j'appelai mon ami Jeff pour savoir s'il serait disponible pour une séance de sagesse sous le chêne du parc où nous avions nos habitudes. Il arriva tout guilleret une heure plus tard. J'avais eu le temps de me faire une quantité de films pas possible sur ce qui pouvait arriver à ma grand-mère. Par exemple, j'arrivais à l'hôpital et on m'annonçait qu'elle était décédée sauf qu'ils s'étaient trompés de famille. Ou alors, Benjamin me disait que ma grand-mère était trop malade pour qu'il s'en occupe. (Bah quoi ? Il devait bien y avoir des limites à ses compétences à cet homme, non ?) Dans un autre scénario, ma mère débarquait chez moi pour être plus proche de l'hôpital (il devait bien y avoir des chambres vides à l'hôpital que je pourrais squatter, non ?) ou mon père décidait qu'il fallait mettre sa belle-mère dans un hôpital spécialisé pour les vieux décatis (il pourrait enfin se débarrasser du sujet de critiques favori de ma mère). J'avais aussi imaginé que le médecin se rende compte que ma grand-mère était résistante à tous les médicaments, comme une sorte de Superwoman, et il me fallait trouver des herbes rares pour pouvoir la soigner (aller en Bretagne chercher sur le bord de mer des fleurs que les druides utilisaient dans l'ancien temps), et c'est à ce moment-là que Jeff me surplomba de toute sa hauteur.

— Merci d'être là ! m'exclamai-je. Tu ne peux pas savoir tout ce qui peut me passer par la tête. Je me fatigue toute seule.

Il me détailla du regard : mon jean troué, les Converse dans le même état, un T-shirt immense avec écrit dessus « *Who runs the world*[1] *?* » et lunettes de soleil.

— On ne fait même pas semblant de faire du yoga aujourd'hui ?

Je hochai la tête.

— Il y a Charlotte qui arrive avec le dessert.

Nous nous allongeâmes et regardâmes l'oscillement des feuilles des arbres. Il me tint la main, et je me rapprochai de lui.

— Allez, viens faire un câlin, poussinette.

Et je me lovai dans ses bras et humai le parfum de cèdre et d'agrumes rassurant de mon meilleur ami.

Charlotte arriva dix minutes après avec une boîte venant de la boulangerie. Elle nous embrassa, puis soupira.

— Je déteste les urgences le week-end. Les gens sont bourrés et se cassent la figure ou font des trucs stupides. Et moi, je me retrouve à les empêcher de se lever pour pas qu'ils se ramassent par terre.

Elle leva les yeux de la boîte de pâtisseries et me regarda avec douceur.

— Comment va ta grand-mère, ma chérie ? Je suis passée la voir, mais elle dormait.

Et là, je leur racontai toute l'histoire. Cela me fit

1. Qui dirige le monde ?

du bien de leur parler. Je leur avouai la peur que j'avais eue en la voyant si pâle et comment j'avais pu m'appuyer sur Benjamin. J'avais les larmes aux yeux. Charlotte me rassura, me dit qu'elle était bien prise en charge et qu'il n'y avait pas de raison qu'elle ne rentre pas chez elle.

D'un air malicieux, Jeff me parla de Benjamin :

— Il est formidable cet homme. Présent, compétent, il reste près de toi. Un vrai prince charmant.

Je lui fis la grimace.

— Je vais lancer une carte d'adhérent à son fan-club. Je le prendrai en photo et lui demanderai de te la dédicacer.

Il rigola.

— Je peux même t'arranger un rendez-vous avec lui si tu veux.

— M'est avis qu'il n'est pas intéressé par ce qui se trouve dans mon pantalon, ma chérie. Par contre, par ce qui se trouve dans ta petite culotte...

J'en recrachai la bouchée d'éclair que j'avais dans la bouche.

— Mais n'importe quoi ! Je le surprends régulièrement à me regarder en fronçant les sourcils, l'air de ne rien comprendre à ce que je fais. À l'hôpital, il était gentil, mais comme si j'étais sa sœur. Il me parlait d'une voix tellement patiente que je me suis demandé s'il ne me prenait pas pour une timbrée qui n'avait pas pris ses antipsychotiques.

Charlotte, qui en était à sa deuxième religieuse au chocolat, parla la bouche pleine :

— Il te plaît ou pas ?

Je haussai les épaules.

— Ce n'est pas la question. La question est comment je peux continuer à le côtoyer alors que je lui ai raconté bourrée à la tequila comment je m'étais promenée en petite culotte à la garden-party de ma grand-tante anglaise pour coller la honte à ma mère qui voulait me mettre une jupe plissée et un serre-tête. Je crois que j'ai également parlé de la fois où j'ai surpris Nana s'envoyer en l'air dans le placard à balais avec l'entrepreneur. Il avait soi-disant à vérifier la solidité des étagères.

Jeff rigolait tellement que je crus qu'il allait soit se pisser dessus, soit se faire péter un vaisseau dans la tête. Charlotte, elle, continuait à s'empiffrer allègrement.

— Charlotte, arrête de manger comme ça. Tu vas pleurer après, car tu vas te dire trop grosse ! m'exclamai-je.

— Eh oh ! baragouina-t-elle, la bouche pleine. Ce n'est pas la peine de m'engueuler. Tu essaies de changer de conversation ! Je ne crois pas que Benjamin embrasse sa sœur sur la bouche. Et il n'est pas attiré par les folles, sinon je l'aurais su en travaillant avec lui. Et Dieu sait qu'à l'hôpital, il y en a des nymphos.

Elle tendit la main vers une tartelette au citron que Jeff s'empressa d'éloigner d'elle.

— Je pourrais vous en raconter des choses qui se passent dans les... (Elle s'arrêta.) Mais je suis soumise à un devoir de réserve, alors je ne dirai rien.

Jeff se marrait.

— C'est ça, dis rien, soupirai-je.

Jeff prit la fameuse tartelette et croqua dedans en lançant un regard moqueur à Charlotte. Il me demanda entre deux bouchées :

— La question qu'il faut se poser est : regrettes-tu votre baiser ?

Je ne répondis rien, je trouvai soudain passionnant les trous de mon jean.

— Aimerais-tu que ça ait de nouveau lieu ?

Tiens, il y avait un nouveau trou à ma Converse droite.

— Ou alors, il embrasse comme un pied, et c'est parce que tu as également un devoir de réserve que tu ne nous dis rien.

— Je suis muette, déclarai-je fermement.

— Ça veut tout dire ! s'exclama Charlotte. D'habitude, tu nous narres de a à z ce qui ne va pas avec ton mec. Alors, si tu ne veux rien nous raconter...

— Bah, c'est qu'il n'y a rien à dire.

Charlotte et Jeff échangèrent un regard de connivence et eurent le sourire jusqu'aux oreilles.

— Si tu le dis...

Après avoir téléphoné une fois à minuit, une autre fois à 3 heures du matin et enfin à 8 heures, j'étais à peu près certaine que l'équipe hospitalière plaignait ma grand-mère d'avoir une foldingue de petite-fille comme moi. J'avais bien senti à la voix exaspérée de l'infirmier du matin que lui demander s'il notait ce qu'elle mangeait au petit déjeuner, pour pouvoir rééquilibrer avec le repas du midi, avait été la question de trop. Je ne me précipiterais pas pour aller la voir, j'allais attendre qu'il y ait le changement d'équipe.

Je me préparai donc pour le travail et, juste avant d'arriver au cabinet, fis un détour par la boulangerie pour acheter une pâtisserie, enfin une pour moi, l'autre pour Benjamin. Je ne savais comment le remercier pour son aide, et les sucreries étaient un bon début.

J'arrivai donc quinze minutes avant le début des consultations et déposai la religieuse au chocolat sur son bureau. Puis, en traînant des pieds, je mis en route le dictaphone du Dr Syrut pour écrire un compte rendu. Je cherchai sur Google comment pouvait s'écrire la parafffrrrje-ne-sais-pas-quoi quand une main sur mon épaule me fit sursauter. J'enlevai les écouteurs et regardai Benjamin, à une dizaine de centimètres de moi, me surplombant avec sa haute et large silhouette, et humai discrètement son odeur. Il avait un parfum de patchouli et de santal rassurant et très viril. Je sortis de mon analyse olfactive et lui dis :

— Oui ?

— Merci pour la religieuse. C'est en quel honneur ?

— Pour te remercier pour tout en attendant de trouver mieux.

— Merci, déclara-t-il avec un grand sourire.

— De rien.

J'aurais bien aimé que cet échange se prolonge mais il commença à partir. Puis il revint sur ses pas, se rendant donc compte que je reluquais son postérieur d'un air rêveur.

— Mélissa, ton T-shirt est à l'envers.

Je baissai les yeux et vis que mon slogan « *Resist* » était en effet en verlan et surtout pas du côté imprimé.

— Oh ! J'ai très peu dormi et j'ai eu du mal à me réveiller ce matin. Merci.

Je me levai et partis aux toilettes. Il me suivit et saisit quelque chose qui dépassait de l'arrière de mon jean et qu'il me brandit sous le nez : une culotte. *Et v'là la culotte en plus.* Une blanche avec des petits cochons dessus. Je savais bien qu'elle était quelque part. J'en avais pris une autre comme je ne trouvais plus celle-là.

Il se retenait de rire. Je la lui attrapai des mains et oscillai entre rougir de gêne et m'esclaffer. Il regarda fixement un coin du plafond dans un effort pour se calmer, puis explosa de rire.

— OK, c'est bon. Cette culotte peut paraître ridicule mais elle a...

Elle a quoi ? Sérieusement ? À qui je voulais faire croire qu'une culotte en coton bio pouvait avoir une valeur ?

— Une importance sentimentale ? me dit-il, goguenard.

Je fis la moue. Et devant son sourire et ses rides d'expression au coin des yeux, je gloussai.

— OK, elle a aucune valeur. Tu permets que j'aille me changer et tu vérifieras ma tenue ? Car là, je me fais un peu peur.

Il acquiesça et alla se servir un café.

Je remis mon T-shirt à l'endroit dans les toilettes et essayai de sauter devant la glace pour voir mon dos, mais je n'apercevais rien à part mon air ridicule.

Je sortis, et Benjamin me fit signe de me tourner. Quand je me retrouvai face à lui, il me sourit et me dit d'une voix grave :

— Tout a l'air normal. Je pense que le stylo dans tes cheveux, c'est fait exprès ?

Je fouillai dans la masse hirsute de ma chevelure pour l'enlever et ne réussis pas. Il s'approcha de moi et me fit baisser la tête.

— C'est tout emmêlé. Comment tu as réussi à étouffer ce stylo avec tes cheveux ? me dit-il, amusé.

Je pris appui avec ma tête contre son torse et pus constater qu'il était vraiment très ferme.

— Mes cheveux ont des velléités d'indépendance. Ils font leur vie tout seuls.

Je humai son odeur si chaude, si rassurante. J'étais bien, là ; la position était un peu étrange, mais j'étais bien.

Alors qu'il procédait au démêlage de ma chevelure, il rigola.

— Ta journée m'a l'air de commencer un peu trop bizarrement, non ?

Et c'est à ce moment-là que la porte s'ouvrit sur Hervé, l'autre médecin généraliste, et sur Sabine, l'infirmière du cabinet, en train de se rouler une pelle. Ils ne nous virent pas tout de suite et ne s'arrêtèrent qu'à la voix amusée de Benjamin.

— Ah, je comprends mieux pourquoi tu voulais changer de bureau, c'était pour être près des infirmiers.

Sabine se mit à rire devant l'air penaud d'Hervé, qui reprit bien vite contenance.

— Qu'importe la stratégie, seul compte le résultat.

Il haussa un sourcil en nous regardant.

— Et vous, vous faites quoi ?

J'avais toujours la tête penchée du fait des doigts de Benjamin dans mes cheveux. De plus, avec une dette de sommeil énorme au compteur, je ne réfléchis pas avant de répondre :

— J'avais un problème de T-shirt, de petite culotte et de stylo, et Benjamin m'aide à résoudre tout ça.

Après un soupir, ce dernier me murmura :

— On avait une chance qu'ils ne se fassent pas de film, et tu viens de tout saboter.

Goguenard, Hervé nous dit :

— On fait un deal : vous ne dites rien de ce que vous avez vu et nous ferons de même.

— Mais nous n'avons rien à cacher ! s'exclama Benjamin.

Je levai la main.

— J'aimerais être libérée de ce stylo, s'il vous plaît. De plus, il y a rien entre Benjamin et moi ! Il est beaucoup trop sérieux pour ça.

Je sentis soudain qu'on me tirait les cheveux et criai de douleur.

— Eh !

J'entendis Hervé sortir avec sa copine, et Benjamin grommela :

— Sérieux, sérieux ! C'est bon, là. On dirait que je suis un vieux schnock de soixante ans qui passe sa vie à pontifier.

Il me mit le stylo sous le nez. Je relevai la tête et le regardai. Pourquoi il s'énervait tout d'un coup ? Parce que j'avais déclaré qu'il était beaucoup trop sérieux pour moi ?

— J'ai pas dit que t'étais vieux et chiant. J'ai dit que tu n'étais pas attiré par moi. En fait, tu as raison, je n'étais pas précise. Nous ne sommes pas attirés l'un par l'autre pour être exact.

Je sentais mon visage chauffer de plus en plus. Mon talent inné pour baratiner ne fonctionnait pas du tout avec lui.

— Il y a aucune attirance entre nous ? C'est ça ta théorie ? me questionna-t-il, dubitatif.

— Oui, dis-je fermement.

Il haussa les épaules.

— OK.

Puis, l'air ennuyé, il regarda l'horloge de la pièce.

— On se donne rendez-vous à 10 h 45 pour un café-pâtisserie ?

— OK.

— Très bien. À tout à l'heure.

Et il partit. À voir ça, il n'en avait rien à foutre de cette histoire d'attirance. *Eh bien, moi aussi*, essayai-je de me convaincre.

Assez pensé à lui, j'avais un compte rendu à écrire, moi, et un mot que le Dr Syrut avait dû inventer rien qu'à mon attention à chercher sur Google.

Le signal de réception d'un mail dans la messagerie du secrétariat retentit, un mail avec comme objet « Mot manquant : paraphrénie » envoyé par Benjamin. Cela me fit sourire. Il était vraiment parfait.

Benjamin

Personne ne vint au rendez-vous de 10 h 45, comme d'habitude. Je partis donc voir Mélissa derrière son comptoir. Aliette était à côté d'elle, l'air revêche, et sa coiffure avec ses tresses serrées lui donnait une physionomie encore plus sévère.

Je demandai à Mélissa :

— T'as cinq minutes ?

Elle jeta un coup d'œil à sa collègue, semblant quêter une autorisation. Aliette bougonna une réponse que seule Mélissa comprit.

Cette dernière se leva et passa devant moi pour ouvrir la porte de la salle de repos. Il n'y avait personne dans la pièce, et Mélissa se dirigea vers le frigo. Je sortis deux mugs de café et versai notre breuvage salvateur dedans.

Chacun d'un côté de la table, nous nous faisions face et nous regardions avec circonspection. Elle pensait donc qu'il n'y avait aucune attirance entre nous. Eh bien, j'allais la détromper car moi, je me réveillais tous les matins au garde-à-vous avec des images de rêves torrides où un amas de boucles rousses me faisait tourner la tête et les sens. Hors de question que je sois le seul à me demander si notre relation serait aussi passionnée que je l'espérais ou si elle nous mènerait à la catastrophe. Moi, j'avais l'habitude d'être efficace et d'avoir des réponses à mes questions. À la guerre comme à la guerre.

Je croquai dans ma religieuse à belles dents en songeant à ce que je pourrais faire pour la séduire.

Je vis à son regard intense posé sur mes lèvres que je n'aurais peut-être pas besoin de faire grand-chose. Elle détacha ses yeux de ma bouche et contempla son dessert, un peu perdue. Elle commença à le manger et se lécha les lèvres pour récupérer de la crème qui s'en était échappée. J'avais envie d'être cette goutte de crème, je brûlais de sentir de nouveau sa langue contre la mienne, d'embrasser cette bouche qui prononçait toutes ces choses farfelues et drôles. Ses pupilles noires me montraient que je n'étais pas le seul à imaginer des choses. *Pas attirée, c'est ça, oui.*

Je continuai de manger mon dessert en la regardant faire de même, et je songeai que c'était la première fois qu'un repas me paraissait semblable à des préliminaires. J'allais devoir me calmer avant de retourner travailler.

J'entendis la porte s'ouvrir derrière moi, et mon collègue Georges parla :

— Mademoiselle, ce compte rendu est...

— Plus tard, Georges, s'il te plaît, le coupai-je. Nous sommes en train de discuter travail.

Et il partit.

Mélissa observa la porte fermée avec des yeux ronds puis me décocha un regard de franche reconnaissance. Je bus mon café et me levai. Elle me suivait des yeux.

Une fois ma tasse rincée, j'allai près d'elle et me penchai.

— Tu peux toujours essayer de te persuader que tu n'es pas attirée par moi, mais je n'y crois pas.

Elle fixa ma bouche avec intensité, j'admirai ses cils si clairs et dépourvus de maquillage, ses taches de rousseur sur les joues, l'arc de Cupidon de sa bouche, et fus à deux doigts de l'embrasser quand elle me dit d'une voix rauque de désir :

— Je ne suis pas intéressée.

Mon patient de 11 heures entra dans mon bureau avec sa femme. Il ouvrait la bouche pour me raconter ce qui se passait dans sa vie quand sa compagne parla à sa place :

— Docteur, il va vous dire que tout va bien, mais moi, je peux vous certifier que rien ne va. Il fait la grimace quand il lève le bras, il gémit quand il fait pipi et il est constipé.

Je regardai cette dame de soixante-dix ans environ, très sérieuse dans sa robe aux imprimés psychédéliques, qui ne me quittait pas des yeux. Son mari, lui, fixait mon pot à crayons avec toute l'énergie de l'homme qui paierait cher pour être ailleurs.

— Votre mari sait parler ?

— Bah oui ! me répondit-elle, l'air de se demander si je n'étais pas stupide.

— Très bien. Je vais vous inviter à attendre dans la salle d'attente. Vous pouvez même aller discuter avec la secrétaire de l'accueil si vous voulez, elle a toujours plein de choses à partager. Pendant ce temps-là, j'examinerai votre mari.

Je crus qu'elle allait faire un esclandre, eh bien, non, elle parut soulagée. Elle me regarda avec reconnaissance, et je devinais qu'elle avait dû faire la guerre à son mari pour qu'il vienne. Elle quitta le bureau en trottinant.

— Bon, monsieur Dulailer, si vous me disiez ce qui se passe.

Au bout d'une dizaine de questions, il s'avéra qu'il y avait plusieurs problèmes. Je l'examinai et, quand je lui pris la tension, il se racla la gorge et me dit :

— Docteur, je ne peux pas être malade. Ma femme, elle s'en sortira pas sans moi. Alors, il faut que ça aille, vous comprenez ? Peu importe ce que c'est, il faut que ça aille.

— Oui, je comprends. Mais pour que ça aille, il faut savoir ce que vous avez. Alors, on va faire des examens.

Je lui fis les prescriptions et, au moment de payer, il sourit.

— Je peux pas vous payer, c'est ma femme qui a les sous. Cinquante ans qu'elle a les sous. Je peux l'appeler ?

Il faisait partie de ces couples où vivre sans l'autre n'était pas une option. Il semblait heureux que ce soit le cas. Je trouvais ça attendrissant.

— Bien sûr.

— Vous savez, elle fait du bruit, mais c'est la bonté incarnée. (Il se leva en faisant la grimace et ajouta :) Le bruit, c'est pas gênant quand c'est la personne que l'on aime et puis quand ça fatigue, on hausse le son de la télé.

Je m'imaginais augmenter la musique quand Mélissa commençait à me prendre la tête avec les traitements hormonaux qu'avait reçus mon steak. C'était pas bête comme idée. À mon avis, elle trouverait le moyen de faire passer le message différemment, mais ça valait le coup d'essayer.

Il ouvrit la porte du bureau, et j'entendis Mélissa dire à la dame :

— Mais si ! C'est Léo qui a été éliminé ! Sur un tango ! Même qu'il avait le torse plein de paillettes.

Et la femme de mon patient lui répondre :

— Ah bah, mince alors. J'ai loupé ça.

J'étais derrière mon patient pour lui éviter de faire des allers et retours vu qu'il avait mal quand il marchait.

— Donne-moi des sous et la carte Vitale, Thérèse,

apostropha-t-il sa femme. Et je te le dis tout de suite, je ne regarderai pas cette connerie de *Danse avec les stars*.

Pas du tout décontenancée, Thérèse vint à sa rencontre, lui passa sous le nez et lui claqua la porte du bureau au visage en me disant :

— Vous savez, docteur, il râle fort, mais c'est la bonté incarnée. (Elle fouilla dans son sac à la recherche de son portefeuille et continua à me parler.) Quand il râle de trop, j'augmente le son de la radio.

Eh bien, j'éviterais d'aller en consultation à domicile chez eux sans avoir pris des antalgiques avec moi. Ils me faisaient penser à ma relation avec Mélissa : de grandes envies de couper le son parfois mais un instinct développé pour prendre tout de même soin de l'autre. Savoir que ça faisait cinquante ans qu'ils s'aimaient comme ça me donna de l'espoir.

— Alors, je vous dois combien ?

Je pris ensuite des nouvelles de la grand-mère de Mélissa, qui m'avait désigné comme médecin traitant sans me demander mon avis. Elle avait dit que le sien était mort. Ça devait être le même que sa copine Marguerite. Bref, en tant que nouveau médecin traitant de cette honorable patiente, j'appelai mes collègues, qui me racontèrent qu'elle n'était pas en forme. Ils n'arrivaient pas à équilibrer son traitement anticoagulant et faisaient un bilan rénal.

— Elisabeth, ça va.

Ma collègue, Lisa, que j'avais rencontrée aux urgences, appelait sa patiente par son prénom. Elle aussi s'était pris un remontage de bretelles quand elle l'avait appelée Mme Lapartine. Elisabeth lui avait dit qu'elle aurait bien le temps d'être appelée ainsi quand elle serait morte.

— Mais sa petite-fille, elle n'arrête pas de téléphoner, demande aux aides-soignants ce qu'elle mange exactement dans les plateaux-repas, et elle lui a ramené du McDo dans le dos des infirmiers hier soir. Tu la connais, cette Mélissa ? Elle a voulu lui faire un cataplasme d'argile à l'emplacement où la perfusion a sauté hier. J'ai cru que la cheffe de service allait péter un plomb quand elle a vu la boîte d'argile verte sur l'adaptable.

Je me retins d'éclater de rire. C'était tellement typique de Mélissa cette invention.

— Oui, oui, je la connais.

Je n'allais pas jusqu'à dire que je la connaissais même très bien et avais une très forte envie de la connaître encore mieux. Ça ne regardait pas ma collègue. Et puis, j'imaginais déjà les bruits de couloir sur ma vie amoureuse. Non, merci.

— Tu ne pourrais pas essayer de lui parler pour la calmer, car là, ils vont finir par la mettre à la porte du service la prochaine fois, me dit ma collègue.

— OK. Je vais lui parler.

— Sinon... ça te dirait d'aller boire un verre demain soir ?

Je repensai à Mélissa et son ambivalence vis-à-vis de moi. J'acceptai de sortir le lendemain soir avec une femme qui n'essaierait pas de me fuir par tous les moyens et peut-être que ça me ferait passer mon goût pour les rousses à complications.

Il fallait que je voie Mélissa pour discuter avec elle de son comportement, et je sentais que ça n'allait pas être aisé. En effet, elle m'évita soigneusement toute la journée et celle du lendemain, elle mangea à l'extérieur et partit pendant que j'étais en train d'ausculter un patient. Je l'appelai et lui laissai un message sur le répondeur en lui disant qu'il fallait que je lui parle urgemment de sa grand-mère. Elle m'envoya un SMS pour m'inviter chez elle. J'étais suspicieux. J'allai donc à son appartement à 20 h 50 et tombai nez à nez avec ma sœur.

La télé était allumée, et j'y vis *Danse avec les stars*. J'eus une pensée pour mon patient de la veille et me demandai s'il avait trouvé une solution pour s'extirper de cette galère.

Je me retrouvai donc avachi au milieu du sofa couvert d'un plaid ethnique et, avec de chaque côté de moi, Mélissa et Chloé. Une statue d'un bouddha me souriait l'air de trouver bien drôle la situation dans laquelle j'étais. Des guirlandes en forme de boules de papier étaient accrochées sur tous les murs. Cela donnait une atmosphère douce à la pièce. Je n'avais rien remarqué de tout ce décor quand j'étais venu la première fois. Je m'attendais presque à voir un moine tibétain débarquer au milieu du salon et s'installer avec nous pour regarder les autres fêlés à la télé. En fait, c'était ça qu'il fallait faire, se focaliser sur bouddha et les loupiottes pour ne pas se crisper.

Sur la table basse, des brochettes végétariennes attendaient qu'on les mange et des bouteilles de cocktail de fruits qu'on les boive. Pas d'alcool en vue.

— Mélissa, il faut que l'on parle.

— Hum, hum, me répondit-elle, les yeux rivés à l'écran.

— J'ai eu Lisa au téléphone, et elle m'a donné des nouvelles de ta grand-mère.

Elle semblait complètement absorbée par ce qui se passait à la télé.

— J'ai eu le médecin qui m'a dit que tout allait bien, bougonna-t-elle.

Je laissai passer une minute pendant laquelle un homme en costume à strass se mit à hurler que « Ça, j'achète ! », et je jetai un regard consterné en direction de ma sœur. Elle souriait jusqu'aux oreilles en fixant la télévision. OK. Où était l'alcool ? me demandai-je en cherchant des yeux ce qui pourrait être un bar.

Coupure publicitaire. Mélissa se tourna vers moi mais observa son plafond. *Passons.*

— Donc, je disais que Lisa...

— C'est qui Lisa ? demanda-t-elle au ciel.

— C'est une bonne question, ça, s'incrusta ma sœur, qui s'est installée sur la table basse pour être en face de nous.

— C'est ma collègue interne qui s'occupe d'Elisabeth.

— Et elle est comment cette Lisa ? me questionna Chloé, intriguée.

— Sympa, intelligente et compétente.

— C'est drôlement chouette, ça. Elle est célibataire ?

Pendant ce temps-là, Mélissa contemplait le cure-dent de la brochette qu'elle venait de manger.

— Je ne sais pas si elle est célibataire. On va boire un verre ce soir, elle me le dira peut-être.

Chloé se mit à taper des mains.

— Mais, c'est super, ça !

Mélissa me regarda pour la première fois depuis que j'étais arrivé. Je lis de l'interrogation dans ses yeux.

Je la dévisageai en retour. Elle me fatiguait, et je ne savais pas si ça valait vraiment la peine que je satisfasse ma curiosité. Je me faisais l'effet d'être un gamin devant un paquet de dragées-surprises de Bertie Crochue qui se demandait si ça aurait bon goût ou si j'allais tomber sur la saveur crotte de nez. Je détestais ne pas avoir ce que je voulais. Mais là, j'en avais un peu marre que ce soit moi qui fasse le premier pas et j'avais l'impression qu'à la première occasion, elle me jetterait dans le compost où ses ex étaient en train de se désagréger. Elle n'avait qu'à imaginer ce que je ferais avec Lisa ce soir, ça lui ferait les pieds. En attendant, il fallait que je calme ses interventions à l'hôpital.

— Bref, Lisa m'a dit que les choses bizarres qui se passaient dans la chambre d'Elisabeth et de sa voisine devaient s'arrêter, car la cheffe de service est à deux doigts de te refuser l'accès au service.

Mélissa ouvrit la bouche pour répondre, mais je la coupai dans son élan :

— Tu ne peux pas ramener de l'aloe vera dans la chambre de ta grand-mère. Elle ne peut pas manger des graines germées sur sa purée, le pot dans lequel c'est stocké doit être conservé au frais, et ça met mal à l'aise le personnel, ils se demandent s'il n'y a pas de moisi au fond de la boîte. Et ce n'est que le début de la liste. Alors Mélissa, il faut que ça cesse.

Elle fit la même tête que la femme de mon patient de ce matin quand je lui avais dit que non, son mari n'était pas sourd. Qu'il devait sans doute sélectionner les informations à traiter.

Entre-temps, Chloé était partie passer un coup de fil et revint souriante.

— Alors, tout va bien ?

Devant l'air furax de Mélissa, je n'aurais pas posé cette question. À ce moment-là, l'émission recommença. Il était temps que je m'en aille.

J'embrassai ma sœur, fis un signe de la main à Mélissa, qui boudait visiblement, et partis loin de cet endroit de barge. J'avais un rendez-vous galant ce soir.

*
* *

Je fixais la télévision sans vraiment la voir.

— Tu veux parler de mon frère peut-être ?

Je tournai la tête pour regarder Chloé, si gentille, si belle et si empathique.

— Je ne suis pas sûre qu'en parler avec toi soit une bonne idée. Et puis de toute façon, il n'y a rien à en dire.

Elle haussa les épaules et rouspéta après la télé.

— Mais pourquoi ils lui ont donné un 7 sur 10 ? Il était magnifique ! Il dansait comme un dieu.

Je ne me rappelais même pas qui venait de danser. Je repensai à Benjamin. J'avais été surprise de le voir habillé comme il était ce soir. Il avait revêtu une chemise bleu clair dont il avait remonté les manches et un jean qui le moulait parfaitement. J'étais loin d'avoir imaginé que c'était dans l'intention de séduire une de ses anciennes collègues.

— Ça m'énerve, murmurai-je.

— Oui, moi aussi. Mais faut relativiser. Ce n'est qu'un jeu, et puis je suis sûre qu'ils ont déjà choisi le gagnant. C'est truqué tout ça, baragouina Chloé en mangeant des tomates cerises.

— Je m'en fous du jeu, ce n'est pas de ça dont je parle.

Elle tourna la tête vers moi.

— Si on faisait un échange, je te dis un secret et, toi, tu réponds à une de mes questions honnêtement.

Je la regardai, suspicieuse. On se connaissait depuis peu, mais on avait passé pas mal de temps ensemble pendant mes vacances, elle était même venue voir les feuilletons de la BBC avec Nana et moi, mais de là à lui répondre franchement...

— Mon secret, il est énorme ! me dit-elle avec un air de chipie.

OK. Je voulais connaître ce secret.

— D'accord. On commence par ton secret.

— Tu sais que je suis chez le copain de Benjamin.

— Oui, et ?

— Fred est revenu de vacances.

Je la fixai, les yeux ronds.

— Tu vis avec Fred ?

Elle me sourit jusqu'aux oreilles.

— Il est rentré chez lui, a voulu m'aider à faire mes valises, et pendant qu'il cherchait dans le salon mes affaires, je me suis déshabillée et couchée sur son lit.

— Non !!!!

— Si ! Et il a laissé tomber cette idée que je sorte de son appartement.

Un midi où je mangeais avec Benjamin, cherchant désespérément un sujet de conversation, j'avais parlé de sa sœur. Il était flagrant qu'il la voyait encore comme âgée d'une quinzaine d'années et innocente.

— Ton frère ne le sait pas ?

Elle prit un air piteux.

— C'est-à-dire que Ben avait dit à Fred qu'il avait intérêt à garder ses mains pour lui, et que Fred a du mal à gérer la situation. Il m'a déclaré hier que les relations où on parlait de ce qu'on allait faire la semaine prochaine lui filaient des bouffées d'angoisse.

— Et toi, ça ne te pose pas de problèmes, un mec qui arrive pas à se projeter ?

— Je suis peut-être folle, mais moi, Fred, je rêve de lui depuis que j'ai douze ans. Alors, je me dis que vu que mon rêve s'est réalisé, il n'y a pas de raison que la suite n'ait pas lieu.

J'étais scotchée. Chloé reprit :

— Si tu as des pensées positives et que tu y crois, les choses arrivent. C'est garanti.

Et c'est moi que Benjamin regardait comme une ovni, il n'y avait vraiment pas de justice.

— Si tu le dis…

— Allez, à toi de répondre à ma question. Il te plaît mon frère ou pas ?

Sans prendre le temps de réfléchir, je répondis :

— Oui.

Elle se mit à applaudir.

— Mais c'est pas si simple que ça.

Qu'est-ce que j'avais dit à Chloé ! Elle allait imaginer des choses alors que je n'étais pas au clair dans ma tête.

— Mais si, c'est simple. C'est toi qui mets des complications.

Nous arrêtâmes de parler en regardant une danse sur la scène finale de *Dirty Dancing*.

— Regarde, eux, dans le film, ils n'ont pas choisi la facilité, et ça a été une magnifique histoire d'amour.

— Chloé, c'est de la fiction.

— Oui, peut-être, mais un film est une expression du subconscient du scénariste, et plein de personnes s'y sont identifiées. Si un film a du succès, c'est qu'il parle aux gens. Regarde *Pretty Woman*, des héros qui ont transcendé leurs différences !

— Dans le scénario original, le mec devait plaquer Vivian, elle retournait faire le tapin et mourait d'une overdose.

— Forcément, si tu ne mets pas de bonne volonté, commenta-t-elle, dépitée. Je ne dirai que deux choses : l'ex de Benjamin était chiante comme la pluie et ne parlait que de fric, Benjamin est un homme génial, mais trop sérieux. Il a besoin de quelqu'un qui lui montre que la vie est drôle. Après, tu vois si tu veux postuler pour le job... Ça serait dommage qu'il te passe sous le nez, quand même. Je t'aime bien, moi.

Je devinai à son regard qu'elle m'imaginait déjà en tant que belle-sœur. Ça ne m'étonnait pas que Benjamin veille comme un loup sur sa sœur, elle voyait trop la vie en rose pour ce monde tout gris.

Chapitre 13

Mélissa

Le week-end arriva, et mes efforts pour ne pas parler avec Benjamin furent concluants. Je pensais déjà trop à lui pour mon bien, et la conversation avec sa sœur n'avait pas amélioré mon obsession. Et Benjamin par-ci, et Benjamin par-là, et Benjamin a foutu une raclée au garçon qui me courait après en sortant du bahut en m'appelant poupée, et c'est Benjamin qui s'est déplacé à l'école de stylisme pour avoir des renseignements précis pour ma rentrée, et Benjamin a promis à ma mère qu'il visiterait des appartements avec moi...

Saint Benjamin, grand frère génialissime, médecin traitant à l'écoute, plus belles fesses du quartier, sourire à croquer...

OK, je m'égarais de nouveau. Objectif : le fuir à tout prix. Mais ce ne fut pas simple, car il était partout.

Le dimanche, j'allai voir ma grand-mère dès l'heure autorisée, et je tombai sur Benjamin, qui était déjà là. Ma grand-mère lui racontait comment avec mes frères nous avions démonté la voiture de collection de mon père pour créer une machine spatio-temporelle.

— Les parents de Mélissa fêtaient leur anniversaire de mariage en grand comité. Tout le monde était dans le jardin quand un oncle de Mélissa est arrivé avec les trois enfants et leur a demandé de raconter ce qu'ils faisaient à leur père. Les frères de Mélissa ont soutenu qu'ils ne faisaient rien mais par contre, Mélissa... Et là, ils l'ont poussée en première ligne. Avec son air plein d'innocence, elle a dit qu'ils nettoyaient la voiture de collection sauf qu'elle a fait un geste de la main, et nous avons vu qu'elle était pleine de cambouis. Je ne vous raconte même pas la tête de mon gendre. J'ai cru voir ses yeux sortir de sa tête.

Benjamin s'esclaffa. Dieu qu'il était beau. Les rayons du soleil caressaient ses cheveux dorés, un léger chaume ombrait ses mâchoires, et ses yeux étaient magnifiques. Je restai immobile à l'entrée de la chambre à le regarder. J'avais envie de passer la main dans ses cheveux, de le faire rire aux éclats tous les jours de sa vie et de lui en faire voir de toutes les couleurs tant que ça le rendait aussi détendu et heureux. Je me rendis compte que c'était la première fois de mon existence que j'avais ce genre de pensées. C'était très déstabilisant.

Ma grand-mère me vit et m'apostropha :

— Entre, *darling*. Benjamin est là, car il a fait une garde cette nuit pour dépanner ses collègues, et il a juste dormi ce matin pour ne pas être trop décalé.

Allez, encore un bon point sur sa carte de saint. Pour ma part, j'avais émergé à 11 heures après avoir été danser en boîte avec Jeff, histoire de ne pas rester à la maison à flipper devant mon papier peint à fleurs vintage.

Benjamin se leva à mon approche et se pencha

doucement pour m'embrasser la joue. Je retins ma respiration de peur de tomber accro à son odeur et de devoir errer dans son sillage pour avoir ma dose. Il me parut bien long pour faire la bise, mais je restai silencieuse, je ne pouvais pas tout faire, retenir ma respiration et lui dire de se magner.

Les yeux de ma grand-mère pétillaient, elle semblait déjà en train d'imaginer le chapeau qu'elle revêtirait pour notre mariage. Elle était incorrigible. Cela me fit sourire, c'était la preuve qu'elle allait drôlement mieux.

Je m'assis à côté de Benjamin, là où une chaise semblait m'attendre, et ma grand-mère commença à me raconter sa vie de patiente :

— Les jeunes femmes qui s'occupent de moi ne comprennent pas l'importance de coordonner les dessous. Je m'en fiche que la chemise jaune poussin délavée soit plus pratique pour le médecin. Tu sais ce qu'en dit ma copine Marguerite : quand le pratique prend le dessus sur le joli, adieu les parties de jambes en l'air. Et si tu ne te sens plus désirable, tout va de travers après.

Elle regarda Benjamin et lui dit d'un ton impérieux :

— Et c'est bon également pour les hommes ! Jamais de relâchement, Benjamin !

Il se remit à rire de bon cœur. J'avais envie d'enregister son rire pour me le repasser en boucle. Cette voix si chaude et rauque, elle me faisait penser à du chocolat chaud. Envie de s'en napper, tiens. Et dire qu'il y avait même pas cinq minutes, j'avais voulu le fuir. Je me serais bien foutu une baffe, histoire de me remettre les idées en place, mais il y avait du public...

— Ta mère m'a fait envoyer par coursier spécial le dernier Goncourt pour ne pas que je m'ennuie. Elle veut ma mort, c'est pas possible. Dis-moi, *darling*, que tu m'as ramené des lectures intéressantes.

Elle attendait que je déballe mon sac. Je lui tendis des tomes de romance, dont *Puritaine et Catin* et *Dans les bras d'un Highlander*. Je n'osais pas regarder dans la direction de Benjamin. On était loin des lectures académiques qu'il devait avoir, et je n'étais pas spécialement ravie qu'il découvre nos occupations avec ma grand-mère. Vu mes propos féministes, il devait s'attendre plus à Simone de Beauvoir qu'à Lisa Kleypas.

Le téléphone de Benjamin bipa juste au moment où Nana partait à la recherche de ses lunettes.

— Il faut que je rentre.

Ma grand-mère le remercia pour sa visite et pour lui avoir transmis les résultats de *Danse avec les stars*.

— Ma sœur m'a parlé des résultats au téléphone ce matin.

Comme il ne rajoutait rien, je constatai à mon grand soulagement que Chloé ne lui avait rien dit de mes révélations.

Il se leva, s'étira et se pencha vers ma grand-mère pour lui faire un baisemain. Nana, moi et l'aide-soignante, dont nous nous rendîmes compte de la présence à cette occasion, soupirâmes de concert. Nous fûmes trois à l'observer partir, des papillons dans les yeux.

Dès la disparition de son héros, ma grand-mère se tourna vers moi et me dégaina son regard de tueuse.

— Tu vas me faire le plaisir d'être souriante, de m'enlever tes lunettes de soleil, de dormir douze heures par nuit et de lui faire des gâteaux à cet homme, Mélissa Appoline Armande, tu m'entends ! me dit-elle d'un ton impératif.

Je soulevai mes lunettes et la fixai, éberluée.

— C'est quoi ça, c'est le livre de bonnes manières de Mme de Rothschild ?

— Mélissa, cet homme a été envoyé sur terre avec le don de te rendre heureuse, je le sais, je le sens. (Elle se redressa dans son lit.) Encore faut-il que tu ne fasses pas tout foirer ! Et tu vas arrêter de te trimballer avec tes T-shirts licencieux.

Puis elle se ratatina comme une vieille plante toute déshydratée dans le fond de son lit.

— Tu peux faire ça pour ta vieille grand-mère qui se fait du souci pour toi, non, *sweetheart* ?

L'aide-soignante, qui s'était rapprochée pour changer la carafe d'eau, me fusilla du regard comme si j'étais sans cœur. La plus grande manipulatrice du monde, j'ai nommé mon aïeule, me dévisageait avec des yeux ternes.

— OK, OK. Je vais faire un effort pour être sympathique avec ton protégé.

— Et tu ne vas rien faire pour lui faire peur ? Et tu vas être gentille avec lui comme tu l'es avec moi ?

Je soupirai, elle me filait mal à la tête avec son chantage.

— OK. Je vais être gentille.

Benjamin

Je rentrai à l'appartement en traînant les pieds. Chloé devait passer pour le goûter, et mon appart ne ressemblait à rien. J'étais en train de bâiller à me décrocher la mâchoire quand Fred m'appela.

— Comment ça va, mec ? me demanda-t-il.

— Je vais très bien.

Je dus m'avouer à mon grand étonnement que c'était vrai.

— Tu vois quelqu'un ? s'étonna Fred. Tu sors ?

Et là, je lui parlais de Mélissa.

Il m'écouta attentivement et me dit :

— Eh bien, c'est la première fois que tu es autant bavard concernant une nana. Tu as l'air d'y être attaché.

Je grognai. Je n'aimais pas trop la direction des pensées de Fred. À tous les coups, il s'imaginait que j'avais trouvé le grand amour. Il avait toujours été persuadé que j'étais fait pour une seule femme et que je lui ferais de nombreux enfants, alors que lui était un butineur selon ses propres termes.

— Tu sais, j'ai toujours pensé que ta relation avec Clara ressemblait plus à de l'amitié que vous aviez trouvée confortable et rassurante. Vous n'aviez pas l'air d'être passionnés l'un vis-à-vis de l'autre.

Je regardai par la fenêtre les arbres bouger et réfléchis à ce que me disait la personne qui devait le mieux me connaître. Il n'avait pas tort. Nous n'avions jamais été transportés par des grands élans de passion Clara et moi. Même au lit, ce n'était que tiède. J'avais toujours pensé que c'était à cause de nos études, que nous mettions l'énergie ailleurs...

— Fred, grand psychologue des cœurs...

— Il m'arrive d'avoir raison, dit-il d'un ton fanfaron.

— On est tellement différents, puis elle a une forte tendance à m'éviter...

— La question est de savoir si elle te plaît ou pas ? Si elle te plaît, fonce. Arrête de réfléchir et séduis-la. Je peux même te donner des trucs et astuces, si tu veux. Je m'y connais un max.

En effet, c'était sûr qu'il s'y entendait pour les mettre dans son lit mais pour établir une relation suivie, il était une catastrophe.

— Je vais essayer par moi-même si ça ne te dérange pas.

— Comme tu veux, mais je suis là si tu as besoin.

— Allez, raconte-moi ton reportage.

Et il me narra son voyage au Burkina Faso, puis son séjour actuel sur une île grecque. Je ne savais pas comment il faisait pour passer sa vie toujours à l'étranger. Moi, j'avais besoin de poser mes valises et d'y rester. Fred était incapable de rester en place.

— Il faudrait qu'on se voie. J'ai un truc à te dire.

— OK. À ton retour de voyage ?

— Ouais, à mon retour, déclara-t-il d'un ton soudain gêné.

Mélissa

La semaine suivante fut très étrange. Au travail, Aliette était d'une humeur lugubre, ce qui fit fuir Georges et ses récriminations.

Benjamin était très occupé et me saluait de loin. Je m'en trouvai dépitée. Même si je ne donnais pas cette impression, j'aimais bien les quelques minutes que nous passions le midi ensemble, et je me surpris à humer l'air à la recherche de sa fragrance.

Je n'eus pas le temps de m'interroger sur ma santé mentale, j'avais des journées bien trop fournies pour ça. Dès que je sortais du travail, je fonçais dans le service de médecine interne où séjournait Nana. Je ne sais pas si c'est le fait qu'elle soit à l'hôpital, qu'elle ait failli mourir de son embolie pulmonaire, mais elle se mit à me parler comme elle ne l'avait jamais fait auparavant.

— Tu sais, je ne t'ai jamais rien dit, je t'ai toujours soutenue dans tes choix et regardée faire. Mais ma chérie, peux-tu m'expliquer exactement ce que tu fabriques en ce moment ?

Devant son ton sérieux, je sentis que répondre « Tester les bars du quartier pour savoir lequel fait les meilleurs cosmopolitan » n'était pas la bonne réponse. Je regardai mes mains, qui tire-bouchonnaient le drap AP-HP délavé.

— C'est-à-dire ? dis-je d'une petite voix.

— Tu as un diplôme de naturopathe qui ne te sert à rien. Tu as presque fini ta formation de professeur de yoga, mais tu n'es pas retournée en stage pour terminer le cursus, et tu me parles de formation de massage maintenant... Qu'est-ce que tu fabriques ? Tu vas avoir bientôt trente ans et tu ne sais toujours pas quoi faire de toi.

Bon, au moins, c'était clair. C'était l'heure du bilan.

— Je ne sais pas, Nana... Je réfléchis.

— Arrête de réfléchir et passe à l'action ! J'ai l'impression que tu as peur de tout, Mélissa. De te servir de ton diplôme, de trouver un homme sérieux et investi, de grandir. Est-ce que j'ai tort ?

J'avais les larmes aux yeux. Pas de tristesse, mais parce que ses paroles résonnaient étonnamment juste. J'essayais de ne pas me poser pour réfléchir, car à chaque fois, j'étais dépitée. Je voyais l'exemple de mes amies qui avaient construit des choses, avaient eu des enfants, faisaient un métier qui les passionnait, et moi, j'avais l'impression d'être l'éternelle adolescente. Jusqu'à présent, ça m'allait très bien, mais je commençais à me demander si je n'étais pas en train de gâcher ma vie à papillonner comme ça. Et puis, même la situation amoureuse de Charlotte s'arrangeait. Matthias m'avait demandé de lui apporter des macarons en rapport avec le nom du chat fêlé de mon amie pour se faire pardonner de s'être barré sans un mot. Je restais donc seule sans boulot passionnant, sans amoureux et ne sachant pas quoi faire de moi.

— Ne pleure pas, *sweetheart*. Je ne te dis pas ça pour te juger, je te dis ça pour te pousser à bouger. Mélissa, à laisser les choses se faire toutes seules, tu ne vas que subir et ne seras jamais complètement satisfaite. Prends des risques, ma chérie. Bouge-toi. Bon, maintenant, lis-moi mes mails. On a été assez sérieuses comme ça.

Je rejoignis Charlotte au café du coin pour débriefer. Elle avait commandé pour nous deux grands cafés viennois avec une tonne de chantilly et s'était installée dans un petit coin tranquille. Seuls des amoureux étaient dans la salle, c'était l'heure creuse. Je la trouvai un grand sourire aux lèvres et avec l'air d'avoir eu des orgasmes à répétition.

— Qu'est-ce qui se passe, Charlotte, pour que tu veuilles me voir ? demandai-je, grognon.

Les sujets de réflexion fournis par ma grand-mère ne m'avaient pas mise de bonne humeur.

— Matthias est revenu ! Il a tapé à ma porte et m'a dit que je lui avais manqué, qu'il revenait vivre en France et qu'il voulait construire quelque chose avec moi.

J'étais ravie. Il ne s'était donc pas moqué de moi quand il disait qu'il était motivé. Matthias, M. Sceptique, M. Boulot-avant-tout, revenait vivre en France pour mon amie.

— Mais c'est génial, Charlotte ! m'exclamai-je en la prenant dans mes bras.

— Je sais, se mit-elle à piailler.

Je pouvais voir une ribambelle de petits cœurs autour de sa tête pendant qu'elle me racontait en détail le retour de son amoureux. Devant son air extatique, je ne pus que constater que je la jalousais. Je n'avais jamais eu cet air en parlant d'un homme. En fait, je les avais toujours choisis avec peu de caractère pour garder la main dans la relation. Jusqu'au dernier mec avec qui j'étais sortie, qui m'avait traitée de tous les noms quand je lui avais dit que je ne voulais plus le revoir. Il avait conclu que j'étais une handicapée émotionnelle qui n'arriverait jamais à construire quelque chose. Je n'étais pas attachée à lui, mais ses propos m'avaient déstabilisée.

Je fus sortie de mes pensées par Charlotte.

— Et toi, tu en es où avec Benjamin ?

— Nulle part. Je ne l'ai presque pas vu depuis ce week-end. Tu t'es monté la tête toute seule en pensant qu'il s'intéressait à moi. Puis, même si c'était vrai, ce ne serait que pour le fun. Je ne vais pas m'encombrer d'un mec en ce moment. De toute façon, la question ne se pose pas, car pour imaginer que ça pourrait être léger, il faudrait qu'au moins il fasse un geste vers moi. Bref, ça ne vaut pas la peine d'en parler...

Charlotte me regardait, les yeux exorbités.

— Ça t'arrive souvent de faire des grands gestes et d'avoir un tel débit de paroles pour un mec dont ça ne sert à rien de parler ?

Je haussai les épaules. C'était vrai que je m'emballais un peu, même beaucoup d'ailleurs. Mais elle ne pouvait pas comprendre, il me faisait tourner en bourrique.

— Changeons de sujet. Ma grand-mère ne supporte plus l'hôpital, elle menace de faire la grève de la faim et refuse d'aller dans un centre de soins de suite le temps d'aller mieux. Sauf que si elle ne va pas bien, c'est parce qu'elle est à l'hôpital et non à la maison. Alors, je fais quoi...

Charlotte se mit à rire.

— T'en parles à Benjamin, tiens !

Je n'allais pas pouvoir y échapper, en effet. Ma grand-mère prenant les paroles de son nouveau médecin pour paroles d'évangile, je n'avais plus qu'à l'appeler...

Le lendemain matin, Benjamin vint me voir à l'heure de son rendez-vous fantôme et me demanda s'il était possible que l'on discute.

Nous ne nous étions pas adressé la parole de la semaine, et il semblait m'en vouloir pour quelque chose. Enfin, c'était l'impression qu'il m'avait donnée en mangeant son Big Mac devant moi la veille, alors que j'avais décrit les conditions d'élevage des animaux abattus par l'entreprise les vendant. Il m'avait regardée avec une lueur provocatrice dans les yeux, mais ne m'avait pas dit un mot, et ça me soûlait. En plus, ça faisait deux nuits que je rêvais qu'il s'envoyait en l'air avec sa Lisa, grande liane à la longue chevelure brune et au sourire éblouissant que j'avais rencontrée à l'hôpital. Ça m'énervait de les imaginer tous les deux, et ça m'excédait que ça m'énerve. Je ne savais plus ce que je voulais.

Tout ça pour dire que quand Benjamin vint me trouver, je me précipitai un peu trop vite pour le rejoindre dans la salle de repos, et la pauvre plante en pot derrière moi pâtit du dérapage de fauteuil. Aliette me fit signe de la main qu'elle allait ramasser mes dégâts.

Intriguée, je regardai Benjamin.

— Il y a un problème ?

— Non, rien de grave, mais j'ai eu la cheffe de service de médecine interne de ta grand-mère au téléphone pour avoir de ses nouvelles, et elle m'a dit qu'Elisabeth voulait sortir contre avis médical. J'aimerais voir avec toi ce que tu penses faire ?

Je m'effondrai sur la chaise la plus proche.

— Elle ne veut pas aller en soins de suite, mais le docteur a dit qu'elle était trop faible pour rentrer à la maison sans personne avec elle toute la journée. Le problème est que je travaille et si je lui parle de demander à ma mère de venir, elle serait capable de se faire hara-kiri.

— Il faudrait organiser des tours de garde pour une semaine, je pense. C'est juste le temps qu'elle se repose et qu'elle se mette à remanger correctement, dit-il, songeur.

— Je pourrais demander à Charlotte de venir, Jeff également, mais sinon...

— Sa copine, Marguerite, elle pourrait également lui tenir compagnie, non ? Je pense aussi que ma sœur pourrait venir. Elle fait un projet de tricot et, à partir du moment où elle a ses aiguilles, elle va partout.

— Je ne peux pas demander ça à ta sœur, elle a sûrement d'autres choses à faire.

— Elle sera enchantée d'écouter les histoires de ta grand-mère, ne t'inquiète pas. Puis, je passerai la voir tous les jours pour contrôler son état de santé. Essaie de voir avec les infirmiers du cabinet s'ils pourraient venir pour les injections.

Aliette, qui était arrivée sur ces entrefaites pour remplir son mug d'eau chaude, se mêla à la conversation :

— Et puis, Willy viendra également. Ça lui fera du bien de faire quelque chose d'utile de sa journée.

Je les regardai, un peu déboussolée par toutes ces propositions. Les larmes aux yeux, je hochai la tête en signe d'assentiment.

— OK.

— Je fais un planning ! s'exclama Aliette. Je

vais le mettre en ligne comme ça chacun remplira ses possibilités.

— OK, fut la seule réponse que je pus répéter.

— Bon, très bien, conclut Benjamin, l'air satisfait. Je vais aller voir mes rendez-vous. Tu me dis quand ta grand-mère sort. Comme ça, je m'organiserai pour aller la voir.

Je le regardai partir et songeai que j'avais beaucoup de chance de l'avoir dans ma vie. J'appelai la cheffe de service pour les modalités de sortie de Nana. Elle était satisfaite de l'organisation mise en place et validait la sortie de ma grand-mère pour le vendredi.

— Elle refuse de manger, de se laver et menace de ne pas prendre ses médicaments, alors, plus tôt elle sera chez elle, mieux ce sera.

Nana sortait de l'hôpital aujourd'hui. J'étais épuisée ; toutes les nuits sans exception je rêvais de ce que je faisais à Benjamin. Et ce n'étaient pas des tisanes ni des lotions pour les bobos, quoique des lotions dont je pourrais le badigeonner...

J'étais frustrée comme pas possible, en manque de sommeil, j'essayais de raisonner mon subconscient en lui certifiant que si je laissais cet homme m'approcher, j'allais me retrouver dans les six mois mariée et en cloque du premier d'une nombreuse fratrie. Mon cerveau enchaînait la nuit d'après avec un rêve de Benjamin en train de caresser mon gros ventre. En plus, c'était ridicule car je ne savais même pas s'il aimait les bébés. Si ça se trouve, il ne voulait surtout pas de gosse.

De toute façon, il devait sortir avec Lisa, puisqu'il ne s'occupait plus de moi. Et puis, j'avais d'autres choses à gérer.

J'étais en train de mordre un crayon derrière le comptoir, tout était calme au cabinet, quand le pédiatre arriva pour me voir.

— Ma chère Mélissa, pourriez-vous garder le bébé qui est dans sa poussette et qui dort, pendant que je verrai le grand frère pour un vaccin ?

— Pas de problème ! m'exclamai-je, ravie de montrer ma bonne volonté.

Cinq minutes après, je marmonnai :

— Malheur à moi, malheur à moi.

Le bébé s'était réveillé et montrait des signes d'insatisfaction en voyant mon visage.

Je le pris dans les bras et lui murmurai :

— Tu serais le bébé le plus cool du monde si tu ne pleurais pas.

Il commença à protester, puis se mit à pleurer.

Benjamin arriva sur ces entrefaites. M'observant d'un air interrogatif, il me parla mais je n'entendis rien à cause des pleurs.

Il me regarda avec malice et commença à déboutonner sa blouse. Alors, la chaleur arriva à mon visage, et je salivai presque devant ce spectacle. Il posa sa blouse sur le comptoir, sa chemise bleu ciel assortie à ses yeux moulait son torse. Puis tendit les mains vers le bébé. Il prit la petite fille contre son torse et se mit à lui parler de sa voix de velours :

— Alors, jolie jeune fille, j'aimerais poser une question à ta baby-sitter et je ne peux rien dire, car on n'entend que toi.

La petite était devenue muette.

J'avais la bouche grande ouverte. Telle la quintessence de l'homme beau, élégant et musclé, il tenait un bébé à peine plus grand que son avant-bras. La petite se nichait contre son cou, et je m'imaginais sans problème son bien-être. Il devait sentir bon l'eau de toilette, et sa chaleur devait être rassurante. Bien entendu, il était tellement irrésistible que même le bébé avait oublié pourquoi il pleurait.

Il aimait les enfants. J'étais de plus en plus cuite.

La maman arriva et resta statufiée devant le tableau de son bébé dans les bras de Benjamin. Elle récupéra sa fille en disant un millier de fois merci.

Benjamin remit sa blouse, fouilla sa poche, puis me tendit un bonbon, l'air soucieux.

— T'as l'air en hypoglycémie.

Et il partit.

Je n'étais pas en hypoglycémie, j'étais en train de devenir accro à cet homme. Et il ne fallait surtout pas que ça arrive. Les gens trop différents ne s'aimaient pas à vie, ils finissaient toujours par se séparer. Il était nécessaire de se ressembler pour que ça marche, et on ne pouvait pas faire plus opposés que nous.

Moi, toutes ces nuits pourries et ces réflexions m'épuisaient. Je m'écroulai donc pendant ma pause du matin.

Je me réveillai au bruit de vaisselle sur la table et relevai la tête avec ma serviette en papier collée sur mon visage. Après l'avoir décollée vite fait, je clignai des yeux pour voir la personne qui partageait ma table.

Georges Syrut me regardait en fronçant les sourcils, ce qui lui donnait un air encore plus renfrogné que d'habitude. À mon avis, l'épilation des sourcils ou au moins le taillage de poils l'aiderait à avoir une physionomie plus sympathique. J'ouvris la bouche pour lui en faire part, mais il me prit de vitesse :

— Le dernier compte rendu que vous avez écrit avait moins de fautes, mais ce n'est pas encore satisfaisant comme résultat... Vous avez eu votre diplôme où ?

— J'ai un baccalauréat professionnel, pas de formation en secrétariat médical, répondis-je froidement.

Il parut estomaqué.

— Mais ce n'est pas normal ! Comment ça se fait que le Dr Petitpois vous ait embauchée avec aussi peu de qualifications !

J'étais fatiguée, il était méchant et s'acharnait sur moi. C'était une mission pour quatre mois, je tirai rapidement la conclusion de la conduite à tenir.

— Vous épuisez tout le monde, et les personnes diplômées ne veulent pas rester, car vous êtes désagréable, voilà pourquoi je suis là.

Il ouvrit la bouche sans prononcer un mot, puis la referma. Il paraissait tout d'un coup désarmé.

Je me frottai le front en réfléchissant. Ça ne servait à rien de créer un conflit. En plus, Aliette me soutenait qu'il était charmant avant son divorce. Elle me le disait avec des étincelles dans les yeux.

— Vous savez, je ne suis peut-être pas douée pour les comptes rendus, mais d'une part, j'ai du mal à vous comprendre. D'ailleurs, vous savez que les dictaphones à cassette font partie des choses vintage sur eBay ? D'autre part, Aliette dit que vous êtes un très bon médecin, très empathique. Pourquoi vous êtes comme ça avec moi, alors qu'Aliette dit que vous pouvez être charmant ?

Il rouvrit la bouche et puis, ne trouvant rien à me répondre, partit. *Voilà une bonne chose de dite.* Au moins, il connaissait mon opinion.

Benjamin arriva au même moment.

— J'arrive mal ?

— Tu tombes à pic. Le Dr Syrut était en train de me dire que j'étais sous-diplômée et incompétente. Dieu seul sait ce qu'il allait rajouter à cette longue liste.

Benjamin tourna la tête vers la porte et la foudroya

du regard. Il s'assit en face de moi avec une bouteille de jus vert qu'il avait sorti du frigo.

Mon téléphone se mit à sonner la marche impériale de Dark Vador, ce qui signifiait que ma mère voulait me parler. J'hésitai à décrocher, mais le fis pourtant en soupirant.

— Oui ?

— Ta grand-mère rentre chez vous ? Comment ça se fait que l'on ne m'ait pas demandé mon avis ? me dit ma mère d'un ton revêche.

— Parce que j'ai organisé son retour et que ça ne valait pas la peine de te donner du souci.

— Tu es sûre que tu es capable de t'occuper de ça ?

— Oui. Tout est organisé.

— C'est « organisé » comment ? Parce que, vu comment ton appartement est rangé, je me demande si tu es vraiment capable de t'organiser.

Ma mère... Cet être qui m'avait engendrée et qui était incapable de me faire un compliment.

— Oui, je suis capable de gérer le retour de Nana à la maison. Merci pour ta confiance.

— Je viendrai lui rendre visite pour voir si tout va bien.

— Viens contrôler si tu veux.

— Je ne viens pas pour « contrôler » !

— Hum. Elle sera ravie de te voir, dis-je avec une pointe de malice.

— L'ironie te va très mal, Mélissa.

Je ne répondis rien. De toute façon, c'était user sa salive pour rien d'avoir une discussion avec elle. J'avais d'autres choses plus importantes à faire.

— Bon, bah, bonne journée.

— Bonne journée.

Je raccrochai et me tapai la tête contre la table.

— Elle m'énerve, elle m'énerve, elle m'énerve.

Benjamin rigola et m'arrêta d'une main ferme.

— Si tu m'en parlais plutôt ?

— J'ai pas envie, répondis-je avec une moue boudeuse.

— Ta mère paraît ressembler étrangement à la mienne.

— Ta mère n'est pas contente que tu sois médecin ? demandai-je, étonnée. Parce que la mienne pense que je passe mon temps à étudier des conneries.

— Ma mère a pour principe de ne jamais être satisfaite en ce qui me concerne. Ça va sans doute te sembler dur ce que je vais dire. Ma mère est infecte, elle me déteste, et moins j'ai de contact avec elle, mieux je me porte.

Cet homme était mon héros. J'imaginais sa mère comme un dragon et lui, vêtu d'une armure, la repousser avec une lance.

— Comment tu fais ? chuchotai-je. Parce que la mienne est jamais contente également, mais je suis obligée de lui parler régulièrement.

— Je lui envoie des mails.

Pas mal comme solution.

— Et ton père ?

— Je m'entends bien avec lui et avec ma belle-mère. Et toi, ton père ?

Je n'avais pas vraiment envie de parler de lui, mais Benjamin l'avait bien fait.

— Mon père est colonel, ma mère a un balai dans le derrière. J'ai deux frères, un qui est inspecteur de police, et l'autre est dans les missions spéciales. Je suis la loseuse de la famille.

Benjamin m'adressa un regard interrogatif.

— Mes frères m'adorent. Ils disent que je suis une fabuleuse diversion, que grâce à moi mes parents sont suffisamment occupés pour ne pas s'occuper d'eux.

— Logique, dit-il en souriant.

Je haussai les épaules.

— Je suppose qu'il y a toujours un vilain petit canard dans une famille.

— Je suppose... Il faudrait en parler au Dr Syrut, commenta-t-il, amusé.

— Très drôle !

— Bon, faut que j'y retourne.

Il passa à côté de moi, s'arrêta et posa sa main sur mon épaule.

— Si Georges recommence à te chercher des poux, tu me le dis. J'irai lui parler.

— Merci.

Et il sortit de la pièce. Je restai là à savourer la chaleur qui résidait sur mon épaule et soupirai comme une midinette.

Nana rentra à midi. J'avais pris ma demi-journée pour pouvoir l'accueillir. Aliette m'avait collé son fils aîné, Willy, en soutien logistique. C'était un grand ado dégingandé avec les cheveux ras et vêtu d'un immense maillot de basket, d'un jean qui menaçait de tomber et de baskets de la taille de péniches. Elle m'avait dit que ça lui ferait le plus grand bien de s'occuper d'une personne âgée, qu'il avait été élevé dans le respect des aînés et que ce serait préférable pour lui de rester avec moi plutôt que de rejoindre les fumeurs de joints du square. Elle m'avait donné l'impression qu'aucun de nous deux n'avait vraiment le choix.

Il arriva à midi pile avec des tupperwares pleins d'acras, de bananes plantain et une bouteille de planteur. Ma grand-mère, fraîchement arrivée, s'exclama :

— Super ! On n'avait jamais fait des repas à thème des Antilles !

Et je partis lui préparer son plateau-repas.

J'avais réaménagé sa chambre pour qu'elle puisse avoir la télé dans celle-ci. Nous nous tassâmes dans un coin pour manger tous les trois et pûmes constater que Willy ne répondait que par monosyllabes. C'était reposant.

Je lui demandai à la fin du repas si je pouvais le laisser avec Nana, il répondit d'un grognement et sortit sa DS.

— Tu as mon numéro s'il y a un problème ?

— Hum… Ma mère, elle m'a demandé de mettre votre numéro en raccourci, m'expliqua-t-il d'une voix grave.

Première phrase complète depuis son arrivée ! Saluons cet effort en communication et profitons de cette inclination pour parler, songeai-je.

— Tu es là jusqu'à quelle heure ?

— Ma reume, elle a dit jusqu'à ce qu'on ait plus besoin de moi, marmonna-t-il d'une voix désabusée.

— Très bien !!!! m'exclamai-je.

Nana le regarda, les yeux interrogateurs, puis prit son air de fouine.

— Tu as quel âge ? Ton prénom a été choisi en quel honneur ? Qu'est-ce que tu aimes faire dans la vie ? Tu as des frères et sœurs ?

Il eut un air paniqué similaire à celui d'une biche face aux phares d'une voiture. Elle allait le faire fuir.

À ma grande surprise, il reprit vite contenance et regarda ma grand-mère très sérieusement.

— On va faire un deal, mère-grand, tu me poses pas de questions et, moi, je dis rien de ce que tu feras ici. OK ?

Ma grand-mère hocha la tête, visiblement ravie.

— Tu peux m'appeler Elisabeth. Et OK pour le deal.

Je levai les yeux au ciel, amusée et un peu inquiète

de ce qu'elle pourrait inventer. Je les laissai établir leurs règles et partis avec ma liste de courses.

Je remplis le Caddie de sacs de bouffe, ne sachant pas combien de personnes j'allais avoir à la maison. Aliette avait tout organisé, mais oublié de me mettre en copie...

Sur le chemin du retour, j'ahanais sous le soleil d'août, sentant qu'à la vitesse à laquelle j'allais, je me retrouverais lyophilisée avant d'arriver à la maison.

Pendant une pause sous le platane le plus proche, je plissai les yeux. Un homme ressemblant beaucoup à Benjamin se trouvait à quelques mètres de moi. On aurait dit une publicité pour lunettes de soleil. D'ailleurs, les deux femmes qui le croisèrent le dévisagèrent avec envie. Lui, par contre, regardait son téléphone. Je repris mon élan et me rapprochai de l'agitateur à hormones féminines. C'était bien le Dr Ferrier en goguette dans mon quartier.

— Salut, Benjamin ! Qu'est-ce que tu fais ici ?

Il releva ses lunettes et me sourit.

— Je suis en visite à domicile. J'ai une patiente assez exigeante qui habite au 34, rue Aubry, troisième étage gauche. J'ai promis à sa petite-fille, à son médecin hospitalier et à sa meilleure amie d'aller la voir, alors me voilà. De plus, ma redoutable secrétaire, une quinquagénaire assez irritable en ce moment, et qui me mène au doigt et à l'œil, m'a ordonné de venir.

Je rigolai.

— Ne t'inquiète pas, tu n'es pas le seul à qui elle distribue des ordres. D'ailleurs, j'en connais un chez moi qui est en train de tirer sa peine de prison.

Il rit.

— Ah ! Willy est arrivé en mission soutien au troisième âge ?

— Oui, et il a dû nous dire quinze mots en tout et pour tout.

Benjamin se saisit fort galamment des deux sacs que j'avais dans les mains et me suivit jusqu'à l'appartement.

— Aliette a décalé deux rendez-vous, ce qui fait que j'ai une demi-heure devant moi.

Nous étions arrivés sur le palier, il faisait assez sombre, ce qui me convenait pour le remercier. Au moins, il ne me verrait pas rougir et balbutier.

— Merci beaucoup, Benjamin, pour tout ce que tu fais pour ma grand-mère, dis-je en regardant mes pieds. Je ne sais pas comment te remercier et...

— Ta grand-mère est adorable, m'interrompit-il, c'est un plaisir de la connaître, mais je dois bien avouer que je ne fais pas ça que pour elle.

Quand je relevai les yeux, il se penchait vers moi pour me murmurer à l'oreille :

— Je le fais surtout pour sa petite-fille.

Je ne sus pas quoi répondre. Troublée, je me détournai de lui pour ouvrir la porte et entrai dans l'appartement. Je laissai les courses dans l'entrée et l'accompagnai jusqu'à la chambre de ma grand-mère.

Celle-ci regardait *Castle* avec Willy. Il avait l'air sceptique devant cette série. Nana, elle, lui expliquait quelque chose à propos du héros :

— Tu pourras toujours être beau, mais ce qui fait rester une femme, Willy, c'est l'humour. Regarde ce héros, il a toutes les femmes à ses pieds, car il est drôle !!!

— Mais non, c'est parce qu'il est friqué, lui répondit son garde-malade, désabusé.

Benjamin émit un petit ricanement. En le voyant, Willy décocha un grand sourire.

— Yo, doc, comment ça va ? lui dit-il en lui faisant une de leurs poignées de main compliquées.

J'avais oublié qu'ils s'étaient déjà vus en consultation.

— Très bien, Will. Et toi ? Tu apprends des choses ?

Willy leva les yeux au ciel.

— On est pas d'accord avec Babeth, mais c'est quand même cool.

Ma grand-mère avait l'air d'avoir gagné à l'EuroMillions. Il ne leur avait pas fallu longtemps pour trouver un terrain d'entente. Juste le temps que je fasse trois fois le tour du supermarché, quoi.

— Bonjour, Elisabeth, dit Benjamin en lui faisant le baisemain.

Elle lui décocha un sourire de Miss France et papillonna des yeux. Elle fondait devant lui.

— Bonjour, Benjamin. Comment allez-vous ? Voulez-vous une tasse de thé ?

— Merci, mais je n'ai pas le temps. Est-ce que je peux vous ausculter ?

Et nous les laissâmes. Willy m'aida à vider les sacs, se prit une canette de Coca et partit à l'arrivée de Charlotte.

— Regarde, ma chérie, j'ai trouvé quelque chose de très pratique pour Elisabeth, ça !

Et elle me tendit triomphalement une clochette. Enfer et damnation, j'imaginais déjà le tintamarre que ça allait faire...

— Je ne suis pas sûre que ce soit une très bonne idée, dis-je d'une voix hésitante.

— Oh ! super ! Une clochette ! Ça va être drôlement pratique, me contredit une voix masculine derrière mon dos.

Benjamin se pencha au-dessus de mon épaule, posa la main gauche sur ma hanche et s'en saisit. Je respirai à fond sa bonne odeur. Mon Dieu, que ça me faisait du bien !

— Bon, faut que j'y aille. J'ai encore deux patients à voir.

Il me rendit la clochette, embrassa Charlotte, puis se tourna vers moi et m'embrassa sur la joue également. Et il partit. Ma pensée immédiate fut que jamais plus je n'allais m'essuyer la joue, ni l'endroit où il avait posé sa main, d'ailleurs. Je songeai ensuite que ce pantalon en toile moulait un magnifique derrière, sa légère barbe n'irritait même pas la peau, et puis il avait un beau teint hâlé, et… Charlotte se posta devant moi en se marrant.

— T'es cuite, ma poulette. Tu le regardes comme si c'était un magnifique gâteau au chocolat et que tu n'en avais pas mangé depuis quatre ou cinq ans. Tu es cuite, tu es cuite, tu es cuite ! chantonna-t-elle.

— N'importe quoi, bougonnai-je. C'est les endorphines que tu produis grâce à ton Matthias qui te font imaginer des trucs pareils. Dis-toi bien que tu n'es pas près de me voir casée. Si c'est pour terminer aussi sinistre que mes parents ou tout le temps en train de me prendre la tête avec ma moitié comme mon frère, je préfère rester seule. On n'est pas doués dans la famille pour les relations de couple. Regarde, Nana a enterré trois maris, mes parents se font chier l'un avec l'autre, et Jean arrête pas de s'embrouiller avec sa femme. Il nous manque un gène pour la vie en commun épanouie et heureuse.

— Pfff ! C'est des conneries ce que tu racontes.

Continue à vouloir y croire si tu veux mais moi, je te dis que Benjamin te veut et il t'aura. Et ce sera très bien.

Et elle me tendit une glace qu'elle avait trouvée dans le congélateur et croqua dans la sienne. Elle avait son air de Mme Je-Sais-Tout et souriait.

Je haussai les épaules et me mis à rêver à ce que serait une relation avec Benjamin. Sexy, tendre, sexy, rassurant, protecteur, sexy... *Purée, ce qu'il fait chaud dans cette cuisine*, me dis-je en secouant mon haut. Charlotte était morte de rire. Je ne répondis rien. *Qu'elle pense ce qu'elle veut, tiens.*

Charlotte donna son offrande à ma grand-mère qui, ravie, se mit à nous faire un concert avec sa clochette. Je profitai qu'elles soient toutes les deux en train de faire la liste des éléments prouvant la sexytude du héros de *Castle* pour préparer la salade du soir.

Au départ de Charlotte, je fis des lessives, préparai un gâteau. Bref, je brassais beaucoup d'air pour ne pas me mettre à réfléchir. Une fois tout cela fait, je m'assis sur le canapé et me retrouvai à regarder le mur vide du salon.

La télé était dans la chambre de Nana désormais et la mienne trop compliquée à déménager. Je me fis la réflexion que j'étais sacrément mal partie pour me reposer. *Hors de question pour moi de dormir à l'autre bout de l'appartement, imaginons qu'elle ait un malaise et que je n'entende rien...* En plus, j'avais cassé mon sommier en sautant dessus pour décrocher le rideau de mon lit à baldaquin un jour où j'angoissais de trop et avais décidé de faire le grand ménage. Je dormais depuis dans mon salon, sur mon clic-clac.

Je soupirai et me levai pour me battre avec le vieux canapé convertible.

Virer les coussins à pompons. *J'aurais bien aimé que Benjamin m'embrasse autre part que sur la joue.*

Déplier le canapé. *En même temps, qu'est-ce qui t'empêche de lui sauter dessus ? Il a l'air partant.*

Aller chercher des draps propres. *À moins que je me fasse des films…*

Faire le lit. *Et puis, si ça se trouve, c'est un tripoteur de première, il a une haleine de chacal, il y connaît rien en préliminaires.*

Chercher le loquet pour que le canapé reste déplié. *En même temps, si je tente rien, je ne saurai jamais, et puis j'en ai marre de rêver de lui. Au moins si j'essaie, je saurai à quoi m'en tenir.*

Et la sonnette résonna dans l'appartement.

Qui ça pouvait être à cette heure ? Peut-être mon voisin Francis, affamé et qui avait encore oublié d'acheter autre chose que de la bière au supermarché…

Ce ne fut pas le visage hirsute de Francis que je vis dans l'œilleton, mais celui de mon médecin préféré, Benjamin. Je ressentis une bouffée de joie.

J'ouvris la porte et le regardai, interloquée.

— Qu'est-ce que tu fais là ?

— Je suis l'équipe de nuit, me dit-il en souriant.

Puis il me passa sous le nez et se dirigea vers le salon de Nana. Je le suivis sans réfléchir et lui posai la question qui me turlupinait, car si la réponse était affirmative, je me promettais de laisser le champ libre à mes fantasmes. On ne vivait qu'une fois, et ça pouvait se finir vite. Je n'avais pas envie d'avoir des regrets.

— Benjamin, tu es capable de coucher juste pour le fun ?

Il se retourna, haussa un sourcil et me dit :

— C'est une proposition ?

— Non, c'était juste une question que je me posais en dépliant le canapé.

Il se retourna et fit face au canapé qui avait repris sa position initiale.

— Je suppose que tu prendrais mal une réponse négative juste après la rébellion de ton clic-clac.

Il souriait de toutes ses dents.

— C'est ça, moque-toi.

Je tirai de nouveau le canapé. Une fois le lit déplié, je me remis à la recherche du loquet à quatre pattes sur le matelas.

J'entendis Benjamin poser le plat qu'il tenait dans les mains sur la table basse, et il me rejoignit sur le matelas. Il tourna la tête vers moi et me dit :

— C'est la conversation la plus étrange que j'aurais eue avec une femme, mais oui, il m'arrive d'avoir des plans culs si tu veux vraiment le savoir.

J'oubliai le loquet pour m'effondrer sur le canapé avec très peu de grâce. Ça m'avait coupé les genoux, les bras, mes hormones s'étaient réveillées et avaient décidé que la diète était terminée. Je le dévorai des yeux, et mon imagination se mit en branle. Si ça lui arrivait de s'envoyer en l'air comme ça, cela voulait dire que...

Il me surplomba et, d'une voix grave et sexy, me demanda :

— As-tu une autre question ?

Je fis signe que non de la tête, et des fourmillements d'anticipation me parcoururent. Il me plaqua au matelas en m'embrassant.

Ce baiser fut loin d'être sage. C'était un baiser décadent, un baiser où l'on se dévorait l'un l'autre, nos langues luttaient dans une quête effrénée pour mieux se connaître. Je gémis en me collant à lui. Il tentait d'être doux et posé dans ses gestes alors que je me faisais l'effet d'être une possédée. J'étais en manque de ma dose, comme un enfant qui découvre le chocolat. Je ne connaissais pas jusqu'à présent un goût aussi enivrant, et maintenant je savais que je ne pourrais plus m'en passer. Il enfouit son nez dans mon cou pour me sentir, ce qui me fit pouffer en même temps que gémir. Il releva la tête et, les yeux embrumés, me confia :

— Je me suis toujours demandé si c'était l'odeur de ta peau cette fragrance si particulière ou si c'était une de tes armes de destruction massive.

— C'est mon savon au néroli, je pense.

Il enfouit de nouveau le nez dans mon cou et inspira un grand coup. Nous étions chacun obsédés par l'odeur de l'autre.

— J'adore cette odeur. On dirait du gâteau.

Et il commença à me mordiller l'épaule qu'il avait dénudée.

À ce moment-là, j'entendis le son tant redouté de la clochette de ma grand-mère. Je me rassis brusquement, ce qui me fit heurter de plein fouet le front de Benjamin, et m'exclamer un grand « Merde. »

— Je suis désolée, lui dis-je en massant mon propre front, qui en avait pris un coup lui aussi.

Il bougonna.

— Je n'ai même pas encore servi que tu m'abîmes déjà.

Je lui tirai la langue en réponse et me levai.

J'entendis le rire de Benjamin quand ma grand-mère s'exclama en me voyant arriver en me massant le front :

— Mélissa Appoline Armande, il va falloir arrêter de boire, tu rentres dans les meubles maintenant.

Bien entendu, elle me disait la réplique qui me foutait la honte au moment où j'avais M. Parfait dans mon clic-clac. Je claquai la porte derrière moi pour éviter qu'il entende les conseils d'hygiène de vie de ma grand-mère.

Chapitre 14

Benjamin

Mélissa ressortit de la chambre de sa grand-mère un quart d'heure plus tard.

Elle avait l'air perdue. Je pouvais toujours courir pour qu'on reprenne nos activités, elle n'avait visiblement pas du tout la tête à ça. Elle s'assit pesamment sur le bord du canapé et me dit :

— Elle est toute ratatinée dans son lit. Ses mains tremblent. J'ai l'impression qu'elle va moins bien maintenant que quand elle était hospitalisée.

Elle me regarda de ses grands yeux noisette, semblant me questionner sur un avenir dont je n'avais aucune idée.

— Je ne sais pas quoi te dire, Mélissa. Elle est sans doute très fatiguée, ce qui explique qu'elle te donne l'impression d'être très malade.

Elle se leva et fit les cent pas devant moi.

— Je ne sais pas si je dois appeler ma mère et lui dire de venir la voir. Et mes frères ? Ils ne savent pas qu'elle est autant malade. Et je leur dis quoi ?

Je lui pris la main et l'attirai à moi. J'avais envie d'enfouir mon visage dans son T-shirt pour sentir de nouveau son odeur, mais ce n'était pas le bon moment. Je la fis asseoir sur mes genoux, et elle blottit la tête dans mon cou. J'avais envie de la protéger, de lui enlever ses soucis.

— Je pense que ce serait bien que tu cesses de te torturer. Attends de voir comment vont se passer la nuit et la journée de demain, et tu aviseras à ce moment-là de la meilleure conduite à avoir.

Elle hocha la tête, et je me retrouvai avec des boucles qui me chatouillaient le nez. Elle prit de grandes respirations contre moi.

— Ça va ? demandai-je, inquiet.

Je la sentis sourire dans mon cou.

— Oui, je te sniffe. J'aime tellement ton odeur.

Ça me fit rire. Nous avions l'air malins à nous gorger de l'odeur de l'un l'autre.

— Bon, on fait quoi ? demanda-t-elle, la tête enfouie dans mon cou.

Je répondis d'un grognement. Il m'était avis que j'allais avoir du mal à dormir.

— Je t'aurais bien proposé de regarder quelque chose à la télé, mais elle est dans la chambre de Nana... et la mienne est de l'autre côté de l'appartement.

— On peut manger le gâteau qu'a fait ma sœur, et tu as peut-être un jeu de cartes ? Ou un autre jeu ?

Je ne savais pas quoi lui proposer pour lui changer les idées. Elle semblait triste, et je me sentais désemparé face à ça.

— Je vais chercher des assiettes.

Cinq minutes plus tard, elle avait l'air un peu mieux après avoir mangé du gâteau.

— On peut jouer au poker, si tu veux.

Bien entendu, elle n'était pas du style à jouer au Scrabble ou au Monopoly.

— OK.

Et elle alla, moitié sautillante, chercher ses cartes et ses jetons.

Une heure plus tard, je n'avais plus un rond. Il faut dire que Mélissa ne pouvait pas s'empêcher de bouger quand elle jouait, et j'étais plus accaparé par la possibilité d'apercevoir de nouveaux bouts de peau que par mon jeu. J'avais été pitoyable. Ça avait comme effet positif qu'elle était radieuse.

— Tu es tout le temps aussi nul... enfin tu es fatigué, c'est pour ça que tu as perdu ? me demanda-t-elle dans un effort d'empathie alors que je voyais bien qu'elle jubilait.

Ah oui, tu fais ta maligne, pensai-je.

— En fait, d'habitude, je me débrouille nettement mieux, mais j'avais la tête à imaginer d'autres choses que des combinaisons de cartes.

Mutine, elle eut un sourire en coin.

— Ah oui ? Et tu imaginais quoi ?

Je secouai légèrement la tête en prenant l'air de la réprimander.

— Ça, c'est une question à tes risques et périls. Tu vas peut-être vouloir que j'applique ces idées.

Une rougeur apparut sur ses joues et descendit dans son cou.

Elle se mordilla la lèvre et me dit en chuchotant :

— Est-ce que c'est des choses qui pourraient me donner chaud ?

J'opinai de la tête.

— Est-ce que c'est des choses qui arriveraient à me changer les idées ?

Nouvel acquiescement de ma part. Ce petit jeu m'amusait beaucoup.

Avec un air malicieux et les yeux remplis de désir, elle se pencha vers moi.

— Benjamin, je crois que je vais beaucoup aimer tes pensées.

Et elle m'offrit un sourire à décrocher la lune.

Je poussai les cartes et les jetons par terre et, de nouveau excité, m'avançai vers elle. Elle se coucha, et je me mis à lui faire des chatouilles.

Elle partit à rire aux éclats.

— Ce n'est pas ce que j'avais imaginé.

— Je sais bien, coquine.

Puis d'un air sérieux, je lui dis :

— Je ne suis pas sûr de pouvoir m'arrêter si je commence à te toucher, Mélissa. Et quand enfin je le ferai, je veux du calme, beaucoup de temps devant moi pour pouvoir faire tout ce dont j'ai rêvé.

Me dévorant des yeux, elle hocha doucement la tête.

— Mais ça va être dur en attendant, soupira-t-elle.

Je m'écroulai à côté d'elle.

— À qui le dis-tu.

— On dort ?

— On peut essayer.

À cette pensée, je me mis à bâiller. Après la semaine que j'avais passée, j'étais laminé mais en même temps, dans un tel état d'excitation que j'allais avoir du mal à me reposer.

Je restai les yeux grands ouverts dans le noir pendant un bon bout de temps. J'écoutais le bruit de sa respiration, je humais son parfum et m'imaginais dans un autre endroit, un lieu où nous n'aurions pas de voisins et où je pourrais la faire gémir de plaisir.

Un long moment plus tard, j'entendis Elisabeth appeler. Je me levai tout doucement et allai la voir.

Elle ne parut pas étonnée de ma présence et me demanda si j'aurais l'obligeance de l'accompagner aux toilettes.

— Dans le noir, avec mes nouveaux médicaments, je préfère y aller accompagnée, vous comprenez ?

— Bien sûr.

— Vous ne dormiez pas, Benjamin ?

— Je réfléchissais.

Elle hocha la tête comme si c'était l'heure adéquate.

En ressortant des toilettes, elle m'invita à m'asseoir à côté d'elle.

— Vous réfléchissiez à quoi, à qui ? À ma petite-fille ?

Je me contentai de hausser les épaules.

— Si c'est à ma petite-fille que vous pensiez, vous auriez bien raison de vous y intéresser. Elle est passionnée et passionnante. Vous iriez bien ensemble, Benjamin.

Je lui souris.

— Il me semble avoir entendu l'une de vos amies me dire la même chose.

— Écoutez la parole de la vieillesse et de l'expérience, jeune homme !

— Oui, Elisabeth.

— Retournez vous coucher, Benjamin, et merci d'être là, me dit-elle, les yeux embués.

Je lui serrai la main en retour et repartis dans le salon. Entendre Elisabeth être reconnaissante de ma présence m'avait fait chaud au cœur. Je les aimais beaucoup toutes les deux et j'étais content d'être là.

*
* *

Je me réveillai difficilement au bruit de la clochette de Nana. J'étais bien sous la couette, j'étais au chaud, je rêvais de Benjamin. Dans mon rêve, je sentais son odeur, je le caressais et j'enfouissais mon visage dans son cou. Je me rendis compte que je n'avais rien imaginé. J'avais effectivement enfoui mon visage contre lui et j'avais même une main sous son T-shirt. *Ô joie, ô bonheur !* Je vis qu'il dormait à poings fermés. Il avait les cheveux dans tous les sens, et sa main reposait sur la mienne comme s'il ne voulait pas que je l'enlève... ou pour m'arrêter dans mes découvertes, au choix.

Je me levai doucement, cela fit tanguer le lit, et j'allai sur la pointe des pieds voir Nana. Elle avait besoin que je l'accompagne aux toilettes. Une nuit de repos semblait lui avoir fait grand bien. Elle était moins pâle et avait l'air moins fatiguée.

Après s'être recouchée, elle se mit à lire, car elle n'avait plus sommeil. Elle me congédia en me disant que, vu ma tête, ce n'était pas du luxe que je dorme plus. Il était 5 h 30 du matin, alors ce n'était pas de refus.

Je passai discrètement au-dessus de Benjamin et pris bien la précaution de me rendormir à l'autre bout du lit.

Je me réveillai accrochée à lui comme une bernique à son rocher. Échec total de la mise à distance. Il commença à remuer, et ses doigts restèrent prisonniers de mes cheveux. Je fus obligée de le réveiller, car je n'arrivais pas à m'en dépêtrer.

— Qu'est-ce que c'est que ce bazar ? ! marmonna-t-il.

— J'ai, comme qui dirait, empiété sur ton territoire et je suis prise au piège, murmurai-je.

Il émit un rire doux à mes oreilles.

Je le vis se saisir de ses lunettes de sa main gauche, puis il détacha lentement la droite de mes cheveux.

— Mission accomplie, dit-il.

Il se leva et enfila son jean. Ses fesses auraient mérité que l'on écrive un poème en leur honneur. Il partit du côté de mon appartement faire Dieu sait quoi.

Je me rallongeai en soupirant. J'avais une de ces envies de le toucher, je pourrais peut-être le suivre et le coincer dans la cuisine. Personne ne viendrait nous voir là-bas et nous n'entendrions pas... *Bon, occupe-toi de ta grand-mère au lieu de fantasmer sur Benjamin*, me dis-je.

Je passai la tête dans l'entrebâillement de la porte de ma grand-mère et vis qu'elle dormait avec son livre sur elle.

Après avoir refermé doucement derrière moi, je me dirigeai vers mon côté de l'appartement. Benjamin était en train de faire le café. Il s'étira, fit rouler sa tête d'un côté et de l'autre et grimaça en se touchant l'épaule.

— Contracture ? demandai-je.

— Je crois que je me suis mal positionné cette nuit. Il y a quelque chose ou quelqu'un qui m'a empêché de bouger, dit-il, de la malice dans les yeux.

Je lui tirai la langue. Oui, je sais, très mature, mais que pouvais-je répondre ? Que mon subconscient avait trouvé un nouvel objet d'attachement ? Que mes hormones se shootaient comme des camés à l'odeur de sa peau ? Bah, voilà, j'aurais été ridicule.

J'ouvris mon pot de flocons d'avoine, en versai dans ma casserole et rajoutai du lait de soja.

— Tu veux du porridge ?

Il fit de nouveau la grimace.

— C'est une version pleine de vitamines et très bonne.

Il haussa les épaules.

— OK, je tente.

J'étais ravie, je sortis le grand jeu. Il me regarda confectionner notre petit déjeuner. Je rajoutai des amandes, des graines de courge puis un peu de graines de chia. Je découpai des kiwis, une banane et des pommes. Je rajoutai par-dessus tout ça une dose de sirop d'érable et j'allai m'installer à table.

Il s'assit en face de moi et goûta avec prudence. J'attendais son verdict avec impatience, doutant qu'il aime ce petit déjeuner autant que moi.

— Pas mal, mais je préfère quand même du pain.

J'étais contente qu'il apprécie.

— C'est meilleur pour la santé. Tu as un parfait équilibre de fibres, de glucides, de protéines et de vitamines là-dedans.

Il regarda la cuisine attentivement et me dit :

— Tu n'as pas de four à micro-ondes ?

— C'est mauvais pour les aliments. Ça change la nature des molécules et dénature les nutriments.

Impassible, il montra du doigt une lampe qu'il y avait dans le couloir.

— Et ça, c'est quoi ?

— C'est une lampe à sel. Ça repolarise l'air de l'appartement.

Il ne laissa paraître aucune trace d'étonnement ni d'ironie. Il se remit à manger sereinement. Impressionnant.

— Tu ne trouves pas ça bizarre comme mode de vie ? demandai-je.

Oui, j'étais clairement dans la provocation, mais je cherchais un moyen de le rendre moins attirant. Il m'aurait répondu « C'est trop bizarre et c'est débile », bah, à ce moment-là, je n'aurais plus eu besoin de me répéter sans cesse la même litanie dans ma tête : « Trop sérieux, trop bien, trop... pour toi. »

— C'est peu banal, mais tu as dû te documenter pour faire ces choix, et ça doit être intéressant comme démarche, non ? Pour ma part, je ne suis pas assez calé là-dedans pour me permettre de juger.

Je me dégonflai comme une baudruche. Même pas besoin de le traiter d'obtus... J'étais cuite. Mon dernier rempart avait sauté.

Benjamin

Je regardais Mélissa manger son porridge, toute décoiffée avec des nœuds dans les cheveux et l'air assez fatigué. Je voyais bien qu'elle me testait. Elle faisait comme ma petite sœur quand elle était plus jeune : et si je fais ça, tu vas partir ?

Même pas la peine d'y croire, j'y étais, j'y restais.

Pour la première fois, je désirais quelque chose fermement et sans aucun atermoiement, et c'était partager la vie de Mélissa. Pour le pragmatique que j'étais, ça pouvait paraître fou, mais j'osais ne pas écouter la raison et me laisser conduire par mon ressenti. Sauf que j'avais de la résistance en face. Mais ça, ça n'allait pas être un souci longtemps.

La sonnette de l'entrée sonna, et l'amie d'Elisabeth apparu à la suite de Mélissa. Marguerite était heureuse de me voir et, vu la malice dans ses yeux, je pus en déduire qu'elle était encore plus contente de me trouver dans la cuisine de sa protégée. Elle s'installa face au décaféiné que lui avait préparé Mélissa et commença à discuter :

— Vous avez passé une bonne nuit, les enfants ?

Nous répondîmes en même temps :

— Bof, pour ma part.

— Très bonne, dit Mélissa.

Puis elle me regarda, interrogative.

— Tu as mal dormi ? C'est à cause du matelas... Ou c'est parce que je te collais ?

Je jetai un coup d'œil à Marguerite dont les yeux pétillaient. Mélissa avait l'air embêtée que je n'aie pas bien dormi.

— Non, non, la rassurai-je. Ce n'est pas ta faute. Je ne dors pas bien en ce moment.

— Je peux te faire une tisane pour t'aider à dormir si tu veux.

Alors qu'une septuagénaire nous écoutait, je ne pouvais pas lui dire que la meilleure méthode pour que je dorme comme un bébé serait qu'elle fasse l'amour avec moi. Ça m'éviterait de me coucher avec une trique d'enfer chaque soir. Je dus la regarder d'une manière un peu trop insistante, car elle se mit à se tortiller sur son tabouret.

Je fixai mon reste de porridge pour me sortir les idées qui venaient de fleurir dans ma tête, où il était question de peau douce, d'odeur envoûtante, de doux gémissements... Je décidai de faire la conversation avec notre invitée matinale.

— Alors, Marguerite ! Comment ça va ? Toujours pas besoin d'un médecin ?

— Si vous insistez, je peux trouver quelque chose, cher Benjamin. Vous manquez de patients ?

Mélissa répondit à ma place :

— Pas le moins du monde ! Son planning est rempli quatre jours à l'avance, et on est au moment où il y a le moins de personnes en ville ! Il est très apprécié !

Je crus décerner une pointe de fierté dans sa voix. Je la regardai avec intensité. Elle me jeta un coup d'œil et rougit.

— Bon, je vais aller voir Nana.

Marguerite se leva et l'accompagna.

Je fis la vaisselle puis, sortant de la cuisine, je percutai Mélissa, qui poussa un cri de surprise. Je la maintins contre moi et en profitai pour humer l'odeur de ses cheveux. Elle parut se relâcher contre moi et s'appuya contre mon torse. Mon cœur se mit à battre la chamade alors que je sentais ses courbes contre moi. Nous entendîmes un bruit derrière nous qui la fit sursauter, et elle se détacha de moi.

Je lui caressai les cheveux et lui dis :

— Je vais y aller, Mélissa.

— OK.

Elle regarda ses pieds.

— Merci pour tout. C'est super sympa ce que tu fais.

Elle devenait timide lorsqu'elle me remerciait, je trouvais ça drôle.

— Y a pas de quoi. Bonne journée, ma belle.

Je la contournai, ne voulant pas l'embrasser sous peine de ne pas parvenir à m'en détacher, mais elle me saisit la main et se mit sur la pointe des pieds pour le faire. Nous gémîmes de concert quand nos langues se touchèrent, et nos mains commencèrent à se caresser quand nous entendîmes le rire de Marguerite. Dans un sursaut, nous nous rappelâmes où nous étions et quel public nous pourrions avoir.

Je la détaillai du regard et fus satisfait en voyant ses yeux embrumés et ses lèvres rouges. Elle me décocha un sourire lascif et me caressa le torse avant de me laisser partir.

J'allai dire au revoir à Marguerite et retournai chez moi prendre une douche bien froide.

*
* *

Mélissa

Je pris une douche plus froide que tiède, car l'image de Benjamin avec ses lunettes de travers et les cheveux décoiffés ne se décollait pas de ma rétine. J'allai ensuite voir si Marguerite avait besoin de quelque chose. Je retrouvai mes seniors toutes les deux devant un épisode de *Grey's Anatomy*. Je les laissai papoter sur l'improbabilité de telles et telles maladies et partis cuisiner. Rien de mieux pour me détendre que de faire des gâteaux. Marguerite s'en alla entre ma tournée de cookies et la cuisson du brownie.

La sonnette retentit dix minutes après, et je vis sur le pas de la porte Willy, le retour.

— T'as l'air content de venir nous voir, mec ! m'exclamai-je devant sa tête de dix pieds de long.

— Ouais, grave.

Et il passa devant moi avec deux grands sacs. Il alla directement au frigo et empila de nouvelles choses dedans.

— Mais c'est quoi tout ça ?

— Ma mère a décidé qu'elle participerait à tout ce bazar en faisant à manger. Aujourd'hui, c'est samedi, c'est raviolis.

OK, bon…

— J'ai fait des gâteaux si tu veux.

Il eut soudain le sourire. On pouvait être un ado désabusé mais aimer les cookies à voir ça.

Il prit une assiette pleine de gâteaux, un grand verre de lait au chocolat et partit s'installer dans la chambre de Nana qui dormait toujours.

Je ne savais plus quoi faire de moi et optai donc

pour une séance de yoga. J'avais la concentration d'un poisson rouge, et c'est avec soulagement que j'entendis retentir la sonnette de l'entrée. J'ouvris la porte, et cette fois-ci ce fut le visage fatigué de mon amie Noémie qui me fit face. Elle avait beau avoir passé deux semaines à San Francisco, les bienfaits de ses vacances s'étaient envolés dès son retour.

— Je suis la bénévole de 14 heures à 18 heures, dit-elle en me passant sous le nez. Charlotte s'est désistée, elle doit assister Matthias pour garder les enfants. Il a décidé que ce serait bien d'étoffer ses liens avec son neveu et sa nièce.

Willy arriva derrière elle. Il avait sans doute entendu la sonnerie de la porte d'entrée.

Noémie continua sur sa lancée :

— Ça tombe bien qu'il soit partant pour cette garde, car Sophie m'a demandé ce matin à quoi servait le zizi de Louis et pourquoi il n'avait pas la même chose qu'elle. Je lui ai dit de poser la question à son oncle cet aprèm, car moi, personnellement, je ne vois pas l'utilité de ce truc.

Elle se tourna et se rendit compte de la présence de Willy. Celui-ci, sans doute momentanément anesthésié par la déclaration de mon amie, ne bougea pas et ne dit rien. Elle lui fit la bise et passa devant lui pour aller directement dans la chambre de Nana.

Willy avait toujours la bouche ouverte. Noémie était tellement belle que les hommes perdaient souvent leurs moyens face à elle.

Je lui tapotai l'épaule.

— Elle fait le même effet à tout le monde. Merci d'être venu, Willy.

Et il partit, semblant planer.

J'allai rejoindre Noémie et Nana dans la chambre.

La première paraissait morose, la seconde piquait du nez.

— Pourquoi tu fais cette tête ? chuchotai-je à mon amie.

Elle haussa les épaules et sortit son téléphone portable de son sac. Elle commença à trifouiller dedans, me mettant un vent.

Je regardai Nana, toute fine, enfouie sous ses couvertures bariolées.

— Noémie ! Dis-moi quelque chose ! Change-moi les idées !

Elle leva les yeux de son portable et me regarda, interrogative.

— Je suis de permanence pour tenir compagnie à ta grand-mère, pas pour faire le clown. Tu n'as pas quelque chose à faire pendant ce temps-là ?

Je commençai à faire des tresses avec les fils qui pendaient de la couverture.

— Si je me retrouve toute seule, je vais commencer à réfléchir, et c'est pas une bonne idée.

— Pourquoi ?

— Parce que ça va me prendre la tête.

Cela parut intéresser Noémie, qui me questionna :

— Tu vas te prendre la tête sur quoi ?

Je jetai un coup d'œil à ma grand-mère qui s'était endormie.

— Sur l'état de Nana, sur Benjamin...

Noémie me décrocha un grand sourire, puis reprit d'un ton sérieux :

— Allez, vide ton sac. Qu'est-ce qui t'inquiète pour Elisabeth ?

— Tu ne trouves pas qu'elle va mal ?

— Elle m'a l'air fatiguée, mais c'est normal après un séjour à l'hôpital.

Elle la regarda attentivement.

— Elle est peut-être plus pâle que d'habitude. Elle semble avoir perdu un peu de poids. Mais franchement, je trouve qu'elle va bien.

Ces paroles me rassuraient. Noémie avait comme habitude de toujours dire ce qu'elle pensait, si bien que pour une fois je fus soulagée par ses paroles.

— Dis-moi pour Benjamin.

Elle se pencha au-dessus du lit pour mieux entendre. Je jetai de nouveau un coup d'œil à mon aïeule et, rassurée sur le fait qu'elle dormait profondément, lui déclarai :

— Je lui ai demandé si ça lui arrivait d'avoir des relations sans attachements, et il m'a répondu que oui.

Noémie s'impatienta.

— Et ?

— On s'est embrassés, et c'était chaud bouillant.

Mon regard partit dans le vague alors que je me remémorais les soupirs et les gémissements de mon homme si sérieux. Enfin, non, pas mon homme, cet homme...

Noémie s'éventa.

— Vu la couleur de tes joues, je peux en conclure qu'il ne s'y prend pas comme un balai pour t'embrasser.

Je soupirai.

— C'était torride. Il était tendre, galant, gentil et, deux minutes après, il m'a plaquée contre le matelas pour m'embrasser comme s'il ne pouvait pas se retenir.

Noémie me regardait, songeuse.

— Ce n'est donc qu'une relation pour le fun ?

— Oui, dis-je fermement.

— Et c'est qui qui a décidé ça ?

— Nous deux. Moi, je sais que je ne suis pas douée pour les relations à long terme, et je pense que lui a été bien échaudé par sa précédente relation.

Noémie paraissait sceptique.

— Si vous êtes d'accord...

Elle s'enfonça dans son fauteuil.

— T'as quand même de la chance. Tu passes ton temps à l'énerver avec tes trucs d'écolo et lui, au lieu de t'étrangler, il t'embrasse... (Elle secoua la tête.) T'as vraiment de la chance...

J'eus les yeux qui partirent dans le vague.

— Ça m'inquiète quand même. C'est un peu trop parfait ?

Et ma grand-mère de soupirer dans son sommeil en même temps que Noémie qui me regardait, mi-amusée, mi-exaspérée.

— Je ne sais pas ce qu'on va faire de toi...

Oui, je ne savais pas ce que j'allais faire de moi également.

Noémie partie, j'allai faire le tour des tupperwares d'Aliette, car les raviolis n'allaient pas me convenir.

En entendant la clochette de ma grand-mère retentir, je me précipitai et la trouvai souriante.

— Viens là, ma chérie. Si nous parlions.

Moi, je n'étais pas fan des discussions annoncées. Elle vit que je faisais la grimace et me fit le plus doux sourire de la terre.

Je m'assis à côté d'elle.

— Mélissa, j'aimerais que tu arrêtes de me regarder avec un air terrifié. Je ne suis pas décidée à mourir tout de suite, ma chérie. Je suis un peu faible, mais ça va aller.

Je m'affaissai de soulagement. Le soulagement ne dura pas longtemps.

— Et puis, quand bien même je mourrais, ce n'est pas triste. Je suis persuadée qu'il y a quelque chose de sensas après. Tu sais, Armand m'envoie des signes de temps en temps. Je serais contente de le revoir. Puis, si ça se trouve, je me réincarnerai !

Les larmes me montèrent aux yeux.

— Je suis sûre que ce serait chouette que tu revoies Armand, ou tout le reste, mais moi, je ferai quoi ?

Oui, je me donnais l'air d'avoir huit ans avec mon nez qui coulait et mes yeux larmoyants, mais j'étais perdue.

— Tu continueras à vivre gaiement. Tu feras ce qui te plaît, tu penseras à moi et tu feras des repas à thème avec ton amoureux et tes amis pour te souvenir de moi.

Elle me serra la main tendrement. La sonnerie de la porte d'entrée retentit et me sauva des sanglots de tristesse. Je me levai, embrassai ma grand-mère, puis allai ouvrir.

Un pack de bières attendait sur le paillasson avec un mot de notre voisin Francis qui souhaitait un bon rétablissement à Nana. C'était sympa, mais elle n'en buvait pas. Derrière se trouvait Benjamin en jean, T-shirt moulant et lunettes sur le nez. Je crus que j'allais lui sauter dans les bras de reconnaissance. Quel soulagement de l'avoir à mes côtés.

Après s'être baissé pour prendre le pack, il entra, alla le poser dans la cuisine, puis revint vers moi. Il souleva mon menton et me regarda attentivement.

— Pourquoi tu pleures ? Ta grand-mère ne va pas bien ? me demanda-t-il, inquiet.

Les larmes se remirent à couler.

— Elle parle d'aller parler à mon dernier grand-père, ou de venir me hanter ou de se réincarner. Mais moi, je veux pas ! m'exclamai-je en pleurant.

Le visage soucieux, il me prit par la main, m'installa sur le canapé et alla chercher une boîte de Kleenex. Puis il partit dans la chambre de Nana. Mais moi, j'aurais voulu qu'il reste à côté de moi pour enfouir mon nez dans son cou et essayer d'oublier cette conversation déprimante. Oui, c'était ça, la solution, du sexe pour oublier. Pour oublier que ma grand-mère vieillissait, que je ne savais pas quoi faire de moi, que...

Quand Benjamin revint dans le salon, je lui sautai dessus.

Chapitre 15

Benjamin

Inquiet, j'avais discuté avec Elisabeth. Je ne comprenais rien au discours décousu de Mélissa et pourquoi elle était dans cet état.

— Elisabeth, vous avez discuté de quoi avec Mélissa ? Elle parle de mort ? Ça ne va pas ?

Elle fit un geste nonchalant de la main.

— Mais non ! Je lui ai dit qu'il fallait qu'elle arrête de s'inquiéter. Je ne suis pas décidée à mourir tout de suite. Je lui ai expliqué que, quand bien même cela arriverait maintenant, je serais en bonne compagnie là-haut. Il n'y a pas de quoi en faire un plat.

Et sur ces paroles, elle prit la télécommande et alluma la télé. Mais bien entendu, ça ne faisait peur à personne, la mort, ce n'était pas comme si c'était le sujet d'angoisse de tout le monde sur terre y compris sa petite-fille.

— Vous faites pas de bile, Benjamin. Allez prendre soin de Mélissa plutôt. Vous inquiétez pas pour moi, me dit-elle me tapotant la main.

Puis elle haussa le son de *Téléshopping*.

À mon retour dans le salon, j'eus à peine le temps

de fermer la porte de la chambre qu'une furie à boucles rousses me sauta dessus. Les bras autour de mon cou, les jambes autour de mes hanches, elle me dévora la bouche. Je n'allais pas me plaindre de cet engouement, mais c'était un peu brutal et me semblait désespéré.

Tâtonnant, j'arrivai à l'emmener en heurtant les murs jusqu'à son canapé. Je n'avais pas envie qu'Elisabeth passe la tête dans son salon et trouve sa petite-fille tentant de violer son médecin traitant.

Je m'effondrai sur le canapé avec Mélissa sur les genoux et réussis à m'extirper de son baiser le temps de lui dire :

— Mélissa, on devrait parler de ce qui s'est passé.

Son visage était rougi et ses taches de rousseur ressortaient. Ses lèvres étaient légèrement gonflées et ses yeux me dévoraient. Mon Dieu, qu'elle était belle. Je me perdis dans sa contemplation et sursautai à la sensation de sa main sous mon T-shirt.

— Je ne veux pas parler. Je veux oublier que Nana peut mourir, que je me retrouverai toute seule ici, que...

Je la basculai allongée sur le canapé, la surplombant. Il n'était pas question qu'elle parte dans ces pensées déprimantes.

— En effet, tu réfléchis trop.

Je l'embrassai avec douceur en lui maintenant les mains. Plus tendre, notre baiser parut la calmer, et je relâchai mon emprise. Elle en profita pour se saisir de mes lunettes et les poser par terre, puis elle tira sur mon T-shirt pour me l'enlever.

— Mélissa, râlai-je. Le sexe ne va pas apaiser tes angoisses.

— C'est la première fois que je veux essayer pour pouvoir oublier. Et moi, je ne crois que ce que je teste.

Je souris.

— Et si moi, je n'ai pas envie d'être utilisé comme anxiolytique ?

Fronçant les sourcils, elle arrêta ses attouchements, ce qui me fit grogner de frustration.

— Tu ne veux pas t'envoyer en l'air avec moi ?

Je gémis, surtout qu'elle avait plaqué son bassin au mien et qu'elle sentait bien le désir que j'avais d'elle.

— C'est pas que je n'ai pas envie de te faire l'amour, c'est juste que j'aimerais avoir tout mon temps devant moi et que tu me sautes dessus pour autre chose que pour oublier.

Elle sourit.

— Et moi qui pensais que les hommes n'arrivaient plus à réfléchir dès qu'on leur parlait de sexe...

Et elle se tortilla pour retirer son T-shirt. Mon Dieu que c'était tentant de la laisser faire.

Après lui avoir saisi les mains, je lui dis d'un ton sévère :

— Arrête de faire ta sale gamine. Quand on couchera ensemble, nous serons dans un endroit tranquille avec beaucoup de temps devant nous, car j'ai l'intention de te faire plein de choses.

Comme la déshabiller lentement, parcourir de baisers sa peau découverte, découvrir enfin ce que cachent ses robes et m'en repaître puis... Stop !

Je me remis brusquement en position debout, attrapai mon T-shirt et levai les bras pour l'enfiler quand j'entendis Mélissa gémir. Je l'observai, intrigué, elle me dévorait du regard. Une bouffée de satisfaction me parcourut. Je n'étais pas le seul à me débattre avec mes envies.

— C'est impossible de savoir que tu es aussi bien foutu sous ton costume de super médecin. J'avais imaginé ton corps, mais...

Je haussai un sourcil amusé.

— Tu avais imaginé des choses ?

Elle me fit un sourire éclatant.

— Dis-moi que tu n'avais rien imaginé toi ?

— Joker.

Et nous entendîmes la clochette d'Elisabeth au loin. Mélissa se leva en soupirant et passa devant moi en me touchant les fesses. Cette femme était impossible, et j'adorais ça.

Elle s'occupa de sa grand-mère pendant que je cherchais dans son frigo de quoi manger. Dans le sien, il n'y avait que des packs de bières. Il allait falloir que je lui parle de ça. Chercherait-elle à s'étourdir avec l'alcool ?

Une drôle de liste était affichée où je pouvais lire :

- Dire à Francis qu'il peut arrêter ses offrandes à Nana
- Appeler Sergio pour lui dire que je vais finir par lui faire bouffer ses ficus
- Envoyer un mail à maman pour lui expliquer l'organisation (voir si Benjamin peut me faire une attestation de capacité à m'occuper de Nana)
- Prévenir mes frères
- M'inscrire à un cours de zumba
- Aller acheter des sous-vêtements
- Donner des pelotes de laine à Chloé
- Laisser sur le bureau de Georges le livre « Épanoui dans ma nouvelle vie et heureux »

J'espérais très fortement que ce n'étaient que des projets et pas des objectifs, car si elle passait à l'acte, je plaignais Sergio. Et puis je n'avais pas envie de faire une attestation pour sa mère, je ne saurais même pas quoi écrire dessus. « Répond instantanément à la clochette » ? Ridicule.

Je décidai d'aller voir si le frigo d'Elisabeth était plus fourni. Il débordait de victuailles, enfin surtout de raviolis. Je cherchais ce qui pourrait ressembler à un plat végétarien et, ne voyant rien, commençai à confectionner une ratatouille et mis à cuire du riz. C'était qui Francis ? Et Sergio ?

Je n'eus pas le temps d'imaginer différents scénarios que Mélissa arriva dans la cuisine, l'air énervé.

— Nana pensait m'avoir traumatisée et voulait que l'on parle de la mort.

Elle décapsula une bouteille de bière et la but cul sec. Elle s'essuya la bouche du revers de la main et me demanda d'un ton très sérieux :

— Ça m'a fait penser à la fois où ma mère a voulu m'expliquer les rapports sexuels. (Elle ricana.) Tu ne peux pas comprendre, tu n'as jamais vu ma mère. Imagine la discussion sans que les mots « vagin », « pénis » et « sexe » soient prononcés. Tout ça avec ma mère qui parlait au plafond au lieu de me regarder.

Continuant à découper les légumes, je me mis à rire en imaginant la scène.

— Et alors ? Tu as compris quelque chose ?

— Je suis la petite dernière, et mes frères sont des vrais don Juan. Les petites culottes s'envolaient dès qu'ils faisaient un clin d'œil à une fille. Alors, je dois bien avouer qu'une fois qu'ils m'ont dit que ça ne me regardait pas, les histoires de sexe, que j'étais trop jeune et que le premier mec qui viendrait me toucher aurait affaire à eux, je me suis dit qu'il n'y avait qu'une seule solution pour comprendre pourquoi tout le monde s'énervait après ça. J'ai été espionner.

J'éclatai de rire, ça ne m'étonnait pas d'elle.

— De toute façon, j'ai toujours mieux compris visuellement qu'à l'oral. Et crois-moi, j'ai bien compris.

Et elle ricana. Puis, interdite, elle me dévisagea.

— D'ailleurs, comment on en est venus à parler de sexe ? Mais ma parole, tout tourne autour de ça avec toi ! dit-elle d'un faux ton outragé.

Impassible face à sa provocation, je mis tous mes légumes à mijoter dans la poêle, parsemai des herbes de Provence dessus et posai le couvercle. Puis je m'approchai d'elle, la saisis par la taille, l'assis sur la table et m'installai entre ses jambes.

— On parle de sexe, car tu es décidée à ne pas parler de ce qui t'angoisse.

Je l'embrassai doucement sur la bouche en lui maintenant la tête des deux mains. Je pris tout mon temps pour la goûter et, quand une envie impérieuse de me coller à elle, de la caresser se fit ressentir, je me détachai d'elle. J'étais à deux doigts de la déshabiller dans sa cuisine. Elle mettait mon sang-froid en charpie. Je respirai un grand coup, me focalisai sur son mur pour essayer de me souvenir de quoi on parlait. *Ah, oui ! Notre éducation sexuelle.*

— Moi, mon père m'avait donné pour chaque tranche d'âge l'encyclopédie de la vie sexuelle. Puis dans sa bibliothèque, je suis tombé sur un tome du *Kāma Sūtra* avec des illustrations qui m'ont laissé rêveur.

— Tu es un savant alors ? dit-elle, tout sourires.

Je lui chuchotai dans l'oreille :

— Tu ne peux pas savoir l'étendue de mes connaissances.

Elle se tortilla sur la table.

— T'es un allumeur ? J'aurais jamais cru ça de toi, tu parais si sérieux.

— Jamais se fier aux apparences, ma douce. Jamais.

Et je me remis à cuisiner sereinement. J'avais réussi ma mission : lui donner des sujets de réflexion plus gais.

Notre soirée se passa de manière similaire à la précédente, sauf qu'au lieu du poker, nous jouâmes au Monopoly. À ma grande surprise, Mélissa se trouva être une féroce capitaliste.

À l'heure de se coucher, je lui demandai si elle voulait que je reste. Elle me répondit d'un « oui » gêné. Moi, j'étais ravi qu'elle ait besoin de moi et je préférais dormir mal en sa compagnie que bien chez moi.

Nous nous couchâmes donc de la même manière que la nuit d'avant. Elle s'endormit beaucoup plus vite que moi.

À 2 heures du matin, je n'avais toujours pas fermé l'œil, Mélissa était collée à moi et poussait des petits soupirs en rêvant. J'étais à deux doigts de la réveiller pour assouvir mes désirs, mais, me rappelant le contexte, je choisis de migrer. J'allai dans la partie de l'appartement de Mélissa et m'allongeai sur son canapé. Au moins là, je pourrais dormir tranquille.

J'émergeai de mon sommeil six heures plus tard avec un torticolis. Le fumet du café frais m'avait réveillé. Mélissa, en pleine forme, me regarda d'un air interrogatif. Je refusai de répondre à ses questions sur ma migration nocturne et partis prendre une douche bien froide chez moi, mais pas sans l'avoir embrassée passionnément avant. J'avais bien mérité ce baiser vu la nuit pourrie que j'avais passée.

Mélissa

Je fermai la porte derrière Benjamin et allai m'asperger d'eau le visage pour essayer de me débarrasser de l'envie de courir après lui comme une possédée. Je revoyais ses cheveux ébouriffés, ses yeux cernés derrière les verres de ses lunettes et ses lèvres si tentantes.

Marguerite arriva, toute gaie, et sembla déçue de ne pas trouver Benjamin. Elle partit tenir compagnie à Nana et, moi, je m'assis, rêveuse, dans mon fauteuil et regardai par la fenêtre. Les feuilles des arbres étaient du même vert que le T-shirt de Benjamin. Le ciel aussi bleu que ses yeux. Le marron des branches aussi...

Tirée de ma mièvrerie par la sonnette, je me dépêchai d'aller répondre avant de terminer complètement niaise. Je tombai nez à nez avec Jean, mon frère. Grand et baraqué, roux comme moi, pas rasé, il avait l'air décalqué. Des cernes immenses ombraient ses yeux, il sentait l'alcool à 9 heures du matin et se tenait au chambranle de la porte.

— Qu'est-ce que tu fous là ? demandai-je, suspicieuse.

— Laurence m'a foutu à la porte.

— Qu'est-ce que t'as fait ?

Après être allé s'affaisser dans mon canapé, il me répondit :

— Quoi que j'aie fait, tu me garderas chez toi ?

— Ça dépend.

— Bon, bah, je dirai rien.

Il ferma les yeux et se mit à ronfler.

Dieu du ciel, qu'est-ce qu'il avait pu inventer cette fois-ci ? Ils avaient l'habitude de s'embrouiller avec sa femme, mais c'était la première fois à ma connaissance qu'elle le mettait à la porte.

Je m'approchai de lui pour l'installer allongé sur le canapé. *Il pèse une tonne, ma parole*, pensai-je en sentant mon dos protester. Je lui virai ses pompes et posai une couverture sur lui. Il avait l'air tellement mal en point qu'il me faisait pitié.

Puis j'allai prévenir Marguerite que je m'absentais le temps d'aller faire un tour. Là, il y avait trop de monde à la maison, et j'avais besoin de me retrouver seule. Je partis faire le tour du parc à côté de chez moi et me mis à réfléchir.

— Jean vient de s'écrouler chez toi, Nana ne bouge pas de son lit et tu vas avoir de la visite tout le temps... Je préconise boire des tisanes de verveine, écouter de la musique relaxante, faire des séances de yoga... Et si je n'arrive pas à gérer, je passerai à la musique à fond et à l'alcool.

Les joggeurs qui passaient à proximité me regardaient bizarrement. En effet, je parlais à voix haute, cela pouvait effrayer. La folie me guettait plus rapidement que prévu.

J'allai acheter des fruits et des légumes pour faire des jus et rentrai à la maison. Je trouvai un pack de bières sur le paillasson avec un mot écrit :

Pour Elisabeth.

Je soupirai. Il fallait que j'aille voir Francis pour lui expliquer que Nana ne buvait que du sherry.

Mon frère était toujours au même endroit, et le bruit de l'extracteur de jus ne le fit pas bouger d'un millimètre. Il devait tenir une sacrée cuite.

Marguerite arriva en entendant ma machine et me dit :

— Babeth va bien. Elle fait des sudokus et t'attend pour que tu l'aides pour sa toilette. Je reviens demain matin, ma chérie.

Après m'avoir embrassée, elle prit le chemin de la sortie et revint subitement sur ses pas.

— Tu sais, on n'attrape pas les mouches avec du vinaigre, alors ce serait bien que tu mettes un pyjama plus sexy pour la prochaine fois que Benjamin sera là.

Je levai les yeux au ciel, et elle émit un petit rire avant de partir.

Prochaine mission : pomponner ma grand-mère. Je l'aidai à se laver les cheveux, lui mis même le dentifrice sur sa brosse à dents et terminai par un semblant de brushing.

— C'est bien parce que c'est toi que je fais ça.

— *Darling*, je suis surprise que tu saches le faire. C'est épatant.

— Ne t'extasie pas trop avant d'avoir vu le résultat.

La sonnette retentit à ce moment-là. J'allai ouvrir et vis que Willy était là avec une tonne de boîtes tupperwares.

— Mais ta mère a un placard rempli de boîtes, ma parole ! m'exclamai-je.

Il entra et soupira.

— Elle fait la cuisine quand elle est énervée...

— Et elle est très énervée, je suppose.

— Ouaippppp...

— Après toi ?

— Ben non ! Pourquoi ce serait toujours moi ! Mes frères y sont relous aussi, faut pas croire.

Pauvre Aliette ! Pas étonnant qu'elle préfère être au travail que chez elle. Et il se dirigea vers le frigo de Nana.

Après avoir rangé le sèche-cheveux, j'allai la prévenir de l'arrivée de Willy quand j'entendis ses pas derrière moi.

— Hé, Méli ! Y a un mec tout chelou sur ton canap qui pue grave et qui ronfle. Tu veux que je le dégage ?

Je n'osais même pas imaginer la scène que ce serait. Mon frère inspecteur de police viré à coups de pied au cul par un adolescent futur prodige ès conneries selon sa mère. Alors là, c'est clair que si ça avait lieu, je ne retournerais pas au travail. Ni dans le quartier d'Aliette...

Je regardai Willy qui fronçait les sourcils et me proposait fort gentiment de me rendre service.

— Merci, mais c'est mon frère.

Il émit un bruitage qui signifiait sa désapprobation.

— Y a pas que mes frères qui sont relous, à voir ça.

Jean ne l'était normalement plus que de manière anecdotique depuis quelques années, mais vu son état actuel, je m'attendais à un cru exceptionnel. Je gardai cette réflexion pour moi.

Ma grand-mère passa la tête dans l'encadrement de la salle de bains et vit Willy.

— Yo, Willy ! Ça boume ?

Il secoua la tête avec un air blasé.

— Yo, Babeth ! Y a plus personne qui dit « Ça boume » ! C'est trop *strange*.

Il s'approcha d'elle.

— T'est arrivé quoi aux cheveux ? T'as ta laque qu'a explosé ?

Et, sans laisser le temps à une de nous deux de répondre, il enchaîna :

— Tu veux de l'aide pour te lever ?

Elle eut à peine le temps de dire oui qu'il l'avait soulevée de son siège et qu'il l'entraînait vers son fauteuil.

— Je t'ai entendue parler de ton frère, non ? me demanda-t-elle tout en essayant de remettre un napperon en place.

— Oui, Jean est arrivé ce matin.

— Comment il va ?

— Il est fatigué, il est parti se coucher, dis-je en essayant de minimiser tout ce qui serait interprété de manière négative.

— Il pue la bière, il a une grosse barbe et des

chaussettes pleines de trous, se chargea de l'informer Willy.

Je le foudroyai du regard.

— Faut pas mentir aux vieux, oups... aux mères-grand, que m'a dit ma mère, sinon ils ont vite fait de revenir nous hanter, dit-il en extrayant tout un tas de câbles de son sac à dos.

Ma grand-mère se mit à glousser comme une gamine. J'étais sûre que l'idée de revenir nous jouer des farces la réjouissait.

— Je t'ai ramené une PS3 avec des jeux trop cool, Babeth. Tu vas voir, on va trop s'éclater.

À l'air motivé de Willy et la mine réjouie de ma grand-mère, je les laissai, sereine.

J'allai m'occuper de mon frère. Je commençai par essayer de le réveiller en le secouant un peu, puis comme un prunier, avant de prendre un bol d'eau et de le lui jeter au visage.

Il s'assit en bougonnant. Il se frotta les yeux et s'essuya avec son T-shirt.

— Qu'est-ce que c'est que ce bordel ?

Il me regarda avec un air de chouette.

— C'est toi, Mel, qui vient de faire ça ? Mais pourquoi ?

Patience est mère de vertu, comme dirait ma mère.

Je m'installai donc à côté de lui pour l'empêcher de se recoucher et lui demandai calmement :

— Pourquoi t'es chez moi ?

— Avant de parler, je demande l'immunité.

— Tu te crois où, là ? À *Koh-Lanta* ? Qu'est-ce que t'as fait ?

— On a eu un problème de communication avec Laurence, et elle m'a mis à la porte, me dit-il piteusement en regardant mon parquet.

Je soupirai.

— C'est la première fois ?

Il opina de la tête.

— Elle t'a foutu dehors quand ?

— Il y a trois jours.

— Et t'as dormi où depuis ?

— Chez un collègue, mais sa nana vient de revenir de voyage, alors je suis parti.

— Et tu ne veux pas me dire ce qui s'est passé ?

Il fit non de la tête.

— OK.

Je lui tapotai le dos.

— Bon, on peut déplier le canapé. J'ai cassé le sommier de mon lit en sautant dessus pour décrocher le rideau. Je dors sur le clic-clac de Nana depuis deux jours. Je préfère être proche d'elle la nuit.

Il passa le bras autour de mes épaules et me serra contre lui. Il chuchota dans mes cheveux :

— Merci.

La situation est grave, songeai-je. Mon frère dans cet état était un fait plus qu'exceptionnel. Il mettait un point d'honneur à toujours tout maîtriser. J'allais mener mon enquête, enfin dès que j'aurais cinq minutes à moi...

Benjamin

J'arrivai le soir vers 20 heures. J'avais passé ma journée à ranger mon appartement pour éviter de penser à Mélissa. Aliette m'avait mis sur ce créneau horaire, je ne savais pas si je devais en être content ou soupirer à l'idée de mettre des heures à m'endormir à cause de mon état d'excitation. J'avais été faire des courses chez le traiteur libanais au coin de ma rue, et c'était donc armé de vin et de bouffe que je leur rendis visite.

Ce fut une Mélissa, avec un air plus que fatigué, qui m'ouvrit la porte.

— Je ne te demande pas comment ça va…

— C'est l'enfer. Mon frère a débarqué ce matin, il a dormi toute la journée et s'est levé que pour aller boire de la bière.

— C'est celui de la police ou le militaire ?

— La police. Il ne veut pas me dire ce qui s'est passé, et je suis rendue à un point où j'ai peur qu'il me dise qu'il a été voir une fille de joie.

Il ne manquait plus que ça au tableau : après la grand-mère malade, le frère soûl. Il n'y avait pas à dire, je savais choisir mes occupations…

Mélissa prit les sacs de mes mains, se mit sur la pointe des pieds pour m'embrasser sur la bouche et commença à me raconter les péripéties de sa vie tout en extrayant le repas des sacs. Moi, j'étais encore statufié par son baiser. La spontanéité du geste me faisait entrevoir ce que serait une relation sereine avec elle. Quelque chose dont j'avais très envie finalement.

— J'ai envoyé un SMS à sa femme qui m'a répondu que j'avais eu une bien mauvaise idée de le laisser entrer et qu'elle me souhaitait bon courage avec un connard pareil.

Sur un soupir, elle s'arma du tire-bouchon et ouvrit la bouteille un peu trop violemment.

— Nana a passé presque toute sa journée à jouer au *Parrain 2* sur la PS3 de Willy.

Devant mon air interrogatif, elle ajouta :

— La PS3 ne serait pas tombée d'un camion selon Willy. On lui a posé la question, car elle était encore emballée dans du plastique. Ce serait un oncle qui s'appelle « Bling-bling », en rapport avec tous les bijoux qu'il met, qui la lui aurait donnée pour faire bonne impression devant Aliette. L'oncle serait venu pour récupérer des choses stockées dans leur garage, mais Aliette serait allée voir et elle n'est pas du tout contente.

Ça allait être sympa demain matin au travail avec Aliette faisant une tête de dix pieds de long...

Et là-dessus, elle ouvrit la porte du frigo, où je vis des boîtes de toutes les couleurs partout.

— C'est pour ça qu'elle cuisine autant. Elle fait ça pour se calmer, car selon Willy, elle n'arrêterait pas de dire en coupant tout ce qui est dans leur cuisine : « Il faudrait castrer tous les mecs. Comme ça, on serait sûr qu'ils ne raisonneraient pas qu'avec leurs couilles. »

Elle reprit son souffle, puis me regarda avec sérieux.

— Tu crois que Willy pourrait avoir une vie amoureuse sereine avec une mère qui rêve d'émasculer tous les hommes qui passent ?

Je crus que j'allais l'embrasser avec toute la passion que j'avais stockée depuis un mois et demi. Sa vie était un vrai bazar, et elle se souciait quand même de ce que donnerait la vie amoureuse de Willy. Adolescent qu'elle ne connaissait que de la veille en plus.

Elle me scruta et soupira.

— Toi aussi, tu penses qu'il est mal barré. Il faudra que je lui parle... quand j'aurai cinq minutes.

Examinant tout ce qu'elle avait sorti, elle me dit :

— Mais ce ne sont que des plats végétariens !

— T'es végétarienne, non ?

Elle se retourna et m'entoura le torse de ses bras avant de murmurer :

— Merci.

Je la serrai contre moi en retour.

— Et toi, comment a été ta journée ?

— Je suis rentré prendre une douche, j'ai fait un grand ménage et j'ai vu ma sœur. Je me suis rendu compte qu'elle me racontait des conneries. Je ne sais pas exactement ce qu'elle me cache mais je vais enquêter.

Mélissa eut un air gêné.

— Tu sais quelque chose ?

Elle me regarda effrontément et me dit non fermement, sauf que son visage était tout rouge. Elle me mentait. Je fis semblant de la croire. Au moins comme ça elle pensait qu'elle mentait bien, ça pouvait toujours me servir d'entretenir cette illusion.

Le sujet étant clos, nous nous mîmes à manger après que Mélissa eut vérifié qu'Elisabeth dormait bien. Nous discutâmes de plein de sujets, des livres qu'elle avait adorés (des polars bien flippants, des biographies), des films qu'elle avait été voir. Nous débattîmes des films écolos que nous avions tous les deux appréciés à notre grande surprise. La discussion était passionnante et elle dura jusque tard dans la nuit. Nous rîmes de bon cœur. Puis l'heure de dormir arriva.

Elle préférait que je reste encore cette nuit. Je n'avais plus l'option d'aller dormir sur son canapé, je l'aidai donc à nous réinstaller dans celui de sa grand-mère. J'allai voir celle-ci, qui dormait profondément. Je l'auscultai succinctement, puis revins dans le salon.

Mélissa était déjà installée et endormie. Je la regardai attentivement, savourant ce moment si paisible, puis pris place à mon tour dans le lit. Contrairement à ce que je craignais, je m'endormis rapidement.

Nous fûmes réveillés en sursaut trois heures plus tard par une voix mâle qui demandait agressivement :

— Qui est ce mec ?

Je me frottai les yeux et cherchai mes lunettes pour voir qui m'adressait la parole.

— Méli, qui est ce mec ?

Je me rendis compte que Mélissa était de nouveau en mode étoile de mer sur moi, ce qui pouvait prêter à confusion.

Elle se mit à bougonner et répondit d'une voix endormie :

— C'est pas tes affaires. Tire-toi de là et laisse-moi dormir.

Et elle nicha de nouveau son visage dans mon cou. Le géant roux à la barbe mal taillée ressemblait à un ogre de conte pour enfants. Je me mêlai de la conversation :

— Je suis Benjamin Ferrier, le médecin d'Elisabeth.

Et là, l'ours des bois qui nous surplombait grogna.

— Et tu sautes ma sœur comme paiement de tes honoraires ?

Je n'eus même pas le temps de répliquer que Mélissa leva la tête.

— C'est pas parce que t'as une vie de merde qu'il faut nous emmerder, pochtron. Tu reviendras nous parler quand tu commenceras à ressembler à un être humain.

Elle reposa sa tête dans le creux de mon épaule et dit fermement :

— Maintenant, dégage. Va boire ta bière.

Et elle se remit à émettre un léger ronflement.

— Je propose que nous discutions demain matin, murmurai-je.

L'homme de Néandertal qui me dévisageait grogna en signe d'assentiment et, d'un pas pesant, s'en alla.

J'eus du mal à me rendormir. Je savourais le poids de Mélissa sur moi, j'humais son odeur, et ce n'est que longtemps après que je réussis à plonger dans le sommeil.

J'entendis soudain le tintement de la clochette d'Elisabeth. Mélissa ne bougeait pas, je me levai donc avec délicatesse. J'allai voir Elisabeth avec beaucoup de précautions, ne voulant pas qu'elle s'effraye de ma présence.

Elle m'attendait, assise bien droite dans son lit, avec la lumière allumée.

— Mon petit Benjamin, vous êtes là ? Comment allez-vous ?

Devais-je me montrer honnête ? La réponse risquait de n'être pas très positive.

— Que puis-je faire pour vous ? lui demandai-je en bâillant à m'en luxer la mandibule.

— Je voudrais bien remanger du plat que m'a donné Mélissa ce midi. Je dormais à l'heure du repas de ce soir, et maintenant j'ai grave la dalle, comme dirait Willy.

Je souris à cette dernière phrase.

— OK. Je vous prépare ça. Vous sauriez la couleur du tupperware de ce midi, pour m'aider ?

— Oui, jaune. Mélissa l'a choisi pour sa couleur dynamique symbolisant l'énergie et je ne sais plus quoi selon la chromothérapie, me répondit-elle en faisant un geste de la main.

Elle ne semblait pas adhérer à la thérapie de sa petite-fille.

— OK, jaune. Je reviens.

J'extirpai le tupperware, mis une assiette à réchauffer puis servis un verre de vin. J'emmenai tout ça à ma patiente.

Elle tapota le lit à côté d'elle pour que je m'installe et commença à discuter de la météo. Elle enchaîna sur les rhumatismes de son amie, les élections municipales prochaines et pour finir me regarda sérieusement avant de me dire :

— Quel métier vous vouliez faire quand vous étiez petit, Benjamin ?

Je fronçai les sourcils, essayant de m'en rappeler.

— Je crois écrivain.

— Très joli métier, que vous pouvez d'ailleurs toujours faire. Je suis sûre que vous auriez plein de choses passionnantes à raconter. Vous avez une qualité rare, celle de l'écoute. Les gens doivent vous en dire, des choses.

Et elle me fit un clin d'œil.

— Et vous, vous vouliez faire quoi comme travail ?

— Danseuse de cabaret. (Elle gloussa.) J'adorais les boas en plume.

Je me mis à rire. Vu sa joie de vivre et la malice dans ses yeux, elle en aurait été capable.

— Bon, assez bavardé, allez dormir, Benjamin. Je vous ai assez accaparé. Mais il y a jamais moyen de discuter tranquillement tous les deux. Et je voulais mieux vous connaître. Vous me pardonnerez ?

Je me penchai pour l'embrasser sur la joue.

— Ça a été un plaisir de discuter avec vous à cette heure tardive. Bonne nuit, Elisabeth.

Et je pris congé sur son sourire. Cette conversation nocturne avait été très sympathique.

Alors que je me recouchais, Mélissa se réveilla. Elle leva la tête et me dit :

— Tout va bien ?

— Oui, oui. J'ai juste une question à te poser. Tu voulais faire quoi comme métier quand t'étais petite ?

Elle parut perplexe, mais répondit spontanément :

— Bah, sorcière, pour faire des potions.

Après s'être installée de l'autre côté du lit, elle chuchota en gloussant :

— Et toi, chippendale ?

Je ris.

— Moque-toi, mais c'est une idée pour arrondir mes fins de mois.

Elle grogna.

— J'exige d'être la première à en profiter.

— On verra, on verra. Tout se négocie dans la vie.

Et elle se contenta de prendre ma main et se rendormit.

Je mis beaucoup plus de temps à me rendormir qu'elle.

Lorsque Jean vint nous réveiller à 7 heures pour parler, je crus que j'allais lui filer une droite directe. Je devenais très irritable quand j'étais réveillé trois fois dans la nuit et ne cumulais pas plus de cinq heures de sommeil. Ce manque de sommeil aurait pu m'empêcher de réfléchir et de conclure que taper un policier n'était pas une bonne idée...

Chapitre 16

Mélissa

J'entendis la voix de Jean et le grognement de Benjamin en réponse. Le signal qu'il fallait que je me réveille expressément fut que je sentis Benjamin se contracter comme s'il allait se lever du lit pour frapper mon frère. Je regardai Jean avec un air sévère.

— Pourquoi t'es là ?

— Faut qu'on parle.

— Mais il est 6 h 50.

— Exact, l'heure de m'expliquer qu'est-ce qui se passe dans cette maison.

Benjamin se détendit doucement.

— Benjamin est juste un ami qui vient nous aider.

Jean me dévisagea, sceptique, puis fixa ma main et me dit :

— Et tu tripotes tous tes potes comme tu le fais avec lui ?

Et là, je me rendis compte que j'avais ma main sous le T-shirt de Benjamin et que je lui caressais le torse. Si seulement mon frère avait pu s'évaporer dans un écran de fumée que je puisse savourer ce glorieux moment... Mais non, il était toujours présent, en train de m'observer avec sa gueule de clodo.

— Je fais ce que je veux avec mes potes ! J'ai vingt-huit ans, je ne suis plus vierge depuis belle lurette, et occupe-toi de tes fesses !

Benjamin s'assit en plein milieu de ma diatribe. Il enfila son jean, se leva et regarda mon frère dans les yeux. Ils faisaient la même taille, et je pus voir que Benjamin aurait donné du fil à retordre à Jean s'il l'avait cherché.

Jean s'écarta pour le laisser passer puis me dit :

— Tu couches avec un mec dans le clic-clac de Nana alors qu'elle est juste derrière la porte ? Mais t'as quoi dans la tête, Mélissa Apolline Armande ?

Je me redressai brutalement et me mis sur la pointe des pieds pour me rendre un peu plus grande.

— Je n'ai pas de rapports sexuels avec Benjamin !!!! Putain, t'es bouché ou quoi ?

Je partis dans la cuisine et vis que Benjamin m'avait préparé du café. Il me tendit ma tasse.

Jean me la prit des mains, ce qui m'énerva prodigieusement. J'attendis qu'il boive une gorgée pour lui poser la question qui l'énerverait le plus au monde :

— Et toi, tu as trempé ta queue où ?

Benjamin en recracha son café de surprise, Jean avala posément sa gorgée en me regardant, l'air mauvais.

— Tu es une des plaies d'Égypte, Mélissa. Si tu crois que dire toutes les insanités que tu as en stock va te mener quelque part, tu te trompes. Je m'en fous que tu sois plus grossière qu'une troupe de soudards.

— T'as pas répondu à ma question, rétorquai-je perfidement.

— Bon, je crois que je vais vous laisser en famille, dit Benjamin.

Il m'embrassa et partit.

Jean se pencha vers moi, attrapa ma tresse et tira dessus comme quand j'étais gamine.

— Ça fait plaisir de voir que tout ne change pas. Tu les fais toujours fuir !!!

N'importe quoi ! C'était moi qui fuyais les mecs et non l'inverse. Il était capable de dire des bêtises pour me faire enrager. Je lui fis ma plus hideuse grimace, puis m'enfermai dans un mutisme outré.

J'avais pris mon lundi. Aliette m'avait dit qu'elle gérerait très bien toute seule.

Ma journée fut une journée de folie, j'aurais préféré être au travail. Forcément, Jean ne répondit pas à ma question, il se trouva une passion pour ma bibliothèque Ikea qui n'avait jamais été droite. De plus, il prévoyait de s'occuper de mon lit pour pouvoir dormir dedans le soir même. Il avait décidé de rester encore un peu à la maison. Pour soutenir tous ses projets, il buvait à intervalles réguliers les bières qui apparaissaient sur notre palier.

Charlotte arriva avec le repas du midi et son tricot. Je l'envoyai tenter de tirer les vers du nez à mon frère, mais elle se fit aussitôt rembarrer.

— Il m'a regardée de la tête aux pieds après m'avoir fait la bise, puis il m'a dit : « Tu as un mec depuis combien de temps ? » Je l'ai regardé, ahurie ! « Mais pourquoi cette question ? » je lui ai demandé. Il m'a répondu que c'était certainement pas mon boulot d'infirmière qui me donnait l'air d'avoir eu la meilleure baise de ma vie.

Charlotte s'assit en face de moi dans le salon et rouspéta :

— Je trouve ça sexiste, vulgaire et...

— Je ne comprends pas ce qui te choque, soupirai-je. On parle de Jean, et il n'a jamais été très élégant. Tu ne te souviens pas des concours d'injures avec ton frère ? Bref... Tu ne sais pas ce qu'il a alors ?

Charlotte se saisit de sa tasse et me répondit, l'air déçu :

— Bah, non. Mais comment il peut savoir que j'ai un mec ?

— T'as les yeux qui brillent, ton maquillage a bavé, tu as les cheveux emmêlés, bref tous les signes que ton amoureux s'est occupé de toi avant de partir. En plus, tu as le sourire aux lèvres, t'es énervante.

— Purée, vous êtes une famille de relous...

Elle se saisit de son sac à tricot et se leva pour aller voir Nana.

— Fais pas la tête ! Je suis super contente pour toi. Puis il a intérêt à te rendre heureuse l'Amerloque, sinon je lui concocte une potion qui va lui faire tomber tous les poils.

Charlotte se mit à rire en quittant la pièce. Un bruit mat sur le palier résonna puis fut suivi par une série de gros mots. Je reconnus la voix de mon prof de yoga. En ouvrant la porte, je le trouvai en train de se tenir le pied. Il s'était heurté au pack de bières de 13 heures.

— Mais qu'est-ce que c'est que ce bordel ? s'exclama mon soi-disant maître zen qui avait l'air furax.

— Mon voisin qui se ruine en cadeaux pour ma grand-mère.

— T'as un drôle de voisinage...

Je haussai les épaules.

— Allez, va te mettre en tenue, on va aller faire une séance au parc, me dit-il en me suivant dans mon appartement.

Il resta statufié en voyant Jean. Celui-ci se contenta de le saluer d'un hochement de tête, avant de me dire :

— C'est ton nouveau mec ? Il est déjà périmé l'ancien ?

Je lui filai une tape sur la tête, puis allai me changer. Je battis des records de vitesse.

En ouvrant la porte, j'entendis Jeff parler à Jean :

— Tout ça pour dire que des fois, dans une logique d'auto-destruction, on a des conduites néfastes. Et on a beau savoir que ce n'est pas bon pour soi, on le fait quand même. Et à ces moments-là, il faut mettre son orgueil de côté et ne pas hésiter à saisir l'aide que l'on nous propose.

En train de boire une bière, Jean essuya sa barbe avec sa main avant de roter.

— Si je comprends bien ton message, j'ai une sale gueule, c'est ça ? dit-il à Jeff, un poil agressif.

— Tu répareras le lit également ? demandai-je à mon frère.

Il ferait ainsi bon usage des outils qu'il avait dans la main alors qu'à l'instant il semblait surtout près de les envoyer à la figure de mon meilleur pote.

Je saisis le bras de Jeff avant qu'il lui dise ce qu'il pensait, nous allâmes prévenir Charlotte que nous sortions, et je pus enfin être au calme pendant une heure.

Jeff me parla de son nouveau studio de cours et de ses projets pour la rentrée. Je n'avais pour ma part rien à partager, comme d'habitude. Et pour la première fois, cela m'agaça vraiment. Moi aussi, j'avais envie d'enfin faire quelque chose qui me plaise. Je rangeai cette pulsion de changer les choses dans un coin de ma tête et revins en soupirant à la maison.

L'après-midi fut aussi pénible.

*
* *

— Docteur, vous m'écoutez ?

Je sursautai à la voix de ma patiente.

— Euh... oui, bien sûr.

Elle fronça les sourcils.

— Non, vous ne m'écoutez pas. Et ne me mentez pas, j'ai été trente ans professeur d'histoire, alors je m'y connais en personnes qui font semblant.

Le patient d'avant m'avait dit qu'il ferait valider mon ordonnance par son médecin chinois. Celle-ci me faisait des remontrances... Quelqu'un pouvait-il me dire où étaient les patients qui écoutaient religieusement leur médecin et n'osaient pas leur répondre ?

Je me focalisai sur ma patiente, dame dynamique et souriante, au beau rouge à lèvres rouge cerise et aux grosses boucles d'oreilles clinquantes. Elle pencha la tête sur le côté et me regarda avec une étincelle de malice.

— On ne se connaît pas bien mais...

J'aurais même dit qu'on ne se connaissait pas du tout même, c'était sa première consultation avec moi, mais bon, bref...

— Vous ne seriez pas amoureux ?

J'en restai comme deux ronds de flan. Mais ça se posait comme question à son médecin ?

Je choisis de ne pas répondre, j'avais le droit à mon intimité quand même, et lui dis :

— Vous venez pourquoi au fait ?

Elle avait le même air déçu qu'un enfant à qui on venait de dire que le Père Noël n'existait pas.

— Vous voulez vraiment qu'on parle de mes hémorroïdes ? Parce que moi, je préférerais que l'on parle de la personne qui vous a mis le sourire aux lèvres il y a une minute.

Oui, eh bien, j'aurais eu les mêmes préférences, mais c'était moi qui devais me faire payer à la fin de la consultation.

— Bon, madame Tipin, si nous reprenions au tout début de vos problèmes.

Elle soupira et sortit des résultats d'analyse de son sac.

— Pour une fois que ça aurait été drôle d'aller chez le médecin…

À la pause de midi, Aliette vint me voir dans la salle de repos avec un tableau de deux colonnes dans la main.

— Docteur Benjamin, me dit-elle d'un ton militaire, pourriez-vous donner ça à Mélissa ce soir ? D'ailleurs, je vous rappelle que vous devez aller voir Elisabeth à 19 heures. Donc, ce tableau, c'est pour que Willy émarge quand il arrive et quand il part.

Incrédule, je regardai la feuille de pointage, puis Aliette. À ce moment-là, Georges arriva et rougit en voyant notre secrétaire. Cette réaction était très étrange.

D'une voix peu sûre de lui, il nous dit :

— Mélissa est là aujourd'hui ?

— Elle est pas là Mélissa, Georges, lui répondit abruptement Aliette. Elle s'occupe de sa grand-mère. (Elle se retourna vers moi et posa le tableau devant moi.) Moi, j'ai cinq gamins à la maison et le grand fait n'importe quoi et montre le mauvais exemple aux autres. Alors, je veux la preuve écrite qu'il fait bien ce qu'il me dit. J'ai plus confiance.

J'étais à deux doigts d'argumenter en faveur de Willy. Il était tout de même innocent cet adolescent, jusqu'à preuve du contraire.

— Aliette, je me demandais si vous seriez disponible un soir pour aller dîner avec moi, déclara Georges.

Il avait vraiment le sens de l'à-propos cet homme. Ça faisait plus de deux mois que je travaillais dans ce cabinet, et c'était la première fois que je voyais Aliette sans voix. C'était un vrai bonheur.

Je m'éclipsai avec mon sandwich et mon tableau, leur laissant de l'intimité. Les pieds sur mon bureau, ma blouse déboutonnée, je ris à l'idée du couple improbable d'Aliette et Georges. Puis mes pensées s'égarèrent sur les jambes dénudées de Mélissa cette nuit, le renflement de ses seins, ses magnifiques cheveux roux nattés, ses orteils peints en violet. Bref, je rêvais de Mélissa encore et toujours... et j'aimais ça.

À 19 heures, j'arrivai donc chez Elisabeth et Mélissa, les mains dans les poches et le sourire aux lèvres. Et là, un homme que je ne connaissais pas m'ouvrit la porte. Grand, musclé, les cheveux coupés très court, et ressemblant beaucoup à Jean. La même couleur de cheveux, la même mâchoire... J'étais visiblement en face du second frère de Mélissa.

Je dégainai mon sourire « Faites-moi confiance, je suis médecin » et me présentai :

— Bonjour, je suis Benjamin, le médecin de votre grand-mère.

À ces mots, il me serra énergiquement la main.

— Oh ! Enchanté ! Merci beaucoup pour vos soins. Elle est très contente de vous avoir pour médecin.

Cela commençait plutôt bien. Il m'entraîna à sa suite, me proposa une bière et alla prévenir Elisabeth de ma présence. J'allai l'ausculter et ne pus cacher mon amusement lorsqu'elle chuchota :

— Mélissa a besoin d'aide, Benjamin ! Vous ne l'avez pas connue quand elle était plus jeune, mais je peux vous assurer qu'elle adore ses frères... vingt-quatre heures. Après, ils décident de s'occuper de sa vie, et elle menace de leur faire boire une potion diurétique.

Elle secoua la tête d'agacement.

— Vous croyez qu'à plus de trente ans, ils ont grandi... Eh bien, pour ces trois-là, je les regarde et je rajeunis de vingt ans d'un coup.

Je la réinstallai dans son lit en lui mettant deux oreillers dans le dos.

— Vous ne vous inquiétez pas, je vais m'en occuper.

J'allais la laisser avec son épisode d'*Hercule Poirot* quand elle me saisit la main.

— Vous savez ce qui me ferait plaisir ?

— Non..., dis-je, mi-souriant mi-craintif.

— De la pizza !

Je partis à rire. Celle-là, je ne l'avais pas vue venir.

— OK. Je vais vous en acheter une.

En sortant de la chambre d'Elisabeth, je partis à la recherche de Mélissa. Je ne la trouvai pas mais vis ses deux frères avachis devant une émission avec des filles en bikini. Jean me regarda du coin de l'œil, mais ne m'accorda pas plus d'attention que ça.

— Où est Mélissa ?

Philippe me renseigna :

— Elle est partie courir. Elle a dit qu'elle avait besoin de prendre l'air.

— OK. Je vais acheter une pizza pour votre grand-mère. Vous en voulez ?

Des grognements me répondirent. Je sortis donc à la chasse à la pizza.

Après avoir acheté six pizzas, je remontai l'escalier de chez Mélissa en rouspétant. *Tout ça pour quelques baisers entre deux portes et des nuits pourries... Je vous jure.*

La porte s'ouvrit lors de mon arrivée à l'étage. Mélissa se tenait debout dans l'entrée avec un pack de bières à ses pieds. Cette vision était bizarre. Elle ne portait qu'une brassière de sport et un legging. N'ayant jamais vu sa peau autant découverte, j'en avais presque la langue qui pendait.

Je la suivis dans la cuisine, hypnotisé par son magnifique derrière moulé dans sa tenue de sport, et j'entendis une sorte de gong tibétain. Et aussitôt après, Philippe dit à Mélissa :

— J'ai prévu de venir chez toi le temps de réfléchir à ce que je vais faire de ma vie... J'ai démissionné de l'armée.

Et là, les épaules de Mélissa s'affaissèrent. Philippe n'attendit pas de connaître la réponse de Mélissa, il repartit dans le salon avec deux cartons de pizzas et deux bières.

— Je vais les tuer, je vais les tuer, je vais les tuer, marmonna-t-elle en frottant avec le mauvais côté pour gratter la pauvre poêle Tefal qui traînait par là.

Désolé pour elle, je lui pris l'éponge des mains, la balançai dans l'évier et la fis asseoir à la petite table de sa cuisine. Je pris la vodka dans le congélateur et lui en servis un verre.

— Mélissa, je ne voudrais pas me mêler de ta vie, mais j'ai quelques informations à te donner : d'une, ta grand-mère n'a plus besoin d'avoir quelqu'un en train de la veiller la nuit, elle se lève seule et prend sa clochette à chaque fois. De deux, j'ai une chambre et un clic-clac dans mon salon...

Ses yeux s'agrandirent, et elle ouvrit la bouche pour parler, mais je la pris de court :

— Et je refuse qu'un de tes frères soit mon coloc. Si tu le désires, cette chambre sera la tienne, mais cette offre n'est que pour toi.

Elle referma la bouche et regarda son verre.

— Je me permets juste de rajouter que si j'étais toi je donnerais comme mission à tes frères de s'occuper de Nana. Et ça ne t'empêchera pas de venir la voir autant que tu veux.

Content d'avoir proposé une solution à Mélissa, j'ouvris une boîte de pizzas et me mis à manger.

Mélissa

Tout en regardant Benjamin engloutir la pizza à grandes bouchées, je réfléchis à sa proposition. J'adorais mes frères, on avait fait toutes les conneries du monde ensemble, mais là, entre celui qui passait son temps à s'enivrer et l'autre chômeur, j'allais péter les plombs. De plus, la perspective d'être seule avec Benjamin chez lui me rendait plus que ravie.

J'apportai à Nana une part de pizza et lui parlai de la proposition de Benjamin. Elle tapa des mains comme si je lui avais annoncé la résurrection de Frank Sinatra et se mit à parler à toute vitesse dans un mélange de français et d'anglais :

— Tu ne mets dans ta valise que des choses sexys, *darling*. Tu essaies de dire le moins de gros mots possible et tu fais attention à ta consommation d'alcool. S'enivrer à ressembler à une loque, ce n'est que pour les filles faciles, ma chérie.

Dieu du ciel, le retour de Mme de Rothschild, épisode 2.

— Ça ne t'embête pas que je te laisse ? dis-je, un peu désappointée.

— Pas du tout ! Je demanderai aux garçons de l'aide si j'ai besoin la nuit. Et puis, Willy m'a dit que j'avais de la visite tous les jours de prévus.

Bon, bah, surtout ne pas se vexer de la vitesse à laquelle j'étais remplacée.

De retour dans le salon, j'aperçus mes deux frères avachis devant la télé en train de se gratter le ventre. Une fois dans ma chambre, je sortis un sac de voyage et empilai des vêtements dedans. Je pris mes affaires de toilette, trois bouquins, mon ordinateur portable et mon tapis de yoga. Je n'avais pas envie d'avoir à m'occuper de trois personnes. Connaissant mes frères, je savais très bien qu'ils auraient de l'énergie pour m'énerver, mais pas du tout pour les tâches ménagères. Il valait mieux fuir.

Alors que je passais sous leur nez, ils ne virent même pas les sacs que je déposais dans l'entrée. Benjamin me regarda faire en souriant.

Je pris une part de pizza et, entre deux bouchées, je lui assenai :

— Ce n'est que pour très peu de jours. Je te promets de me faire discrète et de ne pas te déranger.

Promesse que je n'étais pas sûre de tenir s'il continuait à être aussi parfait. Une grosse envie de le toucher et de l'embrasser me démangeait.

— Je ne sais pas encore comment je te remercierai, mais je trouverai. Merci énormément. Tu me sauves de la folie assurée.

Il se frotta la joue, l'air mi-gêné, mi-réjoui.

— Ça me fait plaisir.

Benjamin

Nous étions sur le chemin pour aller chez moi, et je luttais pour ne pas sourire de toutes mes dents. Pour un peu, je me serais fait un *high five* tellement j'avais bien joué sur ce coup-là.

Maintenant, il me fallait réfléchir à une stratégie pour que ça se passe bien. Pas de précipitation, décontraction et rigolades, instaurer une bonne ambiance et arriverait ce qui arriverait. De toute façon, je n'étais plus à quelques jours près et puis, j'étais un gentleman. La preuve, Mélissa gambadait à côté de moi avec son tapis de yoga et, moi, je croulais sous le poids de tout le reste, ses sacs et ma libido sur le point d'exploser.

Je souris en pensant à notre départ. Mélissa avait été voir ses frères pour les informer de son déménagement, et j'avais entendu Jean lui dire que si je la mettais à la porte en pleine nuit, elle ne devait pas compter sur lui pour aller la chercher. Mélissa lui avait répondu que de toute façon, vu la tête qu'il avait, il ferait mieux de ne pas sortir sous peine de se faire embarquer parce qu'il ferait peur aux vieilles et aux enfants. Là-dessus, Philippe avait demandé à Mélissa :

— Mais je croyais que c'était le médecin de Nana ? C'est ton mec également ? Il se fait payer les consultations ? Il a une drôle d'éthique, non ?

Jean avait bougonné qu'en plus Mélissa me tripotait à moins de cinq mètres de Nana.

— Y a que ça qui vous intéresse ? Vous savez quoi, vous me soûlez. Je vais vivre chez Benjamin, je vais m'envoyer en l'air avec le médecin qui fait payer ses consultations à Nana, et vous allez vous démerder.

Étant dans l'entrée à ce moment-là, je l'avais vue arriver toute rouge devant moi. Elle avait levé le doigt pour me demander de patienter et était repartie les voir.

— Il faut qu'il y en ait un qui dorme sur le clic-clac du salon de Nana, elle se réveille toutes les trois heures pour qu'on l'accompagne aux toilettes, et vous n'oublierez pas de lui mettre sa protection. Allez, salut, les losers.

Et sur ces paroles, elle avait ouvert en grand la porte d'entrée et m'avait fait signe de la suivre. En entendant des protestations venant du salon, j'avais claqué la porte avant qu'ils arrivent pour la dissuader de partir. Moi, je la voulais chez moi, qu'ils se débrouillent. Mélissa m'avait dit en rigolant que celui qui proposerait une couche à Elisabeth allait s'en prendre une.

— Bien fait pour eux. Ils n'avaient qu'à pas venir squatter.

Et elle était partie d'un pas décidé.

Nous étions presque au pied de mon immeuble, et je me demandais si cette affirmation que nous allions nous envoyer en l'air était une provocation ou un vrai projet de vie. Mélissa ne semblait pas se poser ces questions, elle regardait les arbres, faisait des remarques sur le calme du quartier, bref, elle n'avait pas les hormones reproductrices en train de jouer des cymbales, elle.

Nous montâmes, et je lui fis visiter mon modeste deux pièces. Elle s'extasia sur les photos qui ornaient mes murs, photos prises lors de mes voyages et que j'avais affichées depuis le départ de Clara qui les trouvait trop sinistres. Puis, elle me demanda si elle pouvait prendre une douche, elle n'avait pas eu le temps de se changer et de se laver. Je lui donnai une serviette propre et en profitai pour changer les draps du lit. J'irais dormir sur le clic-clac en bon hôte.

Je me battais avec ma housse de couette quand je vis Mélissa arriver avec juste une serviette blanche autour d'elle et des gouttes perler sur ses épaules.

— Tu as besoin d'aide ? me questionna-t-elle.

Je ne trouvai pas de réponse à donner, tous mes

neurones avaient fondu, court-circuitage du cerveau. Elle s'approcha de moi et me dit nonchalamment :

— En même temps, on s'en fout un peu de la couette, non ?

J'avais les deux bras dans la housse et la bouche ouverte. Je pensais ressembler à un demeuré à qui l'on annonçait que finalement son QI était à 120.

Elle tira sur la housse, la jeta par-dessus son épaule, puis saisit mon T-shirt pour que je m'approche d'elle avant de murmurer :

— J'ai un nouveau jeu : le premier qui est tout nu a gagné.

Et elle défit sa serviette.

Chapitre 17

Mélissa

Pendant notre petit trajet, j'avais donné l'impression à Benjamin que tout allait bien, mais j'avais envie de chanter sur tous les tons : « Je vais m'envoyer en l'air, je vais sniffer M. Parfait, je vais caresser tout mon soûl ce grand corps musclé. » Bref, j'avais de grands projets pour cette soirée.

Benjamin, lui, s'était comporté comme un hôte parfait : « Ici c'est la cuisine, ici ce sera ta chambre, ici... » *Comment ça, « ma chambre » ?* Je ne déménageais pas pour que mes nuits se dégradent. Si je voulais qu'il se passe quelque chose, que je puisse évacuer toutes mes frustrations, il allait falloir que j'active les choses. Vous connaissez beaucoup d'hommes qui résistent à une femme enveloppée que d'une serviette ? Celui face à moi semblait perdu.

La serviette tomba par terre, et Benjamin l'observa, l'air hébété. Son regard me parcourut de la tête aux pieds pendant deux bonnes minutes, il ne bougeait toujours pas. OK, là, je commençais à me sentir mal à l'aise. J'avais beau avoir des discours féministes et clamer haut et fort qu'il fallait être fière de son corps, je me serais bien rhabillée. J'allais me baisser pour me recouvrir quand il murmura d'une voix rauque :

— Tu es sublime.

Je levai les yeux et rougis devant son regard affamé. Il semblait se retenir de me sauter dessus et serrait les poings sur la couette qu'il tenait encore.

— Benjamin, j'aimerais en dire autant de toi, mais pour l'instant, je ne vois pas grand-chose, constatai-je à mon grand regret.

Mon grand blond semblait avoir perdu tous ses moyens. Je me saisis de la couette, que je poussai sur le côté, et soulevai son T-shirt. Il me laissa le lui retirer, et je commençai à déboutonner son jean. Le parfum de sa peau me donnait envie de l'embrasser, ce que je fis sans retenue. Je parcourus de baisers son torse, me baissai progressivement. Je profitai de son immobilité pour le caresser, pour l'embrasser tout mon soûl. Je découvris une cicatrice sur son ventre que je léchai, puis je lui enlevai son pantalon et son caleçon. Je reculai pour le regarder et ne pus que constater :

— Tu es magnifique.

Tous ces muscles finement ciselés, cette peau dorée... Je me mis sur la pointe des pieds et l'embrassai sur la bouche. Ce fut comme un déclic pour lui. Il posa ses mains sur mon visage et me rendit mon baiser passionnément. Il murmurait des mots sans suite, « si belle », « si petite, jolie », « fée », « ton odeur » en parsemant mon cou de baisers.

Ses mains s'agitaient en un ballet incessant comme s'il ne savait pas où les arrêter. Et je fondais devant tant d'empressement, en entendant ces paroles murmurées avec tendresse, j'avais la tête qui tournait, étourdie par toutes ces sensations à la fois. Une femme pouvait tomber accro de tant de passion, et je ne désirais plus que ça, qu'il devienne ma came.

Benjamin

Quand elle avait laissé tomber sa serviette, mon cerveau avait posé sa démission. J'étais resté comme un débile à regarder la serviette par terre, comme si j'avais peur d'avoir mal compris ce qui se passait. Je serrai fort les poings sur la couette pour m'empêcher de jeter Mélissa sur le lit et de me comporter comme un homme de Cro-Magnon. J'avais pour philosophie que le plaisir de ma compagne primait, mais pour Mélissa, je ne faisais pas confiance à mon self-control.

Je levai doucement les yeux et parcourus son corps. Elle était magnifique. Des courbes qui donnaient envie de les caresser, des rondeurs que je voulais mordre, des seins si petits qu'ils faisaient figure de trésors, elle était sublime, et j'avais envie de tout lui faire en même temps. Je désirais me repaître de son corps jusqu'à plus soif. Mais je ne me faisais pas confiance pour être doux et tendre comme elle le méritait pour une première fois. Elle m'avait déshabillé avec délicatesse puis avait parcouru mon corps de baisers, de caresses pour finir par m'embrasser. Et là, la digue s'était rompue. Je n'étais plus un être raisonné, je n'étais qu'un homme qui avait envie de dévorer une femme somptueuse et de lui faire tout un tas de choses licencieuses. Dieu merci, elle semblait sur la même longueur d'onde.

Nos mains s'emballèrent. Chacun voulant toucher un maximum de l'autre, nos corps se heurtant et finissant par tomber sur le lit. Nous nous livrâmes bataille, et je finis par plaquer Mélissa sur le matelas en lui maintenant les mains.

— Si tu me laissais faire cinq minutes, s'il te plaît ?

Elle arrêta de bouger et me sourit.

— C'est quoi ton programme ? me demanda-t-elle, mutine. Quelle page du *Kāma Sūtra* ?

Je me mis à rire.

— Tu n'oublies jamais rien, hein ? Quelle page tu veux ?

— Celle que tu choisis. Je suis une aventurière.

Je l'embrassai avec douceur. Dieu que j'aimais qu'elle ait ce caractère.

— Je propose que je t'embrasse de la tête aux pieds, et après on verra.

Et comme elle ne s'opposa pas à mon programme, je dévorai son corps, et elle me rendit la pareille. Ce fut à bout de résistance que je pus enfin être en elle. Elle émit un soupir et se cramponna à moi comme si elle ne voulait plus jamais me laisser partir. Elle gémit doucement, me caressa les cheveux, et je vis dans ses yeux la même passion qui m'animait, puis nous perdîmes pied.

Mélissa

Je me réveillai en sursaut à 5 heures du matin, complètement flippée. Mais qu'allais-je faire maintenant ? Nous n'avions rien en commun, et Benjamin avait beau me dire qu'il ne cherchait rien de sérieux, il n'avait pas le profil de l'homme aux relations légères. Je commençais à hyperventiler en pensant aux compromis qu'il fallait faire pour que notre relation marche, à la vie quotidienne...

Calme-toi, calme-toi, me dis-je en essayant de me détendre et d'être attentive à ma respiration.

Benjamin ouvrit les yeux au moment où je me disais que la méditation était bien une belle connerie en cas d'attaque de panique, et il sembla comprendre que j'étais en train de me prendre la tête. Il se plaça au-dessus de moi, murmura quelque chose sur les bienfaits du sexe le matin pour la sécrétion d'endorphine et jeta le drap au sol pour pouvoir m'embrasser tranquillement.

Il avait raison, l'endorphine en premier, les prises de tête ensuite, pensai-je. Et j'avais une cartographie du corps de Benjamin à faire, en plus...

Quatre heures plus tard, j'étais fatiguée, mais heureuse derrière mon comptoir au travail. Le Dr Syrut passa devant moi en me regardant, l'air mauvais, mais je n'en avais rien à faire. En fait, j'étais sur mon nuage d'endorphine et je n'avais aucune envie d'en redescendre. Et puis, satisfaire Georges était impossible. Sa dernière remontrance était sur la police d'écriture alors que j'utilisais toujours la même. Maintenant, j'écrivais parfaitement les comptes rendus et, après, je collais des fautes d'orthographe. Beaucoup plus ludique comme manière de travailler, et au moins, il avait une bonne raison de ne pas être content.

J'allais me verser un café quand Georges arriva dans la salle de repos pour certainement me faire des remarques. Je le devançai.

— Si vous me dites où vous allez inviter Aliette, je vous fais les deux prochains comptes rendus sans fautes.

Il ouvrit la bouche, l'air scandalisé, puis, à mon plus grand étonnement, partit à rire d'une voix tonitruante. Je découvris qu'il avait des fossettes et des pattes-d'oie, ce qui transformait son visage. Il était presque séduisant. Ça ne m'étonna plus qu'Aliette soit rêveuse à chaque fois que l'on parlait de lui.

Georges n'eut pas le temps de me répondre que Benjamin arriva dans la salle et me dit :

— J'ai plus de préservatifs.

Je virai au rouge tomate. C'est-à-dire que nous n'étions pas seuls, et que c'était bizarre d'en parler maintenant.

— Ils sont où ?

Je faillis lui dire « Dans la table de nuit » quand je me souvins du contexte dans lequel nous étions.

— Ah ! Tu en as besoin pour un patient ?

Il se mit à rire.

— Bah oui. Tu pensais à ?

— Je ne pensais à rien. Rien du tout. J'ai l'esprit vide. Je suis zen.

Georges avait le sourire jusqu'aux oreilles, chose qui à elle seule me laisserait un souvenir impérissable de cette journée. Il partit en donnant une frappe fraternelle à Benjamin. OK, je venais de nous cramer.

— Ah oui, les capotes. Alors, elles sont dans la réserve derrière les blouses propres.

Je rentrai dans la réserve et commençai à chercher les distributeurs d'Annette quand je sentis une main frôler mes fesses, et une voix rauque me susurrer à l'oreille :

— Ne t'inquiète pas, j'en ai plein à la maison.

Mes jambes se liquéfièrent à l'idée de ce que nous ferions avec, et mes joues me brûlèrent.

— Je ne m'inquiète de rien. J'ai été prise au dépourvu, c'est tout. Alors, tiens, voilà les préservatifs. *Have fun*[1] !

1. Amuse-toi !

Ses yeux pétillaient de malice.

— Le « *have fun* », alors que je me rends compte que la petite grand-mère de quatre-vingt-cinq ans que je viens de voir a profité que je sois en train de baisser ma table d'auscultation pour me piquer des stylos et des préservatifs, ce n'est pas très adéquat. (Il rit.) Béatrice avait noté sur son dossier qu'elle était kleptomane, mais je ne l'ai vu qu'une fois qu'elle était partie. Elle lui avait piqué des spéculums.

J'éclatai de rire. *Tu parles d'un butin.*

— Si ça se trouve, on va la retrouver au marché en train d'essayer de les revendre.

Nous étions hilares.

— Bon, faut que j'aille faire de la prévention. Une de mes jeunes patientes m'a trouvé tellement *cool* et BG qu'elle a recommandé à toutes ses copines de venir me voir. D'où...

Et il secoua sa cargaison de contraceptifs.

— Allez, va profiter de ton fan-club, « BG », répondis-je.

Il se pencha vers moi et m'embrassa avec douceur.

— À tout à l'heure.

Je restai là à regarder partir le Beau Gosse du cabinet et soupirai en pensant qu'il était à moi pour l'instant. J'eus l'impression d'avoir décroché le jackpot à l'Euromillions.

Je retournai derrière mon comptoir, le sourire jusqu'aux oreilles, sourire qui disparut quand je vis la tête d'Aliette. Son futur rendez-vous avec Georges ne suffisait visiblement pas à illuminer sa journée.

— Ça ne va pas, Aliette ?

— Le lycée professionnel où s'était inscrit Willy a appelé, ils ne le prennent pas, pas suffisamment motivé. Il n'a rien à faire pour la rentrée.

Ah... Il y avait de quoi être de mauvaise humeur.

Je ne pus que lui serrer le bras en signe de soutien. Le téléphone se mit à sonner.

Je ne fis qu'entrapercevoir Benjamin entre deux portes toute la journée. Nous étions à la veille des rentrées des classes. Les parents venaient pour les certificats médicaux de leurs enfants, et ceux-ci avaient des maladies exotiques à l'idée de retourner en classe.

Benjamin m'avait laissé un trousseau de clés, je savais qu'il avait des consultations jusque tard, je pris donc mon temps pour aller voir Nana. En arrivant tranquillement à l'appartement, je trouvai les garçons dans mon salon en train de faire des pompes à tour de rôle.

Philippe tenait un discours à Willy sur l'importance d'avoir un corps sain pour avoir un esprit clair, un truc dans ce genre. Je regardai Jean exécuter sa série et notai l'absence de bouteilles de bière.

— Salut, les mecs !

Un grognement venant du sol me salua, et un « Yo » joyeux de Willy fusa. Philippe se dirigea vers moi et me serra en me décollant du sol.

— Méli-Mélo !

Eh bien, quel accueil !

— Comment ça va ? Nana va bien ?

Willy se rapprocha de moi.

— Elle a eu la visite de la belle meuf ce matin.

Il se prit un tacle de Philippe derrière la tête.

— Parle pas des femmes comme ça, mec. Un peu de respect, sinon tu n'iras nulle part.

L'air piteux, Willy dit :

— Pardon. C'est Noémie, c'est ça ?

OK, mon amie était venue ce matin.

— Elle est restée la matinée avec Nana, et après,

c'est Willy qui est venu, me raconta mon frère. Et là, je crois qu'elle dort.

— Elle dort toujours autant ? demandai-je, inquiète.

Willy répondit plus vite que mon frère :

— Non, moins ! On a regardé quatre épisodes de *Castle* avant qu'elle s'endorme !

L'endurance de ma grand-mère se mesurait en nombre d'épisodes de *Castle*. Magnifique !

Sur le chemin de la cuisine, Jean me passa sous le nez, et je le suivis.

— Vous gérez ?

— Impec.

Je crus qu'il allait se saisir d'une bouteille de bière, mais il choisit une bouteille d'eau. Il vit mon étonnement et donna un coup de menton dans la direction du salon.

— Faut donner l'exemple au jeune.

Parfait, ils avaient l'air de bien s'entendre. Je ne pouvais rien espérer de mieux.

J'allai taper à la porte de Nana, d'où ne filtrait pas un bruit, et sursautai en entendant « Mambo n° 5 » à fond. Jean, qui me suivait, se mit à crier :

— Elle n'arrête pas de regarder son émission de danse. C'est infernal. On ne supporte plus cette chanson. En plus, elle devient sourde !!!!

Je passai la tête par l'entrebâillement, et, bizarrement, lorsque Nana me vit, la télé s'éteignit.

— Tu es toute seule ?

J'acquiesçai.

— Rentre, *darling*, et ferme bien la porte derrière toi. Ne laisse pas entrer les gars, ils me regardent comme si j'étais de la dynamite.

— En même temps, si tu dégaines ta télécommande et tu mets le son à fond à chaque fois, ça m'étonne pas qu'ils soient effrayés.

Nana, les yeux brillants, m'attendait, assise dans son lit avec des gâteaux sur sa table de nuit, un livre à ses côtés, les deux télécommandes proches d'elle. Un pacha. Il ne manquait plus que le serviteur en train de l'éventer.

— Comment ça va avec Benjamin, ma chérie ? me demanda-t-elle aussitôt.

Je souris devant tant de précipitation.

— Très bien, Nana. Il a dormi sur son canapé, moi dans son lit. Il a toujours été parfaitement habillé, je n'ai pas vu un centimètre carré de peau découverte et, moi, j'ai mis mon maxipyjama Lapins crétins.

Elle me regarda, la bouche grande ouverte.

— C'est pas vrai ! Mais c'est nul ! s'exclama-t-elle.

J'étais ravie qu'elle croie à mes salades. Ça allait lui apprendre à s'occuper de ma vie amoureuse.

— C'est parfait pour une colocation, non ? Il faut respecter la pudeur l'un de l'autre.

Elle plissa les yeux.

— Tu te moques de moi ? Qu'est-ce qui s'est passé ?

— On a bien dormi. Et toi, tout va bien ?

Changeons de sujet. Je n'avais aucune envie d'expliquer le concept de ma relation avec Benjamin à mon aïeule. Sans transition, elle enchaîna sur sa vie avec mes frères :

— Parfait. C'est Jean qui s'est levé cette nuit, j'aurais pu me débrouiller toute seule, mais tes frères voulaient que je sonne. Y a juste un truc bizarre qui s'est passé, il a cherché partout dans la salle de bains des serviettes. Puis après, il a parlé de te coller une couche sur la tête la prochaine fois qu'il te voyait. Mélissa, est-ce que ton frère ne deviendrait pas alcoolique ? Parce qu'il parlait comme un poivrot. Enfin...

Je n'avais pas envie de lui dire que c'était moi qui leur avais dit qu'elle avait soi-disant des problèmes d'incontinence. Je préférais qu'elle se pose des questions sur la santé mentale de mon frère.

Après avoir lissé sa couverture du bout des doigts, elle reprit :

— Willy est arrivé à 13 heures, il a pris la relève de Noémie. Elle est pas très en forme cette petite, d'ailleurs. Elle a rien voulu me dire. Elle a fait la bise à Willy, il a mis vingt minutes à s'en remettre.

Elle se mit à rire en s'en souvenant.

— C'était l'heure de *L'Inspecteur Barnaby*, je me suis endormie devant comme d'habitude. Philippe est venu chercher Willy et l'a emmené courir au parc. Je crois qu'il fait un peu peur à Willy ton frère. Il l'a suivi sans rien moufter. Et c'est Jean qui a pris la relève. Vous savez que je n'ai pas besoin d'avoir du monde tout le temps ? Je vais bien, moi.

J'acquiesçai de la tête. Moi, j'étais comme saint Thomas. Je ne croyais que ce que je voyais. Et pour l'instant, Nana passait sa vie au lit, ce qui n'était pas particulièrement signe de bonne santé.

— Enfin, j'ai posé des questions à ton frère, qui a refusé de répondre et m'a confisqué mon téléphone quand j'ai voulu appeler sa femme. D'ailleurs, il a effacé le numéro de téléphone de Laurence pour être sûr que je ne m'en mêle pas. Willy est rentré crevé, et j'ai mis des épisodes de *Castle*. Il en a regardé quatre sans rien dire.

— Mais c'est super ! Tous ces hommes pour s'occuper de toi !

Elle plissa des yeux.

— Ils arrivent paniqués dès que j'éternue ! Va falloir qu'ils me lâchent un peu. Je fais mine de dormir pour qu'ils s'en aillent de la chambre ! Ou je leur mets *Strictly Come Dancing*, et alors là, si tu voyais à quelle vitesse ils s'en vont !

Elle tapa des mains tellement elle jubilait.

— Tu vas pas te plaindre d'avoir plein de monde pour s'occuper de toi, quand même ? lui demandai-je.

En entendant un bip provenant de mon sac, je sortis mon téléphone et vis un SMS de Benjamin m'informant qu'il partait du cabinet et passait par chez le traiteur en rentrant.

— C'est Benjamin ? me questionna-t-elle en se tordant le cou.

— Bon, Nana, faut que j'y aille. Tu ne veux pas que je revienne habiter à la maison ?

— Non, ça va aller, ma chérie. Je gère, me dit-elle d'un ton ferme, et en remettant en ordre ses couvertures.

Je l'embrassai.

— Mélissa, tu ne mets plus ce pyjama, n'est-ce pas ?

— Serais-tu en train d'essayer de me faire passer un message ?

Elle se contenta de me dévisager en souriant.

— Ne te fais pas plus bête que ce que tu n'es. Profite, ma petite, profite. Et laisse-moi gérer ces sales gamins.

Et je partis avec un sourire à en décrocher la lune en pensant à la soirée qui m'attendait.

Comme Aliette avait fait la tête toute la journée, quand j'avais eu cinq minutes devant moi, j'avais été regarder des articles qui parlaient de colocation et d'autres de plan cul. Le truc, c'est qu'il n'y en avait pas sur les situations où tu mixais les deux.

J'arrivai donc chez Benjamin en me prenant la tête sur ce qu'il fallait faire et ne pas faire. J'ouvris la porte après avoir discuté avec deux voisins très sympathiques et, à peine entrée dans le salon, je vis Benjamin de dos avec une serviette autour des hanches qui allait dans la chambre. Je le suivis, hypnotisée par le dessin des muscles de son dos et par le renflement de ses fesses.

Il se retourna et me sourit. J'étais en état de liquéfaction.

— Ça va ?

Je hochai la tête, puis fis un énorme effort pour me ressaisir.

— Benjamin, j'ai réfléchi à ce qui se passe là.

Il me dévisageait tranquillement avec un regard plein de bienveillance.

— Si c'est une colocation, on est pas censés se toucher du tout. Si c'est un plan cul, on est pas censés partager le quotidien ensemble. Alors, on est quoi ?

— Parce qu'il y a besoin de poser des mots sur ce qui se passe ? me demanda-t-il en dépliant un T-shirt.

J'avais envie de le lui arracher des mains et de le jeter loin pour qu'il ne recouvre pas sa magnifique peau nue.

— On peut peut-être faire à l'instinct, non ?

OK. « Faire à l'instinct », je savais parfaitement faire, je ne faisais que ça d'ailleurs.

— Si on le fait à l'instinct, je peux faire ce que je veux, là ? demandai-je.

— Dans la limite où ça ne me dérange pas, oui. (Il fronça les sourcils.) Pourquoi tu me poses cette question ?

Après avoir mis mon sac par terre, je lui dis :

— Georges m'a dit aujourd'hui que j'avais un niveau déplorable en anatomophysiologie.

Resté immobile, Benjamin m'écoutait. Je défis mes sandales et enlevai mon jean en continuant de raconter mon histoire :

— Il m'a demandé de prendre un livre et de réviser les muscles, les os et les articulations.

Benjamin me regardait me déshabiller, les bras croisés, ce qui faisait ressortir ses muscles. *Les biceps, je crois ?* En fait, j'en étais sûre. Ce qui était certain également, c'est que j'avais envie de mordre dedans.

— Bien entendu, c'était avant que je lui dise que je faisais exprès de mettre des fautes dans ses comptes rendus.

Mon colocataire pencha la tête en arrière en éclatant de rire. J'eus envie d'embrasser son cou et d'avaler son rire dans un baiser.

J'enlevai mon T-shirt et étais sur le point de dégrafer mon soutien-gorge quand je lui demandai :

— J'ai pensé que ça serait beaucoup plus ludique si je révisais sur ton anatomie. Qu'est-ce que tu en dis ?

Le sourire jusqu'aux oreilles, il déclara d'une voix rauque :

— Le premier qui est tout nu a gagné.

Et il défit sa serviette.

Benjamin

À son regard, je ne donnais pas cher de sa concentration pour mémoriser les muscles. Elle enleva son soutien-gorge et sa culotte à la vitesse de l'éclair, et me sauta dessus. Je la soulevai et la plaquai au mur pour l'embrasser voracement.

Entre deux baisers, je lui susurrai :

— Muscle stylo-glosse, muscle génio-glosse, stylo-hyoïdien.

Elle gémit.

— Allonge-toi sur le lit, il faut que je révise.

Je la posai doucement par terre et fis ce qu'elle me demandait. Je n'avais qu'une seule envie, celle de la toucher, mais j'étais curieux de ce qu'elle allait me faire. Elle saisit son sac, prit une petite bouteille d'huile de massage et me le montra.

— Je propose que je fasse mon atelier « Remise à niveau des connaissances » en te massant.

Je gémis.

— Ça ressemble à de la torture ton truc.

Elle fit couler de l'huile dans ses mains et les posa sur ma poitrine. *Ses mains chaudes sur ma peau, quel délice.*

— Grand pectoral, trapèze, deltoïde, murmurai-je d'une voix rauque.

Mon sang-froid n'allait pas durer longtemps à cette vitesse. Elle faisait des mouvements lents et fermes, et semblait y prendre beaucoup de plaisir. Elle descendit ses mains sur mon ventre, qui se contracta sous son toucher.

— Grand droit, grand oblique, gémis-je.

Après avoir passé les mains entre le matelas et mon corps, elle saisit mes fesses à pleines mains. Son regard coquin me fit rire.

— Grand fessier.

— Mes préférés, me dit-elle en souriant.

Elle descendit ses mains le long de mes jambes, et voir son corps si près de moi, sentir sa chaleur et son parfum et ne pas bouger était trop dur. L'envie impérieuse de la toucher, de la caresser fut plus forte que moi. Je la saisis par les bras, la plaquai contre moi, puis basculai sur elle.

— Je vais t'expliquer les autres muscles sur ton propre corps, lui dis-je, à bout de patience.

— Tu es bien autoritaire ! gémit-elle.

Vous pouvez me croire, elle n'eut pas de motif de se plaindre du changement de méthode.

Plus tard, nous étions allongés côte à côte quand elle tourna la tête vers moi.

— Benjamin, je crois que j'ai tout oublié. Tu pourras me réexpliquer ? me demanda-t-elle, mutine.

J'éclatai de rire.

Je me levais tôt les jours de travail pour courir avant d'aller au cabinet. Enfin, c'était avant que j'aie une petite rousse dans mon lit, femme qui me prenait pour son doudou géant. Elle était quasiment allongée sur moi, et j'avais encore mes mains coincées dans ses cheveux. Je ne pus m'empêcher de rire de la situation. Elle qui voulait mettre une distance entre nous, elle ne s'avérait pas très douée pour ça. Elle grommela :

— Pourquoi tu ris ?

— Parce que j'aimerais me lever pour aller faire mon footing et je suis prisonnier.

Elle enfouit son visage dans mon cou et murmura :

— On est bien là. Pourquoi tu irais courir ?

— Parce que ça me fait du bien, et qu'il faut faire du sport pour être en bonne santé.

Elle leva la tête et me dévisagea de ses yeux endormis.

— Et après, tu reviens prendre ton petit déjeuner et prendre une douche ?

Je hochai la tête.

Elle dégagea précautionneusement ses cheveux et s'assit, nue devant moi. Elle n'avait aucun problème de pudeur, et j'adorais ça. Je la regardai avec envie, elle se leva avant que j'aie le temps de faire un geste.

— OK. Si tu cours vite, il y a des chances que tu me trouves sous la douche.

Et mes yeux se perdirent dans le vide pour aussitôt

se fixer sur mon prochain objectif. Faire mon footing rapidement pour pouvoir prendre une longue douche...

Je ne me rendis compte qu'à 13 heures, après avoir vu une vingtaine de patients, que j'avais eu le sourire toute la matinée. Le bienfait de cette douche à deux m'avait dopé pour la journée. Aliette m'avait juste fait remarquer que je sentais les fruits rouges comme Mélissa. J'avoue que sur le moment, j'avais été bien gêné, mais en voyant son sourire, j'avais ri. Il fallait juste que je fasse gaffe à son gel douche. Même le patient qui m'avait traité d'incompétent, quand je lui avais dit que son problème était l'alcool et pas les médicaments, n'avait pas mis à mal ma bonne humeur.

Le planning était si surchargé en cette semaine de rentrée que j'avais à peine le temps pour ma pause de midi. J'allais prendre cinq minutes pour manger quand je m'aperçus que j'avais eu des appels en absence sur mon téléphone. Deux de ma mère et deux d'un numéro inconnu. J'écoutai mes messages et compris que la pause estivale était finie, ma mère avait dégainé son avocat pour son histoire d'héritage. Ça m'énervait à un point...

Sur ces entrefaites, Mélissa arriva et me regarda en fronçant les sourcils.

— Il y a un problème ? Je me suis trompée pour un rendez-vous ?

Je m'assis pesamment sur une chaise et répondis :

— Ma mère.

Elle fit la grimace.

— Tu veux en parler ?

Je secouai la tête. Je n'avais pas envie de la polluer

avec mes histoires familiales, elle en avait déjà bien assez de son côté.

— Comme tu veux.

Elle prit une tasse de café, fit le geste de m'embrasser, mais se retint. Elle allait sortir de la pièce quand je l'appelai :

— Mélissa ?

Après s'être retournée, elle me contempla, les yeux pleins de douceur. Je ne l'avais jamais vue m'adresser ce regard et je ressentis une immense bouffée de joie en le constatant. Je m'approchai d'elle, puis la plaquai contre la porte pour l'embrasser avec passion. Nous sentîmes la poignée de porte bouger dans son dos et nous nous décollâmes l'un de l'autre avec difficulté.

Aliette entra, nous observa, soupçonneuse, et secoua la tête.

— Je ne veux même pas savoir ce que vous faisiez...

Nous échangeâmes un sourire de connivence avec Mélissa, et elle partit. Ça ne réglait pas mes problèmes d'avocat et de testament, mais ça me rendait la vie plus belle.

À mon retour chez moi après une journée très très longue, de la musique me parvint à travers la porte d'entrée. Je l'ouvris précautionneusement et entendis Mélissa chanter à tue-tête.

— J'ai tellement besoin d'amour[1]...

En m'approchant de la source de la musique, je la vis en train de se trémousser devant la cuisinière, la cuillère en bois à la main.

Elle était juste irrésistible. Elle chantait de tout

1. Extrait de la chanson « Battez-vous » de l'album *Et vous, tu m'aimes ?*, écrite et interprétée par le duo Brigitte.

cœur et s'éclatait à répéter « Et maintenant battez-vous ». Me retenant de rire, je restai appuyé au chambranle de la porte à me régaler du spectacle. Le bip du four résonna, elle l'ouvrit, et une odeur de brûlé se répandit dans la pièce. Elle s'exclama un grand « Merde ! », et je m'apprêtais à lui proposer mon aide quand elle donna un coup avec son pied dans la porte pour la fermer... sur mon nez.

Bon Dieu que ça faisait mal !!!!!!!

Elle la rouvrit et se précipita sur moi, paniquée.

— Je ne savais pas que tu étais là ! Mon pauvre... Je ne voulais pas que l'odeur se répande partout...

Je lui fis signe de s'en occuper et allai, en me tenant le nez, dans le salon m'asseoir sur le canapé. Je tâtai précautionneusement les dégâts. Il n'y avait pas l'air d'avoir de casse, mais, par contre, je saignais. Je me saisis du paquet de mouchoirs sur la table et comprimai mon nez. Arrivant avec un sac de pois surgelés, Mélissa me le tendit.

— Il faut que tu préviennes quand t'arrives ! C'est dangereux sinon.

Je la regardai, moqueur.

— C'est risqué que je rentre chez moi ?

Une lueur dansait dans ses yeux tandis qu'un grand sourire illuminait son visage. Elle était tellement belle...

Elle s'approcha de moi, enleva le sac de petits pois, le mouchoir ensanglanté, et m'examina de très près. J'en profitai pour collectionner mille et un petits détails la concernant : ses taches de rousseur, les ressorts que formaient ses cheveux, le rose de ses lèvres. Mon regard s'égara dans l'échancrure de son T-shirt... et j'entendis la chanson *Shape of You*[1]. Nos regards se croisèrent à ce moment-là et ne se quit-

1. Chanson interprétée par Ed Sheeran.

tèrent pas. Oui, je croyais bien être tombé amoureux de chaque partie d'elle. Devant son air perdu, je me rendis compte que ça allait sans doute trop vite pour elle. Tant pis, je lui parlerais sentiments plus tard. En attendant, je pouvais toujours lui montrer tout le désir qu'elle m'inspirait. Et, à voir la dilatation de ses pupilles et sa respiration qui s'accéléra quand je la renversai sur le canapé, mettre en action ce que j'éprouvais ne lui posait aucun problème.

Chapitre 18

Mélissa

Nous étions chacun de notre côté de la table basse, assis en tailleur avec des sushis devant nous. Le plat était vraiment trop brûlé pour être comestible. Pour une fois que je cuisinais de la viande ! Ça m'avait dégoûtée d'y toucher, mais j'avais eu envie de faire plaisir à Benjamin et j'avais pris sur moi. Quand il s'était rendu compte que le plat était non végétarien, j'avais eu droit à un baiser enflammé.

Ça valait la peine de faire un effort. Mais la prochaine fois, je cuisinerai la viande avec doubles paires de gants de latex, je ne voulais pas toucher à ça. *Beurk, beurk, beurk...*

— Arrête de penser à ces escalopes de veau, Mélissa.

Je le regardai d'un air interrogatif.

— Comment tu sais que j'y pensais ?

— Tu faisais la grimace et avais un air dégoûté. C'est sympa d'avoir voulu me faire plaisir, mais ne le refais pas si ça t'écœure à ce point. Si je veux manger de la daube, j'irai à la brasserie du coin.

Je lui adressai un sourire reconnaissant.

— Merci.

— Ça fait longtemps que tu es végétarienne ?

— Depuis mon adolescence.

Et je lui racontai mon dégoût quand je m'étais rendu compte que le lapin de mamie était dans mon assiette. D'où les sushis végétariens.

— J'ai été voir des articles sur le végétarisme, me dit-il entre deux bouchées. C'est intéressant les bénéfices pour la santé et l'impact écologique.

J'avais envie de l'embrasser pour cette phrase. Enfin, j'avais envie de l'embrasser presque tout le temps. Bref, au lieu de ça, je fis ma curieuse.

— T'as toujours voulu être médecin ?

Il secoua la tête et termina sa bouchée avant de me répondre :

— Non. Au début, je voulais être écrivain. Puis j'ai voulu faire médecine suite au cancer de ma belle-mère. J'avais dix ans quand elle l'a eu. C'était très dur, car Chloé était petite et mon père était déstabilisé face à ce changement. Elle a perdu ses cheveux, a beaucoup maigri, elle allait vraiment mal. Ça m'a donné un sentiment d'impuissance, qui m'a poussé à vouloir faire médecine. Et toi ?

L'origine de ce choix de métier me touchait beaucoup. J'imaginais sans peine que l'on veuille agir contre la maladie quand celle-ci nous avait touchés de si près.

Alors, moi...

— J'ai toujours aimé être avec ma grand-mère paternelle. Elle m'apprenait à reconnaître les plantes, elle faisait des tisanes, des baumes. Les gens venaient la voir pour arrêter les brûlures, « couper le feu ». C'était la seule adulte de mon entourage qui n'était pas après moi. Mon père passait son temps à me parler de mes résultats à l'école, ma mère rectifiait tout le temps mon langage et me cassait les oreilles à propos de mes tenues. Je ne voyais pas Nana, car à l'époque elle voyageait tout le temps. Mémé, elle, était contente de ma présence à côté d'elle et ne me posait aucune question. J'ai commencé des études à la fac, psycho, mais j'étais surtout occupée à faire la fête.

» Un jour, ma grand-mère est décédée et elle m'a légué tous ses journaux intimes avec une lettre. Dedans, elle m'écrivait que je pouvais faire ce que je voulais de ma vie, mais que je devais toujours écouter ma boussole interne pour savoir si j'étais à la bonne place. Elle ajoutait que Dieu m'avait donné un don, et que je devais réfléchir à la raison et à ce que je voulais en faire. J'ai pas pris au sérieux cette lettre. Sa mort m'a rendue encore plus fêtarde, et je faisais n'importe quoi. Un soir, j'ai été voir Nana, qui était de retour de voyage, et elle a renversé de l'eau bouillante sur elle. Elle a mis son bras sous l'eau froide, mais elle avait mal après. J'ai mis mes mains au-dessus, et la douleur a diminué. Puis après, j'ai été chercher dans les cahiers de mémé et j'ai trouvé un baume contre les brûlures. J'ai cherché les ingrédients et l'ai fabriqué. J'ai adoré ça ! Je me suis renseignée pour une formation de naturopathe, ça coûtait cher et se faisait que quelques jours par mois. J'ai donc fait des petits boulots en même temps.

Benjamin m'écoutait attentivement.

— Et tu fais des consultations ?

— Non.

— Pourquoi ?

Je ne savais pas quoi lui répondre. La vérité ou ce que je brodais habituellement pour avoir la paix ? Je mangeai tranquillement deux sushis et, en levant les yeux, je vis son regard bienveillant. Je décidai d'avouer la vérité pour la première fois de ma vie.

— J'ai peur d'échouer. Si j'échoue, je ne saurai plus quoi faire de moi.

Je regardai mes baguettes que je bougeais pour attraper du persil. Aucune réponse face à moi. Je levai les yeux et remarquai que Benjamin me souriait.

— C'est courageux de le dire.

Je ne trouvais pas ça particulièrement glorieux d'admettre que j'étais une pétocharde, mais sa réaction me rassura.

— C'est la première fois que je l'avoue.

Il me prit la main et me la serra doucement.

— Et toi ? Tu as toujours su que tu serais un bon médecin ?

Il rit.

— Ça, je ne sais pas. Ce que je sais, c'est pourquoi je le fais. Quand j'ai annoncé que j'allais faire des études de médecine, ma belle-mère m'a dit que l'important était que je sache pourquoi je le faisais. Qu'à partir du moment où je prenais conscience des raisons de ce choix, je serais en paix, et il n'y aurait pas d'échec.

Je réfléchis à ces mots.

— Paroles de sagesse !

Il sourit.

— Ma belle-mère est une grande sage et elle m'aide beaucoup.

— Tu as de la chance de l'avoir. Ma mère cherche tous les fils qui dépassent dans ma vie pour s'en saisir et tirer jusqu'à ce que ça fasse mal.

— C'est pour ça que tu n'avais parlé à personne de ta peur d'échouer ?

Je haussai les épaules.

— Je me protège.

Et je changeai vite de sujet. N'importe quelle femme qui aurait eu un homme aussi attentionné que Benjamin à ses côtés n'aurait pas voulu en décoller. Moi, ça me faisait peur, cette entente. Je me rendais compte que je pensais trop à lui. Alors je décidai de passer plus de temps chez Nana et mes frères.

J'y allais tous les soirs, je mangeais avec Nana et je rentrais tard. Un soir où nous étions en tête à tête avec Jean devant la télé, il était trop tôt pour que je rentre chez Benjamin, il coupa le son et me regarda.

— Qu'est-ce que tu fais ici, Mélissa ? Il y a de l'eau dans le gaz avec ton médecin ?

Buvant une gorgée de bière, je fixai le match de foot sur l'écran.

— J'ai pas envie de répondre.

— Tu ne serais pas en train de le fuir, par hasard ?

Je haussai les épaules.

— Mélissa, tu es la reine des pétochardes.

Furax, je le fusillai du regard.

— Comment ça ?

— Dès qu'il y a un obstacle, tu fuis.

Il se décala sur le canapé.

— Qu'est-ce qu'il y a avec Benjamin ?

Je fis une moue boudeuse. J'avais de nouveau douze ans et ne voulais pas répondre à mon grand frère.

— Il te maltraite ? Il est pas sympa ?

— Non ! Il est parfait ! Il est gentil, doux, drôle. Il est...

— Il ne veut pas de toi ? m'interrompit-il.

— Non !

— Bon, alors qu'est-ce que tu fous ici ?

— Il est trop bien pour moi. Je vais tout faire capoter. Il va se rendre compte que je suis excentrique, que je fais des trucs bizarres, que je mets le bazar partout où je passe, que...

Mon cher frère me colla une grande claque derrière la tête.

— Eh !

— T'arrêtes tout de suite tes conneries.

Il me fixa de ses grands yeux bruns et me dit d'un ton hyper sérieux :

— Mélissa, tu es une fille géniale. On ne s'ennuie jamais avec toi, et tu as le cœur sur la main. N'importe qui aurait de la chance de t'avoir dans sa vie. Alors arrête toutes tes conneries et profite !

Estomaquée, je le dévisageai. C'était la première fois de ma vie que mon frère me faisait un compliment. Je crus que je n'allais pas m'en remettre. Puis deux secondes après, je lui sautai dans les bras.

Il me serra contre lui et embrassa mes cheveux.

— Tu sais que je t'aime ?

— Mais oui, je sais.

Je me décollai de lui et le regardai avec douceur.

— Et toi, qu'est-ce que tu fais là ?

Il se frotta la mâchoire qu'il avait rasée. D'ailleurs, il avait bien meilleure mine.

— J'ai pas trop envie d'en parler.

Nous entendîmes derrière nous un ricanement. C'était Philippe qui se tenait sur le pas de la porte.

— On a qu'à faire une thérapie familiale. On fait une belle brochette de handicapés.

Il s'affala à côté de moi et passa son bras derrière mes épaules. Encadrée de mes deux frères, je me sentais en sécurité, il ne pouvait rien m'arriver avec eux.

— Laurence veut un bébé, et ton con de frère pense qu'il ne sera pas un bon père.

Bouche bée, je dévisageai Jean.

— Mais pourquoi ? Tu as vu comment tu t'occupes bien de Nana ?

— On n'arrête pas de s'engueuler avec Laurence. Elle me reproche de rien lui dire, de jamais parler de mes sentiments.

Je regardai Philippe.

— Et toi, c'est quoi ton problème ?

— Stress post-traumatique. Je ne peux plus travailler et je ne peux pas vous dire ce qui s'est passé.

Mon Dieu, qu'est-ce qu'il avait pu vivre pour ne plus supporter l'armée ? Lui qui avait tellement à cœur la défense de son pays, il était là, avachi dans mon vieux canapé avec des valises sous les yeux. L'envie de le prendre dans mes bras pour lui dire que tout irait mieux me saisit. Mais j'allais me faire envoyer sur les roses si jamais je tentais un geste.

Il se saisit d'une bière. Jean la lui prit des mains et lui dit :

— Pas avec tes médocs, Philippe.

Celui-ci tendit un post-it à son frère avec un numéro dessus.

— C'est Nana qui m'a donné ce numéro. C'est le téléphone d'un très bon psychologue qui fait aussi dans les thérapies de couple. Elle me fait transmettre que si tu ne veux pas finir ta vie tout seul entouré de cadavres de bouteilles de bière, tu as intérêt à te bouger.

Elle n'avait pas tort et, comme d'habitude, elle n'allait pas par quatre chemins pour dire ce qu'elle pensait et ne restait pas à attendre que ses proches aient le déclic. Elle préférait leur donner un coup de pied aux fesses.

— Pourquoi elle ne te l'a pas donné quand tu vas la voir ? demandai-je.

— Je me casse dès qu'elle commence à me parler de mes problèmes.

Nous regardâmes le post-it en forme de cœur et soupirâmes.

— Bon, la grande sage a dit « Faut se retirer les doigts du derrière », très classe d'ailleurs, venant d'une femme d'ambassadeur, ricana Philippe. Y a plus qu'à...

— J'appellerai demain, soupira Jean.

Devant cet énorme effort, je me devais d'être solidaire en me forçant également.

— Je rentre à la maison.

Ils me regardèrent tous les deux, étonnés.

— Enfin, je veux dire chez Benjamin.

Ils sourirent devant ce lapsus.

— J'arrête l'alcool, soupira Philippe.

On se tapa dans la main, et je m'extirpai du canapé, me sentant plus sereine après cette discussion. Nous allions réussir à solutionner nos problèmes. Il fallait juste arrêter d'avoir les pétoches.

Je me tournai vers eux et leur dis :

— On fait une belle brochette de losers, mais je vous aime quand même.

Ils m'envoyèrent des coussins.

— Allez, salut, les mecs !

Et je partis rejoindre mon blond aux yeux bleus avant qu'il s'endorme sans moi.

Ce n'est pas parce que j'avais décidé de faire des efforts que la vie était toute rose chez M. Parfait. Il refusait de me parler de son histoire d'héritage. Il changeait de sujet quand je voulais en discuter. Qui étais-je pour vouloir qu'il me fasse des confidences ? Pas grave, nous n'étions pas en couple, je n'étais pas en quête d'une symbiose d'âmes, je me contentais très bien de celle des corps.

Nous étions à notre fin de troisième semaine de colocation. Après la soirée avec mes frères, j'avais décidé de profiter de ce qui m'arrivait sans chercher à savoir où ça allait me mener. Benjamin ne m'avait pas posé de questions sur ma crise, et la vie avait repris son cours.

Le soir, je rendais visite à ma grand-mère pour voir comment ça allait, je retrouvais les mecs généralement devant la télé à jouer aux jeux de Willy, qui passait ses journées à squatter avec mes frères. Je le trouvais plus souriant, plus sérieux, ça avait l'air de lui réussir d'être avec eux. J'avais appris grâce à Philippe que Jean était allé voir le psy une fois seul et la seconde avec sa femme. Il restait chez moi pour l'instant, le temps que tous les deux fondent de nouvelles bases. Jean, lui, m'avait dit que Philippe avait des crises de panique parfois et faisait des cauchemars régulièrement, mais ne voulait pas en parler. Je trouvais chouette qu'ils se soutiennent les uns les autres, mais je m'inquiétais pour Philippe. Il ne voulait pas aller consulter un psychiatre et pensait que ça allait passer.

Nana trônait toujours dans son lit avec ses télécommandes à portée de main et semblait heureuse. Chaque soir, elle me parlait de sa vie, c'étaient des parenthèses hors du temps. Nous étions chacune avec notre tasse de thé, et elle me racontait la vie avec mes grands-pères.

— Le véritable amour est patient, ma chérie. Il ne se nourrit pas d'illusions ni de chimères. Il se satisfait de l'autre dans tous ses défauts et ne cherche pas à le changer. Le plus bel amour que tu puisses offrir à un homme est l'amour d'une femme qui l'aime pour lui, pour ce qu'il lui apporte, mais qui pourrait être heureuse seule également. Cet amour-là ne rend pas l'autre dépendant, c'est juste le cadeau d'être côte à côte et de pouvoir grandir ensemble.

— Ça ne ressemble pas trop à l'amour romantique que tout le monde vante...

— Ton bonheur ne peut pas dépendre d'un homme.

Car si tu n'es pas heureuse, tu le lui reprocheras. Tu peux être épanouie avec ton homme, ton amoureux peut rendre le ciel plus bleu, les oiseaux plus joyeux si tu veux, mais s'il n'est pas là, tu dois être capable de savourer ce beau ciel bleu quand même.

Je restai songeuse.

— Intéressant comme concept. Tu as exposé ta théorie à Jean ?

Elle soupira.

— Il est têtu comme une mule. Il veut tellement me protéger de tout que je n'arrive presque plus à respirer. J'ai d'autres sujets de conversation avec lui. À chaque petit-enfant, j'ai un discours de prévu.

Je souris en pensant à la joie que devaient ressentir mes frères en rentrant dans la chambre. Ils devaient redouter les leçons de sagesse de Mme l'ambassadrice.

— Bon, faut que j'y aille. Je vais voir si le ciel est bleu et si les oiseaux chantent.

Et je l'embrassai fort avant de partir vérifier si le ciel était plus beau depuis que j'avais Benjamin dans ma vie.

J'étais presque à la fin de ma période de remplacement et je n'avais fait aucun projet pour la suite. Benjamin ne me parlait pas non plus de ce qu'il avait prévu pour après alors qu'il avait la même date butoir que moi. Nous étions donc dans une phase de non-dits bétonnée et où la communication n'était pas notre fort. Par contre, on rigolait bien, on faisait l'amour passionnément et on avait le sourire. Sauf que les nôtres ressemblaient de plus en plus à des rictus de clown plutôt que des comportements d'adulte.

Annette m'avait glissé qu'ils ne seraient pas contre que je continue à travailler avec eux, je ne savais pas quoi en penser. J'aimais l'ambiance au cabinet, mais ce n'était pas le boulot que je rêvais de faire.

Un midi, Georges s'installa face à moi dans la salle de repos et déposa un dessert dans mon assiette. Une magnifique tartelette aux fraises. À mots couverts, il me demanda de l'aide pour convaincre Aliette d'aller au fameux rendez-vous avec lui. Le voyant rougir alors qu'il parlait, je fus convaincue de l'intérêt sincère qu'il portait à ma collègue.

— J'ai une question, Georges. Je peux vous appeler Georges ?

Il acquiesça.

— Pourquoi vous n'étiez pas sympa avec moi pour les comptes rendus ?

Il rougit encore plus.

— J'espérais que ce soit Aliette qui finisse par s'en occuper.

Ah oui, c'était une stratégie intéressante, mais qui ne tenait pas compte de l'instinct de survie de sa dulcinée, qui fuyait les ennuis autant qu'elle le pouvait.

— Pas bête.

Je terminai ma tarte aux fraises et lui dis :

— Vous ne rouspétez plus après mon travail, et j'arrête les fautes d'orthographe. Pour votre histoire de sortie, je vais essayer de la convaincre.

Je crus qu'il allait m'embrasser. Il devait vraiment être sérieusement accro.

Benjamin arriva dans la salle au moment où je me faisais cette réflexion, et je perdis un instant le fil de mes pensées. Me ressaisissant, je constatai que moi aussi, j'étais sérieusement atteinte.

Je tendis ma main au psychiatre et lui dis :

— Alors, affaire conclue ?

Sur un sourire, il me rendit ma poignée de main.
— Affaire conclue.

Peu de temps après, lors d'une fin d'après-midi où j'étais rentrée plus tôt du travail, congédiée par des grognements d'Aliette qui m'avait dit qu'elle préférait se crever à la tâche plutôt que rentrer chez elle, j'avais commencé à faire le ménage. Il faisait chaud dans cet appart, je virai mon T-shirt et me retrouvai donc en minishort en jean et soutif en dentelle. Je mis la musique et commençai à passer l'aspirateur, faire la vaisselle qui traînait, la poussière et ranger tout mon bazar. Je posai toutes mes affaires dans la chambre sur les étagères vides de la penderie.

C'est sur la musique de *This Head I Hold* d'Electric Guest que j'entendis la porte d'entrée s'ouvrir. Avec un immense sourire, fière de moi, j'allai faire part de l'abattement de mes tâches ménagères à mon coloc. Mais la voix d'une femme me stoppa dans mon élan. Je restai statufiée derrière la porte. Devais-je signifier ma présence ou pas ?

— Clara, qu'est-ce que tu fais là ? demanda Benjamin sur un ton exaspéré.

— Je viens car tu fuis tous mes appels et mes messages, et je veux te parler.

Il soupira.

— Vas-y, parle...

— On peut peut-être s'asseoir ?

Après un instant de silence, Clara parla :

— Benjamin, je voulais te présenter mes excuses pour mon comportement. J'aurais dû te dire que ça n'allait pas, et que je voulais que les choses changent, mais j'ai fait une erreur en te quittant. Je me suis rendu compte que tu étais l'homme de ma vie et je t'aime, Benjamin. Je veux qu'on réessaye.

J'en restai la bouche ouverte et l'oreille scotchée à la porte. *Eh bien, merde alors ! Et moi ?* J'avais envie d'arriver dans le salon en criant après cette morue qu'elle se casse ! Benjamin était très bien sans elle, non mais ! Enfin, je croyais... peut-être ? Je repensai à la soirée d'hier et à la manière dont il m'avait punie de tricher aux cartes. Non, en fait, j'en étais sûre qu'il était très bien sans elle, sinon il n'aurait pas autant ri puis autant pris de plaisir à être avec moi.

Un grand silence se fit entendre derrière la porte. Silence rompu par la sonnerie tonitruante de mon téléphone qui se mit à brailler *Put a Ring on It* de Beyoncé. Charlotte s'était bien amusée la dernière fois qu'elle m'avait emprunté mon téléphone. Elle avait bien choisi sa musique.

— Mélissa ? m'appela Benjamin.

Merde, qu'est-ce que je devais faire ? La seule solution quand je ne savais plus quoi faire de moi, c'était la fuite. *Vite, me barrer.*

Je passai la tête par l'entrebâillement et dis avec un accent complètement bizarre — mi-portugais, mi-italien :

— J'ai fini le ménage, monsieur. (Et j'apparus avec mon plumeau à la main.) Je m'en vais !

Je me saisis de mon sac, mis mes tongs et ouvris la porte.

Benjamin m'attrapa par le bras et m'apostropha :

— T'as pas de T-shirt, madame Propre !

Et il me tendit mon T-shirt resté sur le canapé.

J'entraperçus Clara qui me regardait d'un air snob et coincé. Elle me semblait magnifique. Bien habillée, les cheveux au carré. Bref, elle aurait été parfaite en femme de médecin. J'eus les larmes aux yeux à cette pensée.

Il me laissa mettre mon T-shirt, puis me ressaisit le bras et sur le palier chuchota :

— Il faut que l'on parle tous les deux ce soir. Je t'attends pour dîner.

Je me contentai de hocher la tête et essayai d'avaler la grosse boule qui m'obstruait la gorge. Je me précipitai chez mon amie Noémie et envoyai un message à Charlotte pour qu'elle nous rejoigne. J'avais besoin d'une réunion au sommet.

Chapitre 19

Benjamin

Je fermai la porte derrière Mélissa et m'inquiétai de sa réaction. Elle m'avait l'air à fleur de peau, alors qu'elle avait fini de se cacher chez sa grand-mère, et que tout était de nouveau au beau fixe.

Me retournant, je vis Clara assise bien droite sur le canapé, qui me dévorait du regard. La situation était bizarre.

— Ta femme de ménage a une feuille de haschisch sur son T-shirt ? Et tu la gardes ?

Je n'avais aucune envie de parler des fantaisies vestimentaires de ma petite amie avec mon ex.

— Qu'est-ce que tu fous là, Clara ?

— Il y a un truc de changé chez toi, Benjamin ?

Elle pencha la tête et, songeuse, me dit :

— Tu portes tes lunettes alors que tu ne les aimais pas avant et tu as un T-shirt de... ?

Elle grimaça.

— *The Big Bang Theory.* C'est Charlotte qui me l'a offert.

— C'est qui Charlotte ?

— Une infirmière des urgences avec qui je travaillais.

Cette réponse ne lui plut pas. Elle devait penser que suite à son départ, j'étais resté ivre au fond de mon canapé. Bah, non, il y avait des femmes dans ma vie et pas des demi-portions, pensai-je en me souvenant de leurs descentes en alcool et de leur langue acérée quand on les cherchait.

Me prenant les mains, elle me dit :

— Benjamin, je n'aurais jamais dû partir.

Je retirai mes mains des siennes et lui répondis froidement :

— Tu n'aurais surtout pas dû me tromper.

— Mais tu ne t'occupais pas de moi ! Tu n'étais jamais là.

Je la regardai, impassible.

— Clara, j'entends ce que tu me dis, mais ce n'est en aucun cas une raison pour ce que tu as fait. Tu aurais dû me parler.

— Benjamin, on faisait un beau couple tous les deux. On avait les mêmes objectifs pour l'avenir.

— Non, Clara. Je n'ai pas les mêmes objectifs que toi. C'est fini, Clara.

— Mais on peut réessayer, me supplia-t-elle.

— C'est trop tard, j'ai quelqu'un dans ma vie.

Elle se leva et me toisa.

— C'est la traînée en soutif et feuille de haschisch ta nana ?

Une bouffée de colère me sauta au visage. Personne n'avait le droit de parler de Mélissa comme ça.

Je me levai et allai ouvrir la porte avant de m'énerver.

— Ce n'est pas une traînée, ravale tes méchancetés.

— T'es descendu bien bas.

Enfin, elle montrait son vrai visage. Elle avait les traits durs et le regard méchant.

— Ce ne sont pas tes affaires. Sors de chez moi !

Et je la poussai du bout des doigts vers la sortie.

— Le jour où tu te rendras compte de ce que tu as laissé passer, je ne serai plus là, me dit-elle avec morgue.

Qu'elle garde ses illusions si elle veut. Je claquai la porte dans son dos et soupirai.

La seule chose qui m'importait était de savoir où se trouvait Mélissa. Hors de question qu'à cause de Clara elle prenne de nouveau la fuite.

Mélissa

J'arrivai chez Noémie assez énervée. Elle était dans sa cuisine, complètement débraillée, face à ses deux enfants barbouillés de chocolat. En regardant avec plus d'attention mon amie, je vis que Nana avait raison. Elle n'allait pas bien. Elle avait de grands cernes, l'air pâle, et quand elle leva le bras pour attraper des verres, je vis des poils sous son bras. Notez bien que je n'ai rien contre la pilosité chez les femmes. Je trouve même que notre société sera une vraie société progressiste quand on aura fini d'envoyer des incitations aux femmes à être minces, féminines, dénuées de poils. Mais les poils des aisselles de Noémie n'étaient pas des poils de féministes, ou alors elle m'avait bien caché sa nouvelle cause. C'étaient des poils symptomatiques d'un mal-être. Elle remarqua que je fixais son aisselle et me dit :

— Je m'en fous. Je pourrais être la femme à barbe, je m'en foutrais également.

Je n'eus pas le temps d'éclaircir cette histoire de barbe que Charlotte déboula avec Matthias dans la cuisine. Grand brun, les yeux verts, il ressemblait à un mannequin. Il avait perdu son air sérieux et pédant, son sourire illuminait la pièce. C'était sans doute dû au fait qu'il reluquait le derrière de Charlotte, cela m'amusa.

— Vous ne vivez plus l'un sans l'autre ? me moquai-je.

Il me sourit et vint m'embrasser.

— Je suis là pour m'occuper de mon neveu et de ma nièce pendant que vous ferez votre réunion au sommet, sorcière.

— Ce dévouement est suspect, dit Noémie, dubitative.

Il alla l'embrasser.

— Profite et arrête d'être suspicieuse.

Après avoir débarbouillé Louis, il le prit dans son Baby Relax et attrapa la main de Sophie.

— Allez, les mômes, on va dans le jardin jouer à la dînette.

Charlotte le regarda partir, l'air énamouré.

— Est-ce qu'il n'est pas parfait ?

Elle tourna la tête vers nous et ajouta :

— Ça lui irait bien des bébés, non ? Parce que je vous garantis que si la technique compte pour faire de beaux bébés, eh bien, ils vont être splendides les nôtres !

Noémie ferma les yeux à cet énoncé et, moi, je masquai mon sourire.

— Tu es bien mon amie infirmière ? Tu as bien étudié la reproduction ? Quand est-ce qu'il a été spécifié que quand l'homme te donnait des orgasmes les bébés étaient plus beaux ?

Charlotte allait me répondre, mais Noémie fut plus rapide.

— Je ne veux plus entendre le mot « orgasme ». Je ne veux plus entendre le mot « technique » et « Matthias » dans la même phrase. On parle de mon frère, là !

— Tu peux être fière de lui, Noémie. Il me rend très heureuse, dit Charlotte avec un air angélique.

— Bon, on arrête cette conversation, déclarai-je.

Je m'assis sur un des tabourets de bar de la cuisine et annonçai d'un ton très sérieux :

— L'ex de Benjamin est venue à l'appartement pour le récupérer. Et c'est une pouffiasse blonde, BCBG. Elle m'a regardée comme si j'étais une serpillière, et je suis sûre qu'elle pense que je suis quantité négligeable.

Noémie soupira et ouvrit tous les tiroirs à sa portée.

— Et tu l'as vue combien de temps pour avoir déduit ça ?

— Trente secondes. Juste le temps que je sorte de la chambre et que j'ouvre la porte d'entrée.

Elle brandit le tire-bouchon qu'elle venait de trouver. À ce train-là, nous allions terminer alcooliques.

Charlotte, qui était en train de finir le goûter de sa filleule, me dit, la bouche pleine :

— Et on s'en fout, non, de son avis ?

Je tapai de la main sur la table.

— Bah, non ! On s'en fout pas ! Elle a quand même vécu avec Benjamin. Il l'a trouvée suffisamment bien pour habiter avec elle, partager son lit, prendre des douches avec elle, regarder la télé ensemble, et je ne sais quoi moi ! Je suis sûre qu'il lui a même donné des orgasmes !

Noémie brandit le tire-bouchon sous mon nez.

— J'ai dit que je ne voulais plus entendre ce mot !

— Non, mais ça va pas.

Je lui pris le tire-bouchon des mains.

— Mais t'es en train de tourner maboule, ma parole ! Qu'est-ce que t'as avec ce mot ?

Elle fronça les sourcils, l'air de songer à ce qu'elle pourrait faire pour me punir.

— Bref, moi, je m'en fous pas de son avis. Parce

que si Benjamin l'a choisie à un moment donné, c'est qu'il pensait pareil qu'elle, et donc si elle me prend pour une moins-que-rien, ça veut dire que lui aussi peut le penser.

Charlotte, ayant fini son goûter, leva le doigt pour interrompre ma diatribe.

— Question : quand elle t'a regardée l'air de dire que t'étais de la merde...

— J'ai pas dit merde, merci ! la coupai-je. J'ai dit serpillière.

— Oui, bon, on est pas à une approximation près. Tu avais ce T-shirt sur le dos ?

Je baissai les yeux et vis que j'avais mon T-shirt spécial « comment-énerver-mon-frère-flic », c'est-à-dire un T-shirt où était écrit en grand « *Keep calm, it's just a plant*[1] » avec une feuille de haschisch dessus.

OK... Mais elle ne l'avait peut-être pas vu ce T-shirt ! J'étais en soutif quand elle m'avait rencontrée. J'allais expliquer cette subtilité à mes amies, puis finalement, je me dis que ça ne servait à rien que je me saborde.

— Il n'empêche que si ça se trouve, ils sont en train de...

Je m'arrêtai avant de dire « baiser » en voyant Noémie brandir une poêle devant mon nez.

— Parler littérature, continuai-je.

Charlotte, qui avait saisi ma métaphore, renchérit :

— Tu crois qu'ils sont au début du livre ou qu'il a jeté le livre par la fenêtre ?

J'ouvris la bouche en grand.

— J'espère bien qu'il a refusé de lire le livre ! Et moi, alors ? Je suis quoi là-dedans ? Le programme TV, et elle le dernier Goncourt ?

Noémie se mêla à la conversation :

1. Garde ton calme, c'est juste une plante.

— Et si Benjamin était tellement intéressé par le magazine que le Goncourt, il l'avait foutu à la porte ? Mais toi, tu veux faire quoi dans cette histoire ?

Je pris une petite cuillère qui traînait et me mis à touiller le reste de bouillie qui était dans le bol devant moi.

— Moi, je voudrais que cette pétasse se casse, car Benjamin est très bien avec moi. Il est souriant, il est de bonne humeur, il n'a plus son air si sérieux. Il n'a pas besoin d'elle pour aller bien.

— Tu réponds pas à ma question, là. Tu veux Benjamin ou pas ?

— Oui, je veux Benjamin, avouai-je en soupirant.

Noémie, ayant récupéré le tire-bouchon, déboucha la bouteille.

— Il faut fêter ça ! C'est la première fois en plus de dix ans d'amitié que tu nous dis vouloir être avec un mec. Comme quoi, les miracles existent.

— Je fais quoi maintenant ? Parce qu'elle est vraiment mieux que moi. Enfin, elle fait plus compagne de médecin.

— C'est clair que se trimballer avec un T-shirt pour la légalisation du cannabis, ça ne fait pas très sérieux, dit Noémie.

— C'est mon T-shirt de ménage ! Je n'étais pas censée sortir avec, mais je me suis barrée en quatrième vitesse de l'appart.

Charlotte me servit un verre et me dit :

— Ce qui est sûr, c'est qu'il faut que tu sois certaine de ce que tu veux, Mélissa. Benjamin est un homme qui mérite d'avoir une copine qui soit droite dans ses bottes et pas une girouette.

Je pensai à mes fugues chez ma grand-mère. Un comportement de collégienne et non celui d'une femme de vingt-huit ans. J'avais besoin de réfléchir.

Je passai donc la soirée avec mes amies à attendre que la certitude fuse.

Noémie n'avait jamais fait partie d'un couple modèle. Son mec l'avait plantée alors qu'elle était enceinte du deuxième. Il lui avait juste annoncé que la vie de famille, c'était bien sympa, mais qu'il était trop jeune pour s'enterrer. Elle se contenta juste de me conseiller :

— Ne fais pas les mêmes conneries que moi.

Charlotte la foudroya du regard.

— Eh oh ! Madame Bisounours, tout le monde n'a pas ta chance ! Ni la sienne d'ailleurs, commenta-t-elle en me montrant du doigt.

— Bah, faut savoir ! Tu viens de me dire de ne pas faire les mêmes bêtises que toi ! tempêtai-je.

Elle soupira.

— Ce que je voulais dire, c'est qu'il faut faire attention au message que t'envoie le mec. Ne prends pas tes désirs pour les siens ! Moi, je pensais que Stephen voulait une vie de famille, mais en fait pas du tout. C'est moi qui voulais les deux enfants et la maison sympa. Lui, il voulait juste s'éclater.

— Bah, je fais comment moi pour savoir ce qu'il veut ? demandai-je.

Matthias entra à ce moment-là dans la cuisine et se servit un verre.

— Nous, les hommes, nous sommes assez basiques. Tu lui poses la question, et il te répondra.

Et il partit. C'est vrai que je n'avais pas pensé à cette option. Comme quoi, avoir des amis hommes hétéros pouvait aider à la prise de décision.

Nous nous regardâmes, et je râlai :

— Oui, mais moi, j'ai peur de sa réponse.

Charlotte se servit en cacahuètes, elle n'arrêtait plus de manger depuis qu'elle avait repris une vie amoureuse. Elle n'était pas une bonne illustration pour le dicton « vivre d'amour et d'eau fraîche ». La bouche pleine, elle se mit à postillonner.

— T'as peur qu'il te dise qu'il veut une relation sérieuse ?

Je pris un moment pour y réfléchir et dus bien constater que c'était le contraire qui me faisait peur.

— J'ai peur qu'il me dise de ne pas me faire des films, qu'entre nous, c'est juste pour le fun.

Mes amies me regardèrent avec un grand sourire et se tapèrent dans la main.

Charlotte s'exclama :

— La meilleure nouvelle de la semaine, tiens ! Notre adolescente a décidé de devenir adulte !

Et elles se resservirent pour fêter ça. Abrutie par cette constatation inattendue, je bus mes verres bien docilement et ne fus plus en état de rentrer chez Benjamin. Je trouvai refuge sur le canapé de Noémie pour la nuit.

Benjamin

Il était 23 heures, Mélissa ne rentrait pas, et je ne voulais pas lui envoyer de SMS. De guerre lasse d'attendre, j'allai me promener. Mes pas me menèrent jusque chez Fred. Je n'eus pas besoin de sonner à l'Interphone, un voisin sortait. Je m'engouffrai derrière lui et montai quatre à quatre les marches de l'escalier. Je sonnai à la porte, et ma sœur ouvrit, tout sourires, mais ne s'attendant pas visiblement à ce que ce soit moi. Qu'est-ce qu'elle faisait encore ici alors qu'elle m'avait dit avoir trouvé un logement ?

— Qu'est-ce que tu fais chez Fred ? Il est là ?

Devenant rouge comme une tomate, elle bégaya, et

je profitai qu'elle cherche un mensonge pour rentrer dans l'appartement de mon meilleur ami. Je regardai autour de moi et constatai que oui, ma sœur était bien passée par là. Un bouquet de fleurs trônait sur la table basse, un morceau de tissu africain drapait le clic-clac, et il y avait ce qui ressemblait à un pot pourri sur le bar. Je m'affalai sur le canapé avec un sourire que je masquais, car j'avais envie de la faire mariner. Elle méritait bien ça, vu comment elle m'avait mené en bateau. Elle me donnait l'impression de n'avoir pas déménagé.

— Alors, Chloé. Comment ça va, ta vie de célibataire ? lui demandai-je en attrapant un caleçon qui traînait à côté du canapé avec un crayon.

Elle ne me répondit pas. Un coup à la porte lui donna l'occasion de différer sa réponse. Fred entra et lâcha un sac de sport pour soulever ma sœur et la coller contre la porte pour l'embrasser. OK, là, ça devenait gênant. Je me mis à tousser, ce qui ne perturba pas mon ami. Il était trop concentré sur ma sœur.

— Fred, c'est ma sœur, là ! Tu la lâches et tu viens m'expliquer pourquoi tu n'es plus chez les Pygmées ! dis-je en haussant le ton.

Il stoppa net et se retourna, interdit, vers moi.

— Oh merde ! Benjamin ! Tu es là ?

Il vint me serrer la main et s'assit à côté de moi.

— Je voulais t'en parler, mais je ne savais pas comment tu allais le prendre.

Chloé était partie avec le sac dans la cuisine. Fred se frottait les mains, il avait l'air super nerveux. C'était la première fois que je le voyais ainsi. Qu'est-ce qu'il allait m'annoncer ?

— Tu m'expliques ?

— En fait, quand je suis rentré de reportage, tu

sais, sur les pubs irlandais, ta sœur n'a pas voulu partir tout de suite.

Alors ça, c'était trop fort.

— C'est donc à cause de ma sœur que tu l'embrasses quand elle ouvre la porte ?

Il semblait très embarrassé.

— Non. Elle ne vit plus ici, c'est pour cela que quand je la vois, j'ai tendance à un peu m'emballer.

J'allais répondre quand il me coupa la parole :

— Tu sais que j'ai toujours eu un penchant pour elle. Mais là, c'est plus que ça. La vie est belle avec elle. Je me prends moins la tête, j'ai envie de partager plein de choses avec elle, j'ai besoin de passer du temps en sa compagnie. Tu comprends ? Mais ne t'inquiète pas ! On ne vit pas ensemble.

Je ne savais pas si ça devait me rassurer ou pas.

— Je comprends qu'elle a réussi à avoir ce qu'elle veut. T'es cuit, mon pote. Tu lui feras pas de mal, hein ? lui demandai-je, menaçant.

— Jamais de la vie, Ben. Elle m'est trop précieuse.

Eh bien, il n'était pas au bout de ses peines. J'adorais ma sœur, mais ça se voyait comme le nez au milieu de la figure qu'elle allait faire de lui ce qu'elle voulait.

— Si vous êtes heureux.

Mon téléphone sonna. À mon grand soulagement, c'était Mélissa. Je décrochai et je n'eus même pas le temps de prononcer un mot qu'elle se mit à parler d'une voix avinée :

— Bonjour, le répondeur du beau blond. Benjamin, je voulais juste te dire que le Goncourt, c'est chiant, que c'est pour les vieux, mais que par contre, les magazines, c'est dans l'air du temps, et que l'on s'ennuie pas avec.

J'entendis derrière elle la voix de Charlotte crier :

— Et ça peut être cochon !

Puis s'ensuivit une exclamation de douleur.

— Tais-toi, Charlotte. Je parle. Donc, Ben, réfléchis bien avant de choisir.

Et elle raccrocha. Mais qu'est-ce qu'elle racontait ?

— C'était qui ? me questionna Fred.

— Mélissa... Elle me fatigue ! Je commence à perdre patience.

Je balançai mon téléphone sur la table.

— Tu veux en parler ? me demanda-t-il.

— Non. Par contre, ta copine avocate, elle pourrait m'aider ?

Chloé, qui arrivait à ce moment-là avec des bières, interrogea Fred, mécontente :

— Quelle copine avocate ?

Eh bien, il n'était pas au bout de ses peines vu le calepin plein de numéros qu'il avait.

Je me contentai de boire ma bière en attendant que Fred ait fini de se dépatouiller et me retrouve ses coordonnées.

Je me réveillai le lendemain matin, premier jour de week-end, seul dans mon lit. Je m'étais couché tard, car je l'avais attendue. Cela m'avait permis de faire des recherches sur mon ordinateur que j'avais différées en attendant que ma coloc choisisse de se bouger.

Après un tour de l'appartement, j'eus la confirmation que Mélissa n'était effectivement pas rentrée. La moutarde me monta au nez. J'en avais marre de ne pas lui dire ce que je pensais de peur qu'elle parte, j'en avais marre d'être le mec cool avec lequel elle couchait. Je pris ma douche en quatrième vitesse et décidai d'aller la chercher par la peau des fesses chez sa grand-mère.

J'arrivai à 9 heures avec des viennoiseries pour Elisabeth et je trouvai sur le pas de la porte un immense palmier avec un pack de bières à côté. Je sonnai et vis Jean, la tête hirsute, m'ouvrir.

— Ah, salut, doc !

Je lui montrai le palmier et la bière.

— Ah, ça ! Le palmier de la part d'un amoureux de Mélissa et la bière d'un amoureux de Nana.

« Un amoureux de Mélissa » ?

Je devais m'être exprimé à voix haute, car Jean me regarda en souriant.

— Oui, un ex fleuriste qui lui dépose des plantes toutes les semaines.

— T'as ses coordonnées à cet ex ?

C'était qui ce mec qui envoyait des fleurs à ma copine ? Il allait falloir que je lui parle à celui-là.

— Non. Allez, entre, c'est trop tôt pour se prendre la tête. Je vais te faire un café.

C'était la première fois que Jean se montrait sympa avec moi, je devais vraiment avoir l'air énervé.

Je pus constater que Mélissa n'était pas chez sa grand-mère. Mais où est-ce qu'elle était passée ?

Philippe vint s'asseoir dans la cuisine, les yeux injectés de sang, il avait vraiment mauvaise mine. Il me semblait qu'il avait perdu du poids également. Je gardai mes observations pour moi et posai la question qui m'importait le plus :

— Où est votre sœur ?

Ils se regardèrent, surpris, puis Jean soupira.

— Elle s'est barrée ?

— Oui.

— Je ne suis pas son avocat, mais je tiens à partager une pensée que ma femme a dit à... la personne que nous avons été voir. Elle a dit texto : « Ses parents lui ont bien niqué la tête. »

Un grand silence se fit.

Philippe but une gorgée de son café et dit :

— Amen. Et moi, je rajouterais pour mon cas : et l'armée en a rajouté une couche.

Eh bien, dans la famille J'ai-des-Problèmes, je demandais... Je demandais qui ? À voir ça, ils se débattaient tous pour garder la tête hors de l'eau.

Devant le nouveau silence pesant qui venait de s'installer, je dis :

— Il est trop tôt pour mettre du whisky dans nos verres, non ?

Nous nous installâmes devant la télé et vîmes un épisode sanglant d'une série bizarre. Ce début de journée commençait vraiment très étrangement.

Vingt minutes plus tard, nous regardions l'équipe d'inspecteurs trouver le cœur des victimes dans le congélateur d'une mamie. Nous tournâmes la tête vers l'entrée de l'appartement au bruit d'une bordée de jurons suivis d'affirmations féminines comme quoi un fleuriste allait *bouffer* des feuilles et qu'un voisin allait finir noyé sous la bière. Mélissa venait d'arriver, à mon grand contentement.

Mélissa

Dès mon réveil, c'est-à-dire quand Sophie m'avait soulevé les paupières, j'étais rentrée chez Benjamin. En voyant l'appartement vide et des papiers sur la table basse parlant de déménagement et des annonces de logement dans le Sud, j'avais eu une grosse bouffée de panique. Ça y était, j'avais fait capoter notre histoire à force d'être une vraie pétocharde et de ne pas prendre de risque.

Un SMS de Philippe était arrivé juste au moment où je m'apprêtais à pleurer. Je m'étais précipitée chez Nana et avais trouvé mes frères et Benjamin devant la télévision. Vu le regard que me lança Benjamin, j'allais ramer sévère avant qu'il me pardonne ma nouvelle fuite.

Toute rouge, les mains tremblantes, je lui souris et lui demandai :

— On peut se parler ?

Il posa sa tasse et me suivit. Nous allâmes dans ma chambre, et il ferma la porte en m'observant, impassible. Le retour de l'homme de glace.

— Je crois qu'il faut que je parle du message que j'ai laissé sur ton répondeur hier. Je n'étais pas très bien. En fait, j'avais bien bu pour être plus précise et j'ai dit n'importe quoi. Je voulais revenir à la maison et parler avec toi, mais j'ai été étourdie par un peu trop de rosé.

Il était toujours muet. Je ressentis une grosse bouffée d'angoisse.

— En fait, hier quand j'ai vu ton ex chez toi, j'ai paniqué.

Je me tordis les mains dans tous les sens et le regardai me fixer de ses yeux de cyborg.

— C'est une vraie blonde ?

Pas de réponse.

— Parce qu'elle est vraiment parfaitement blonde. Et elle paraît être super bien coiffée.

Grand silence.

— Elle s'habille toujours aussi bien ? Tu sais, elle fait vraiment très femme de médecin.

Il soupira et se frotta le front.

— Tu me fatigues.

Ah bah, ça, ce n'était pas une grande surprise.

— Si tu en venais au fait, Mélissa, pour changer ?

Je pris une grande bouffée d'air et me lançai :

— En fait, je ne pense pas que ce soit une bonne idée que tu te remettes avec elle. Elle m'a l'air beaucoup trop sérieuse pour toi. Tu as besoin de quelqu'un qui ne se prenne pas au sérieux, qui rigole, qui mette du bazar dans ta vie, sinon tu vas finir vieux avant l'âge.

Il était toujours impassible. *Rame, ma fille, rame, t'es pas au bout de tes peines*, me dis-je.

— Tu as une suggestion sur cette personne ?

Et à ce moment-là, Philippe déboula dans la chambre.

— Désolé, mais il y a les parents qui viennent d'arriver.

— Et merde ! m'exclamai-je.

Ils étaient vraiment doués pour me gâcher la vie, ceux-là.

Nous nous installâmes dans mon salon. Mes parents sur mon canapé, moi dans mon fauteuil, Benjamin debout à côté de moi, et Jean était près de la porte avec Philippe.

Ma mère était assise bien droite dans son tailleur-pantalon et ses petits escarpins vernis. Elle avait son collier de perles et tenait son sac à main sur les genoux. Mon père avait ses cheveux parfaitement coiffés en brosse, une chemise à manches courtes et son pantalon au pli bien repassé. Tous les deux ne semblaient pas très à l'aise.

— Nous pensions te trouver seule Mélissa, dit ma mère d'un air pincé.

Ah ! C'était ça le problème.

— Mais ce n'est pas grave. Nous voulions te dire que nous avions trouvé une place en maison de retraite pour Nana.

— Quoi !!!! ! m'écriai-je, incrédule. Mais pourquoi ? Elle ne veut pas aller en maison de retraite !

Mon père se mêla à la conversation :

— Ta grand-mère ne va pas bien, elle a besoin que quelqu'un s'occupe d'elle tout le temps.

Benjamin mit sa main sur mon épaule pour me calmer. Je respirai un grand coup.

— Et qui vous a dit ça ? demanda-t-il.

— Son médecin.

J'allais répondre vertement quand Benjamin fut plus rapide.

— Quel médecin ?

— Je ne vois pas en quoi ça vous regarde, je ne sais même pas qui vous êtes.

— Je suis Benjamin Ferrier et je suis le médecin de votre belle-mère. C'est pour cela que j'aimerais savoir à qui vous avez parlé.

Pour une fois, mon père perdit contenance. Il se tourna vers ma mère. Celle-ci triturait la sangle de son sac à main, l'air gêné.

— Le médecin de l'hôpital.

Jean s'offusqua :

— Mais c'était il y a deux mois alors !

Elle le foudroya du regard et nous demanda :

— Ose me dire qu'elle a retrouvé la même vie qu'avant ! Elle marche peut-être ? Elle est autonome ?

Je savais que ma mère bluffait. Elle ne savait rien de l'état de santé de sa mère, car elle n'était même pas venue la voir. Mais on ne pouvait pas lui dire que Nana était redevenue autonome, car ce n'était pas le cas.

Nous entendîmes une voix rauque et mal assurée parler derrière Jean et dire :

— On va se promener quand Jean part au travail.

Willy entra dans la pièce avec son jean baggy qui descendait bas sur les hanches et son immense T-shirt où il était écrit « US ».

— Je l'emmène faire le marché, et après on va boire un café avec son amie Marguerite, puis on rentre. Elle marche très bien toute seule, elle a toute sa tête et compte très bien ses sous.

Je jetai un coup d'œil à Benjamin, qui souriait, et à Jean, qui avait la bouche ouverte de stupéfaction. Je n'étais donc pas la seule à découvrir les cachotteries de ma grand-mère.

— Mais je ne savais pas qu'elle sortait ! s'exclama Jean.

— Elle voulait que tu continues de t'occuper d'elle, car tu as besoin de passer du temps en sa compagnie qu'elle m'a dit, lui dit Willy, dans ses petits souliers.

Je me mis à rire aux éclats. Ma grand-mère, la reine des manipulatrices.

Ma mère me foudroya du regard, puis détailla Willy et lui demanda sèchement :

— Et vous êtes qui pour vous inviter dans les conversations comme ça ?

Benjamin lui répondit froidement :

— C'est son auxiliaire de vie, et il fait du très bon travail.

Les yeux de Willy s'illuminèrent de gratitude.

Ma mère avait visiblement envie de hurler de contrariété, mais ne se l'autorisait pas. Elle me regarda méchamment et me dit :

— Pourquoi tu ris ? Il y a quelque chose de réjouissant dans ta vie en ce moment peut-être ? Un CDI pour changer ? Tu as décidé de faire un vrai travail ?

Ça y était. Elle voulait se défouler sur moi. Grand bien lui fasse, j'avais de quoi l'excéder encore un peu plus.

— Oui ! J'ai décidé de me lancer dans la carrière de péripatétici...

Et je n'eus pas le temps de terminer ma phrase que

Benjamin se plaça face à moi avant de me tirer par le bras pour me mettre debout. J'allais me rebeller, mais il me coupa dans mon élan.

— Il faut qu'on parle. Tu viens ?

— Non ! J'ai une conversation à avoir avec mes parents.

Ce n'était pas son avis. En moins de temps qu'il me fallait pour protester, Benjamin m'entraîna derrière lui et se dirigea vers la sortie. Philippe déclara :

— Au fait, je voulais vous annoncer : j'ai démissionné de l'armée.

Un glapissement s'ensuivit, et je n'entendis pas le reste, car nous étions sortis de l'appartement, et Benjamin descendait tranquillement l'escalier. Il me poussa dans le petit carré d'herbe à l'extérieur.

— Maintenant, Mélissa, tu termines ce que tu voulais me dire. Avec qui dois-je faire ma vie ?

Ses yeux bleu azur me dévisageaient avec intensité. Il ne m'avait jamais regardée aussi sérieusement, comme si je détenais son avenir dans mes mains.

— Hier, quand j'ai vu Clara dans l'appartement, je me suis pris une claque, car je l'ai imaginée avec toi, et ça me faisait mal au ventre. C'est avec moi que tu dois faire ta vie, car jamais personne ne s'occupera autant de te faire rire que moi, jamais personne ne te cuisinera du tofu aussi bien que moi, jamais personne n'aura besoin de te sentir contre elle comme moi, Benjamin. Je t'aime tellement que j'ai besoin de toi pour savoir si les oiseaux chantent et...

Il me coupa la parole et m'embrassa passionnément. Enfin, je pouvais de nouveau respirer. J'étais exactement à l'endroit où je devais être, dans ses bras. Une bouffée de joie et d'amour me parcourut.

De longues minutes plus tard, il se détacha de moi et me dit :

— Moi aussi, je t'aime, Mélissa. Tu m'es indispensable. Je ne serais qu'un crétin pédant si tu n'étais pas là. Je t'aime tellement.

Cet homme si sérieux, si attentif, si parfait était amoureux de moi. Je n'y croyais pas.

Et il m'embrassa sur tout le visage, puis nicha sa tête dans mon cou.

— Tu déménages ? demandai-je, inquiète. Parce que, si tu le fais, je te suivrai. Tu sais, j'ai décidé de me lancer en tant que naturopathe, j'ai appelé Jeff et je lui ai demandé si je pourrais faire des consultations dans son nouveau centre de bien-être.

Il me sourit, toutes fossettes dehors.

— Je suis fier de toi, ma chérie. Non, je ne vais pas déménager. C'était au cas où tu m'enverrais bouler, j'avais prévu de partir loin de toi.

Jamais de la vie, je n'aurais pu m'éloigner de lui. Je serais partie à sa poursuite s'il avait déménagé. Il aurait eu une folle à ses basques.

J'enfouis ma tête contre son torse et le serrai fort.

— Je t'aime tellement.

— Moi aussi, ma douce.

— Benjamin, tu savais que ton voisin de l'étage d'en dessous adorait les cookies et était spécialiste des droits familiaux internationaux ? Il pourrait t'aider avec l'histoire de ta mère.

Il se mit à rire.

— Forcément, j'avais oublié ta façon si particulière de résoudre les problèmes.

Et il m'embrassa de nouveau. J'aurais presque eu envie de ne jamais bouger de ce bout d'herbe, dans les bras du meilleur homme sur terre.

Un grand fracas retentit derrière nous et interrompit notre baiser. Nous regardâmes le cadavre d'un pot de fleurs à moins d'un mètre devant nous. Nous avions failli être assommés par des plants de tomates. Nous levâmes la tête et vîmes ma grand-mère nous faire coucou de la main, et la tête de Marguerite surgit à côté d'elle.

— Faites comme si nous n'étions pas là les enfants !

Marguerite renchérit :

— Et au fait, félicitations !

Et elles refermèrent la fenêtre comme si elles n'avaient pas failli nous assommer. De vrais dangers publics.

Deux minutes plus tard, mes parents nous passèrent sous le nez, furieux. À mon avis, Nana les avait foutus à la porte. Une fin en tout point parfaite.

Épilogue

Un an plus tard

Benjamin

J'avais prévu une surprise pour Mélissa. Je ne savais pas comment elle allait prendre ma demande, mais à force de la côtoyer, j'avais appris qu'elle n'avait jamais la réaction escomptée, alors autant tenter.

Je l'attendais devant le parc à côté de chez nous et regardais les familles passer devant moi pour aller profiter du beau temps. Ça faisait un peu plus d'un an que nous habitions ensemble, et c'était tous les jours dépaysant. Nous n'étions définitivement pas sérieux, et la vie était belle. Mélissa avait continué à être secrétaire au cabinet médical à mi-temps. Elle faisait des consultations de naturopathie à côté et s'occupait de certains cours de yoga. Elle était très contente de cet aménagement. Elisabeth était en colocation avec Philippe désormais.

Finalement, Béatrice, le médecin que je remplaçais, avait décidé de reprendre à 80 %. La clientèle s'était agrandie, je complétais donc les plannings de mes collègues et j'avais commencé à travailler dans un centre médical de Médecins du monde.

Je vis arriver Mélissa en trottinette. Elle la laissa tomber par terre pour me sauter dans les bras. Elle couvrit mon visage de baisers après avoir réussi à se hisser à ma hauteur. Je me mis à rire.

— Arrête ! On va se faire arrêter pour trouble à l'ordre public.

Elle stoppa juste le temps de me dire :

— Je t'aime. Tu sais que tu es plus beau de jour en jour ?

Pour le coup, c'est moi qui l'embrassai passionnément. Comment je pouvais rester impassible face à cette déclaration ?

Je finis par la reposer par terre et lui demandai :

— Prends ta trottinette, j'ai une surprise pour toi.

Elle saisit ma main et me suivit docilement.

— Ben, j'ai eu une cliente aujourd'hui qui m'a demandé si les M&M's verts pouvaient être mis dans la catégorie légumes. Certains patients sont prêts à tout pour que l'on ne leur supprime pas les cochonneries.

Je ricanai.

— C'étaient pas des M&M's sur notre table basse hier ? C'était ta ration de légumes, c'est ça ?

Elle s'arrêta et me sourit.

— En fait, c'est pour autre chose les M&M's de la maison. Benjamin, j'ai quelque chose à te dire.

Je l'empêchai d'aller plus loin.

— Ah non ! C'est moi qui ai quelque chose à te dire, mais pas ici.

Je la tirai par le bras et lui fis presser le pas. Nous arrivâmes enfin à destination.

Elle ouvrit grand la bouche en voyant tout le monde qui l'attendait sous le chêne. J'avais réuni tous ses amis, ses frères, sa grand-mère et même Aliette avec

Georges, et les enfants étaient là. Ma demi-sœur était présente avec mes parents et Fred.

D'un air interrogatif, elle me demanda :

— C'est en quel honneur ? C'est pour notre anniversaire ?

Je mis un genou à terre et, la voix enrouée et les larmes aux yeux, je lui dis :

— Mélissa Appoline Armande, veux-tu me rendre l'homme le plus heureux du monde en m'épousant ?

Elle s'écroula à genoux devant moi, en pleurs.

— Oui ! Oh oui !

Et nous nous serrâmes dans les bras. J'étais tellement heureux qu'elle m'ait dit oui. Je n'avais jamais été aussi heureux qu'à cet instant.

Nous entendîmes des hourras et des applaudissements au loin. J'étais trop concentré sur le fait qu'elle m'ait dit oui pour m'occuper de notre public.

Elle se détacha de moi et me dit :

— Benjamin, tu sais, pour la méthode de contraception naturelle que nous utilisons ?

Je hochai la tête.

— Eh bien, en fait, nous ne sommes pas de bons élèves. On ne respecte pas les périodes d'abstinence et quand on est pas sages, il y a des conséquences...

Ce fut à mon tour de rester bouche bée.

— Tu es enceinte ?

Elle hocha la tête mi-figue, mi-raisin.

— Tu es fâché ?

Des larmes perlèrent à mes yeux.

— Je suis heureux ! Tellement heureux !

Et je ne pus que la serrer dans mes bras pour être sûr que tout cela n'était pas un rêve, mais bien ma nouvelle vie, une magnifique vie avec une petite rousse à fort caractère et un futur bébé.

Charlotte nous rejoignit avec à son bras Matthias.

Elle arborait une magnifique bague de fiançailles qu'il lui avait offerte à Venise sur une gondole. Elle était revenue de voyage extatique et depuis ne parlait que de couleur et de thème de mariage à ses amies.

Sophie, la fille de Noémie, me sauta dans les bras. Elle m'avait adopté comme meilleur ami depuis qu'elle avait entendu battre son cœur dans mon stéthoscope. Son frère, Louis, la suivait d'un pas hésitant mais avec un magnifique sourire. Noémie était juste derrière lui et le surveillait. Elle paraissait toujours fatiguée. Le frère de Charlotte, James, passait du temps chez eux pour être au calme pour écrire un livre. En voyant les deux enfants, je me demandais quels étaient ses critères de tranquillité. Noémie nous soutenait qu'il n'y avait rien entre eux, mais qu'elle appréciait sa présence et nous pouvions constater qu'elle était plus sereine depuis qu'il était dans leur vie.

Aliette arriva en donnant la main à Georges. Celui-ci arborait un immense sourire et me félicita d'avoir réussi là où il avait échoué.

— Je me pose des questions sur ta santé mentale, Georges, lui rétorqua Aliette.

Elle se tourna vers le groupe, et nous vîmes trois de ses enfants qui commencèrent à se bagarrer.

— À part des suicidaires, qui voudrait s'encombrer d'une famille pareille ?

Willy sépara ses frères et alla voir Elisabeth. Celle-ci, assise sur une chaise pliable, le fit se baisser pour l'embrasser sur la joue. Il rit et lui rendit son baiser. Il s'était transformé. Il avait bossé sa première par correspondance et avait réussi à réintégrer un lycée. Il voulait faire des études d'infirmier et Elisabeth était sa première supportrice. Je crois qu'il n'y avait pas un jour où Aliette ne remerciait pas Mélissa pour avoir *sauvé* son fils.

Mon futur beau-frère, Jean, était avec sa femme, Laurence, en train de discuter avec Philippe. Elle commençait à avoir un joli ventre arrondi. Jean se tapait régulièrement des crises d'angoisse, surtout depuis qu'ils avaient appris que ce n'était pas un mais deux bébés qui allaient naître. Elisabeth, philosophe, avait déclaré : « Au moins, quand tu auras les deux mains dans le caca, tu n'auras plus le temps de t'angoisser. » Philippe suivait une thérapie, mais faisait encore des crises d'angoisse. Il veillait sur sa grand-mère comme une louve et avait remplacé les séances de lecture de romance de son aïeule par des parties de Play-Station.

Les grands absents à cette réunion étaient les parents de Mélissa. Ils ne m'appréciaient pas beaucoup et avaient trouvé une excuse pour ne pas venir. Ma mère était aux Seychelles avec son nouveau mari. Elle avait laissé tomber l'histoire de l'héritage quand mon voisin-avocat-accro aux cookies vegan de Mélissa lui avait expliqué qu'il allait la mettre sur la paille avec des chiffres à l'appui.

Mon père et ma belle-mère discutaient avec Fred. Chloé le regardait amoureusement, mais je savais que leur relation n'était pas simple. Chloé, en éternelle optimiste, croyait en un avenir radieux, mais Fred ne lui facilitait pas la vie. Ils ne vivaient pas ensemble, se prenaient la tête régulièrement pour mieux se réconcilier ensuite. J'avais été très clair dès le début, je ne voulais rien savoir de leur vie amoureuse. Chloé trouvait les études de stylisme passionnantes et avait de grandes idées pour l'avenir. Elle avait décidé d'être une styliste féministe. Il n'y avait que Mélissa pour comprendre le concept.

Celle-ci me chuchota :

— Benjamin, es-tu enfin prêt à admettre que la

camomille et les huiles essentielles peuvent changer la vie ?

Je ne pus qu’acquiescer. Elle avait réellement révolutionné ma vie pour le meilleur.

Remerciements

Écrire ce livre a été un vrai bonheur. Mélissa est un personnage que j'ai sans peine imaginé. Elle a de nombreuses occupations qui sont les miennes (j'ai plus de quarante huiles essentielles chez moi entre autres). Ses préoccupations écologiques et sa façon de voir la vie sont un parfait mélange de mes amies. Marina, mon amie naturopathe, a été une source d'inspiration pour ce livre. Elle m'a aidée à imaginer la scène de la bataille entre naturopathie et allopathie alors même qu'elle trouvait ça invraisemblable (elle a laissé tomber l'idée de me comprendre, je crois). Merci Marina pour l'amie magnifique que tu es et qui me fait autant grandir.

Je remercie Élise qui, malgré le décalage horaire et le fait qu'elle soit débordée, a trouvé le temps de lire mon livre. Tes remarques m'ont été très précieuses. Merci à Anne pour ton soutien inconditionnel. Merci pour ton écoute même quand tu ne devais pas trop comprendre de quoi je parlais.

Un immense merci à mon amie de toujours. Merci, Célia, pour ta patience, ton écoute, ton rire en lisant mes tournures de phrases bizarres. Merci pour tout.

Mélissa est une féministe. En écrivant ses propos et ses opinions, je me suis rendu compte de la chance que j'avais eue d'avoir grandi avec des parents qui ont toujours trouvé évident que les femmes étaient les égales des hommes. Je n'ai compris que tard que ce n'était pas le cas de tout le monde. Merci à mes parents pour m'avoir donné cette éducation et ces valeurs. Je vous aime.

Merci à Florence Chevalier de m'avoir accompagnée sur le travail d'*éditing*. Merci pour votre professionnalisme et de me pousser à me surpasser.

Merci à mes lectrices. Vos remarques et votre enthousiasme ont été un vrai moteur pour avancer. Merci pour votre présence.

Enfin, un immense merci à mes deux amours. Merci à mon fils, qui est mon premier fan et qui trouve déjà des titres pour mes prochains livres. Le plus grand des mercis à mon merveilleux mari, je souhaite à toutes les héroïnes de romance de trouver un homme aussi merveilleux.

Composé et édité par HarperCollins France.

Achevé d'imprimer en août 2018.

Barcelone

Dépôt légal : septembre 2018.

Pour limiter l'empreinte environnementale de ses livres, HarperCollins France s'engage à n'utiliser que du papier fabriqué à partir de bois provenant de forêts gérées durablement et de manière responsable.

Imprimé en Espagne.